La vie est brève
et le désir sans fin

DU MÊME AUTEUR

Chez le même éditeur

LE CORPS INFLAMMABLE, 1984
LA LENTEUR DE L'AVENIR, 1987
LUDO & COMPAGNIE, 1991
WELCOME TO PARIS, 1994
SISSY, C'EST MOI, 1998
L'HOMME-SŒUR, *prix des Librairies Initiales, Livre Inter*
2004

Patrick Lapeyre

La vie est brève
et le désir sans fin

Roman

P.O.L
33, rue Saint-André-des-Arts, Paris 6^e

© P.O.L éditeur, 2010
ISBN : 978-2-8180-0603-0
www.pol-editeur.com

1

Le soleil sans vent commence à brûler. La voiture blanche est garée légèrement en contrebas de la route, à l'entrée d'un chemin creux bordé d'arbustes et de buissons de fougères.

À l'intérieur de la voiture, un homme aux cheveux hérissés paraît dormir les yeux ouverts, la tempe appuyée contre la vitre. Il a la peau mate, les yeux sombres avec de longs cils très fins pareils à des cils d'enfant.

L'homme s'appelle Blériot, il a quarante et un ans depuis peu, et porte ce jour-là – jour de l'Ascension – une petite cravate en cuir noir et des Converse rouges aux pieds.

Pendant que les rares voitures semblent onduler sur la route à cause de la distorsion de la chaleur, il continue à scruter le paysage – les pâtures, les troupeaux qui cherchent l'ombre – aussi immobile sur son siège que s'il comptait mentalement chaque animal. Puis, sans jamais rompre le fil de son attention, il finit par s'extraire de la voiture en esquissant quelques mouvements d'assouplissement et en massant ses reins ankylosés, avant de s'installer jambes croisées sur le capot.

À un moment donné, son téléphone se met à sonner sur la banquette de la voiture, mais il ne bouge pas. On dirait qu'il n'est pas là.

Blériot a acquis ce pouvoir étrange d'être à la fois présent et absent sans entraînement ni travail particulier, uniquement en écoutant par hasard un morceau de piano pendant qu'il observait les volets de ses voisins.

Il s'est rendu compte plus tard que n'importe quel son pouvait très bien faire l'affaire, à condition de fixer un point à mi-distance et de bloquer ses poumons à la manière d'un plongeur en apnée.

C'est exactement ce qu'il fait à cet instant, jusqu'à ce que ses poumons menacent d'éclater et qu'il soit obligé de relâcher sa respiration.

Il se sent d'un seul coup devenir léger, impondérable, tandis que le sang reflue progressivement vers ses extrémités.

Il allume alors une cigarette et réalise à cet instant qu'il n'a rien avalé depuis deux jours.

Il roule pendant une trentaine de kilomètres à la recherche d'un restaurant un peu engageant et, de guerre lasse, finit par se garer devant un bâtiment sans étage entouré d'une terrasse en bois et de cinq ou six palmiers poussiéreux.

À l'intérieur, l'air est moite, presque statique, malgré les fenêtres ouvertes et le gros ventilateur bleu posé sur le comptoir.

Il n'y a plus grand monde dans la salle à cette heure, hormis un trio de routiers espagnols et un couple exténué qui semble avoir perdu l'envie de se parler. L'air que brasse le ventilateur balaie de bas en haut le visage d'une serveuse affairée derrière le bar, rebroussant ses cheveux blonds.

C'est un jour de début d'été ordinaire, un jour où Blériot, qui n'attend rien ni personne, est en train de calculer en mangeant ses crudités l'heure à laquelle il arrivera en vue des contreforts des Cévennes quand l'indicatif musical de son portable – ça ressemble aux trompettes de la destinée – retentit à nouveau dans le vide de l'après-midi.

Louis, c'est moi, dit aussitôt Nora de sa voix fluette, toute voilée, qu'il reconnaîtrait entre mille, je suis en ce moment à Amiens chez des amis anglais. En principe, j'arrive dans quelques jours à Paris.

À Paris ? fait-il en se levant précipitamment pour aller vers les toilettes, à l'abri des oreilles indiscrètes.

Elle l'appelle d'un café en face de la gare.

Et toi, demanda-t-elle, où tu es ?

Où je suis ? répète-t-il, parce qu'il a l'habitude de penser lentement – si lentement qu'il est en général le dernier à comprendre ce qui se passe dans sa propre vie.

Je vais voir mes parents et je suis en train de déjeuner quelque part du côté de Rodez, commence-t-il, avant de se rendre compte – ses lèvres continuent à bouger dans le vide – qu'ils ont été coupés.

Il essaie de rappeler plusieurs fois, mais tombe invariablement sur la même voix enregistrée : Please, leave a message after the bip.

À cet instant, la lumière des toilettes s'éteint et Blériot reste debout dans le noir, son téléphone à la main, sans chercher l'interrupteur ni même tenter d'ouvrir la porte, comme s'il avait besoin de se recueillir dans l'obscurité pour prendre la mesure de ce qui lui arrive.

Car il attendait cet appel depuis deux ans.

Quand il retourne à sa table, il demeure un moment les bras ballants en face de son assiette, sentant comme une légère poussée de fièvre, accompagnée de frissons entre les épaules.

Il y a peut-être des filles qui disparaissent pour avoir un jour le plaisir de revenir, suppose-t-il après coup en cherchant sa serviette.

Il commande alors un autre verre de vin et entreprend de terminer sa viande froide, sans rien laisser paraître, ni quitter cette expression un peu soucieuse dont il déguise habituellement ses réactions.

Alors que les routiers espagnols ont entamé une partie de cartes – derrière lui, le couple en crise n'a toujours pas échangé une parole –, il se tient très droit sur sa chaise, en pleine possession de lui-même, et, à l'exception du léger tremblement de ses mains, rien ne peut laisser soupçonner dans quelle perplexité, dans quel état émotionnel il se trouve depuis cette communication.

Tandis qu'il cligne des yeux tourné vers la fenêtre, Blériot éprouve deux sentiments contradictoires, dont il se demande en y réfléchissant si le second, l'excitation, n'est pas une sorte d'écran ou de leurre destiné à le distraire du premier, qui n'a pas de nom, mais qui pourrait ressembler à une sorte de pressentiment et de peur de souffrir.

Mais en même temps, plus il se dit ça, plus son excitation augmente comme pour le détourner de son appréhension et lui représenter la chance qu'il a de pouvoir la retrouver à Paris.

Avant de remonter en voiture, il tente d'ailleurs encore une fois de la rappeler sur son portable, sans plus de succès. Il entend toujours le même message en anglais. Ce qui le soulage presque, tant il est irrésolu.

Comme il a prudemment décidé de ne rien changer à son programme, il téléphone ensuite à ses parents afin de les avertir qu'il sera chez eux en début de soirée, puis appelle sa femme, pour rien de précis, juste pour lui parler et vérifier accessoirement qu'elle n'est au courant de rien.

Allô? fait la voix de sa femme. Au même moment, Blériot sent ses jambes fléchir comme s'il était pris de faiblesse et a juste le temps de raccrocher.

C'est la chaleur, pense-t-il en apercevant devant lui le couple en crise s'enfuir dans un coupé rouge, comme Jack Palance et Brigitte Bardot.

Il reste ensuite plusieurs minutes rencogné dans sa voiture, en proie à une légère nausée. Tout en regardant le défilé des camions sur la route entre les alignements de platanes, il cherche à se rappeler la dernière fois où il a vu Nora, il y a deux ans, et s'aperçoit qu'il en est incapable.

Il a beau se torturer la mémoire, il ne retrouve plus rien, aucun son, aucune image. Comme si sa conscience avait effacé la scène pour qu'il la recommence. Pour que la dernière fois revienne encore une fois.

Ensuite, il roule longtemps sans plus penser à elle, roulant pour rouler, au milieu des montagnes vides et des nuages d'altitude suspendus en vol géostationnaire au-dessus de la vallée.

À cause de la chaleur, il conduit toutes vitres fermées et l'air conditionné s'écoule silencieusement dans l'habitacle, à la manière d'un gaz anesthésiant atténuant son sentiment de la réalité, émoussant ses souvenirs immédiats. Au point que tout ce qui vient de lui arriver, l'appel de Nora, l'annonce de son retour, la communication interrompue, est maintenant affecté d'un tel coefficient d'incertitude qu'il pourrait tout aussi bien les avoir imaginés.

Peut-être parce que certains événements attendus trop longtemps – deux ans et deux mois dans son cas – excèdent notre pouvoir de réaction, en débordant notre conscience, et ne sont plus ensuite assimilables que sous forme de rêve.

Blériot se réveille pour de bon en reconnaissant la périphérie de Millau, son viaduc, son autoroute engorgée, ses maisons tristes et ses publicités de hamburgers à l'horizon qui excitent la convoitise des enfants et démoralisent les animaux.

Il prend alors la première sortie à droite pour quitter l'autoroute et se retrouve dans une sorte de zone périurbaine, longeant une maternité, une cité HLM, deux ou trois commerces encore fermés, un cimetière – c'est toute une vie qui défile – avant d'emprunter une longue pente qui s'engage vers des collines couvertes de broussailles.

Cette fois il est seul sur la route et roule du coup aussi prudemment que s'il était en mission d'observation dans un pays inconnu. Il aperçoit à perte de vue des plateaux pierreux bordés de corniches et d'à-pics au bas desquels on devine de temps en temps une rivière cachée par les arbres. Il se fait alors la réflexion qu'à cette hauteur personne ne peut sans doute le joindre, et réciproquement, parce qu'il ne doit pas y avoir la moindre borne relais à des kilomètres de distance.

S'il voulait, il pourrait disparaître ni vu ni connu, changer de nom, refaire sa vie au fond d'une vallée perdue, épouser une bergère. (Parfois, Blériot adore se faire peur.)

Il range sa voiture à l'ombre, sur une aire déserte, et demeure un moment, le nez au vent, assailli par une odeur de résineux et d'herbe coupée pendant qu'il cherche dans la boîte à gants une crème de protection solaire dont il s'enduit généreusement le visage et les avant-bras, puis il improvise une petite partie de basket imaginaire pour se détendre les muscles et se remet au volant.

Il se sent tout à coup rajeuni.

Pendant deux ans, enfermé dans le cercle de son chagrin, il s'est méthodiquement appliqué à vieillir. Il a vécu suspendu à un fil invisible, sans relever la tête, sans se soucier de personne, occupé à ses petites affaires et à ses tracas, en renonçant à tout le reste comme s'il cherchait à s'éteindre.

Il était d'ailleurs presque éteint quand elle l'a appelé.

Encore sous l'effet de cette intervention, Blériot écoute distraitement des airs de Massenet en conduisant maintenant avec un plaisir nonchalant, sur ces routes en lacet des collines cévenoles, ombragées par des châtaigniers sombres. Jusqu'au moment où il aperçoit, en surplomb, un petit village qui ne figure apparemment pas sur sa carte, et décide soudain de faire une halte et de se mettre en quête de cigarettes.

Le village, construit en pierres rouges, se résume à deux rues parallèles aboutissant à une placette en quinconce autour de la mairie et de son café-tabac. Blériot y fait l'emplette d'une cartouche de blondes et s'accorde, pour fêter sa nouvelle jeunesse, une bière pression qu'il déguste au comptoir, écoutant sans en avoir l'air les autochtones assis à la terrasse discuter subventions et politique agricole, sans doute plus par désœuvrement que par conviction syndicale. Sous leur casquette, ils ressemblent à un cercle de champignons bavards attendant la tombée du jour.

De retour dans la rue, il se sent à nouveau hébété par la chaleur et demeure un instant le dos collé au mur de la mairie, profitant de l'ombre de la cour et du léger courant d'air qui lui rafraîchit les jambes.

14

Puis il traverse la place et se dirige crânement vers sa voiture. Non pas qu'il soit spécialement pressé de retrouver ses parents – si ça ne tenait qu'à lui, il retournerait immédiatement commander une bière –, mais, depuis l'appel de Nora, quelque chose de sourd en lui, impatience ou anxiété, le pousse à aller de l'avant.

Blériot plie donc son long corps maigre, presque tubulaire, pour s'installer au volant, remet ses lunettes de soleil, ajuste ses écouteurs – quand on est jeune c'est pour la vie – et démarre en trombe.

2

Le décalage horaire entre Londres et Paris étant d'une heure, il est à peu près seize heures trente, ce même jour du mois de mai, lorsque Murphy Blomdale pousse la porte de son appartement, pose ses bagages, et au bout de deux ou trois minutes a l'impression glaçante que Nora n'est plus là.

Autour de lui, tout a l'air étrangement calme et inanimé, les fenêtres sur la cour sont restées ouvertes et le silence pendant trois jours s'est engouffré dans l'appartement, s'installant dans les moindres recoins, tout en résonnant différemment de pièce en pièce. Jamais l'endroit ne lui a paru si vaste et si abandonné.

Le temps lui-même semble figé, inerte, exactement comme si cet instant de sa vie, ce morceau d'après-midi, s'était tout entier contracté et que rien ne lui succéderait jamais.

Secouant cet enchantement morbide, Murphy reprend son exploration, passant du salon à son bureau, puis de son bureau à leur chambre : la penderie est vide, les tiroirs bouleversés comme après un cambriolage et, à la place des cadres avec leurs photos, il ne reste plus sur le guéridon qu'un petit dépôt de poussière, avec un trousseau de clés.

La messe est dite.

N'importe qui à sa place se serait déjà rendu à l'évidence. Mais pas lui. Il ne parvient pas à y croire. Il se regarde d'ailleurs droit dans la glace pour voir s'il a l'air d'y croire, mais non, il a les yeux de quelqu'un qui n'y croit pas.

Un tel déni de réalité a forcément une explication. Murphy Blomdale est un garçon volontariste, cent pour cent américain, à la fois austère et hyperactif, cité en exemple par sa direction ; un garçon confronté chaque jour à l'anarchie des flux financiers, à l'imprévisibilité des marchés, à la vitesse des échanges et à la volatilité des capitaux. Bref, rien qui puisse le préparer à devenir un jour le héros romantique d'un drame amoureux.

Ce rôle que le destin lui attribue tout à coup s'apparente tellement à un contre-emploi qu'il préfère faire celui qui n'a rien vu.

Murphy, qui tient encore le trousseau de clés de Nora dans sa main, regarde un instant la rue pour croire à quelque chose.

Il espère apercevoir des passants ou des enfants sortis de l'école, qui l'apaiseraient en le tirant de son mauvais rêve. Mais Liverpool Road, à cette heure, ressemble à une longue artère brûlante, aussi animée que le désert de Gobi.

La lumière se reflète sur les trottoirs avec une intensité inhabituelle, presque inquiétante.

Il a alors le réflexe de sortir son téléphone de sa poche intérieure et d'appeler le numéro de Nora, une dizaine de fois. Comme elle ne répond toujours pas, il essaie de joindre sa sœur Dorothée à Greenwich, sans plus de succès.

Elle ne doit plus habiter Londres depuis un bon moment, réfléchit-il en se lavant les doigts comme si son téléphone avait fondu.

Pour couper court à son anxiété et se faire une idée un peu plus objective de la situation, il décide de reprendre ses recherches en sens inverse, en commençant par la chambre et la salle de bains, puis par le bureau.

Il retrouve en tout et pour tout une chaussure oubliée au fond d'un placard, une ceinture de cuir, un foulard mauve, une édition de poche des nouvelles de Somerset Maugham, une édition scolaire de Milton, une autre de Tchekhov, plus quelques magazines de mode qu'il range avec le reste sur une étagère.

Plus tard, quand tout sera terminé et qu'il ne lui restera plus que des regrets, il pourra toujours mettre ces reliques derrière une vitrine, avec un petit écriteau.

Sur cette triste perspective, il prend le parti de retourner dans le salon quand il aperçoit par transparence la trace d'une de ses mains imprimée sur la vitre du couloir. Une main si distincte, si vivante, qu'il a l'impression qu'elle lui fait signe avant de s'effacer.

Ses jambes effectuent alors une drôle de rotation, et il se met à tourner sur lui-même, les bras écartés à la façon d'un patineur, tandis que les mouvements de son corps semblent complètement déconnectés de sa conscience.

S'il n'avait pas eu le réflexe d'agripper une chaise au passage, il se serait à coup sûr retrouvé allongé pour le compte à même le parquet.

Une fois calé sur sa chaise, Murphy Blomdale reste un long moment prostré, jambes étendues, le doigt inutilement appuyé sur la touche de son portable, les yeux perdus dans le vide, aussi dépourvu de ressources qu'un homme attaqué par le non-être.

3

À cet instant, Blériot ne connaît pas encore Nora, et tout cela se passe donc dans une autre vie.

Il se trouve avec sa femme, un après-midi de septembre, chez les Bonnet-Smith – des Verdurin au petit pied – qui possèdent au bord de l'Eure une propriété agrémentée d'un long parc arboré, dans lequel les invités ont commencé à s'égailler par petits groupes en quête d'un peu de fraîcheur.

Blériot, qui ne parle à personne, hormis à sa femme, se tient à l'écart au bas du perron et se demande comme à son habitude ce qu'il fait là. Aussi, quand Sabine lui annonce d'une voix un peu brusque – leur couple traverse une période difficile – que leurs amis Sophie et Bertrand Laval lui proposent de faire une petite excursion dans les environs, il se dispose à leur emboîter le pas, puis se ravise, d'abord parce qu'il a chaud et ensuite parce qu'il préfère aller vaquer à l'intérieur de la maison.

Il lui reste trente minutes avant de rencontrer Nora. Mais cela, il l'ignore complètement. Pourtant, il est prêt.

Il a besoin d'avoir une histoire. Tous les hommes, à un moment donné, ont sans doute besoin d'avoir une histoire à eux, pour se convaincre qu'il leur est arrivé quelque chose de beau et d'inoubliable une fois dans leur vie.

Cette conviction, Blériot l'a pourtant eue autrefois, quand il s'est mis en ménage avec Sabine, mais depuis il l'a perdue. Ce qui ne l'empêche pas de continuer à se répéter – ça ressemble de plus en plus à de l'autosuggestion – qu'il a épousé la plus intelligente et la plus aimante des femmes, la plus à même de le rendre heureux, et que si c'était à refaire, il n'hésiterait pas une seconde.

En réalité, son affection conjugale n'a jamais été aussi véhémente qu'il le prétend, et leur relation, en dépit de liens de complicité et de tendresse intermittente, est devenue à peu près incompréhensible.

D'ailleurs, autour d'eux, personne n'y comprend rien.

Mais Blériot préfère laisser dire. C'est une relation sans explication logique, comme dans les histoires fabuleuses.

Sabine partie avec ses amis, il se replie donc à l'intérieur de la maison, à la recherche d'une coupe de champagne, et se retrouve, devant le buffet, flanqué d'un certain Jean-Jacques qu'il croise pour la troisième fois de la journée au même endroit.

Malgré sa bonne volonté, Blériot au demeurant n'a toujours pas réussi à comprendre s'il est sémiologue ou sociologue. Peut-être parce que son costume blanc et ses bottines à boutons lui évoquent plutôt un chanteur italien. En plus, il a la manie horripilante de relever tout le temps le col de sa veste et de se passer la main dans les cheveux. Même quand il va aux toilettes.

Comme ils n'ont pas grand-chose à se dire, tous les deux de concert tournent discrètement la tête, en éclusant leur coupe de champagne, dans l'espoir d'apercevoir quelqu'un d'accueillant avec qui parler. Le premier des deux qui se débarrassera de l'autre aura gagné.

C'est Blériot qui se fait plaquer.

Il lui reste onze minutes.

Dit comme cela, on pourrait croire qu'une jeune femme inconnue se tient déjà derrière la porte et qu'à son entrée Blériot, en se retournant, éprouvera une émotion aussi soudaine et imprévisible qu'une avalanche.

Mais aucune femme n'entre dans la pièce. Il est toujours devant le buffet, sa coupe à la main, coincé entre deux universitaires qui dénigrent avec entrain une de leurs collègues et un quarteron d'ex-gauchistes, ralliés à la cause du capital, qui en ont maintenant après les fonctionnaires. C'est presque un concours de bassesses.

Pendant que Blériot est en train de se demander ce qui l'oblige à supporter de telles conversations, son regard est attiré sur sa droite par un jeune couple étonnant, qui lui redonne subitement confiance en son prochain.

Le garçon est plutôt grand, avec quelque chose d'indolent et d'ennuyé, et feuillette pour se donner une contenance les pages d'un magazine d'art posé sur un meuble, tandis que la jeune fille à demi cachée derrière lui paraît si menue, si transparente, que son compagnon par comparaison fait figure de géant.

Blériot, dans un état de réceptivité accrue, note qu'elle se soulève de temps en temps sur la pointe des pieds pour lui parler à l'oreille et qu'il a une drôle de manière de pencher la tête en posant sur elle des yeux bruns assortis aux siens.

Ils sont tous les deux isolés, près de la porte donnant sur le jardin, sans sembler s'intéresser aux autres, ni souhaiter qu'on s'intéresse à eux. On dirait qu'ils se tiennent sur leurs gardes, prêts à s'enfuir au moindre signe d'alarme comme un couple de daims craintifs.

Blériot, qui ne cesse de les perdre de vue à cause des allées et venues des autres invités, entreprend alors une manœuvre discrète afin de se déplacer de leur côté. Accessoirement, il aimerait bien comprendre un jour pourquoi la beauté le rend si fragile et dépendant.

Comme par un fait exprès, à l'instant où il va s'approcher d'eux, il reconnaît Valérie Mell, une amie de sa femme, qui lui fait de grands signaux depuis le couloir.

Le temps d'aller vers elle, de s'enquérir de la santé de son fils – il a eu un accident de moto – et de lui témoigner un peu de compassion, les deux autres ont déjà disparu. Blériot a beau ensuite explorer les alentours et revenir dans la maison, ils demeurent introuvables.

Sa femme aussi. Ce qui le rassure momentanément.

Après, il y a comme un collapsus temporel entre le moment où il est encore dans la maison, sa coupe de champagne à la main, réfléchissant à la crainte que lui a toujours inspirée le caractère ombrageux et versatile de sa femme, et le moment où il fait le tour du parc, guidé par son instinct de prédateur, et débouche sur une petite terrasse avec une tonnelle, à deux pas de la jeune fille aux yeux bruns. Sans son compagnon.

Ébranlé par cette interpolation du hasard, Blériot se tient d'abord en retrait, en prenant évidemment soin de ne pas la regarder trop fixement.

Tandis qu'elle se balance sur sa chaise, légèrement de profil, les pieds posés en appui sur un banc en pierre, il vérifie encore une fois qu'il n'y a personne à l'horizon, puis, comme elle semble ne pas l'avoir remarqué, il reste planté là, tremblant de l'indisposer et soudain incapable de s'en aller.

L'aborder en bonne et due forme, lui demander la permission de s'asseoir, trouver les mots idoines pour engager une conversation, tout cela est objectivement au-dessus de ses forces.

Il est déjà prêt à tourner les talons et à repartir comme il est venu quand elle lui demande le plus naturellement du monde s'il n'est pas un ami de Paul et Élisa.

De Paul et Élisa ? répète-t-il en baissant ses lunettes de soleil.

À cet instant, Blériot, qui ne remarque jamais rien, s'aperçoit en s'approchant d'elle qu'elle a les lèvres desséchées, les joues pâles et soyeuses, ainsi qu'un léger voile de taches de rousseur autour des yeux.

Elle lui paraît encore plus insensée que tout à l'heure.

Mais, même si ça lui coûte plus qu'elle ne peut l'imaginer, il a l'honnêteté de lui avouer qu'il ne connaît ni Paul ni Élisa. En revanche, il connaît un certain Jean-Jacques Baret ou Bari, Sophie et Bertrand Laval, ainsi que Robert Bonnet-Smith : lequel, d'après elle, n'est rien d'autre que l'ami de la mère de Spencer, le garçon avec qui elle vit.

Tout s'explique.

Spencer est allé dormir dans la voiture, lui dit-t-elle, toujours en équilibre sur sa chaise, les mains croisées derrière la tête.

Les gens l'ennuient et en plus il ne supporte pas l'alcool, ajoute-t-elle avec un petit accent anglais qu'il n'avait pas encore remarqué.

Comme il appréhende le moment fatidique où elle va sans doute lui demander s'il est venu seul, il préfère en rester là concernant Spencer et lui faire part de sa consternation à propos des autres invités – c'est généralement un sujet fédérateur – avec une mention spéciale pour la bande d'universitaires qui occupe les étages de la maison. Il y en a partout. Des universitaires debout, des universitaires assis, couchés. On croirait une maison de soins pour enseignants.

C'est la première fois que Blériot la voit sourire.

Elle a d'ailleurs une très jolie manière de sourire en montrant le bout de ses dents, mais il ne fait aucun commentaire.

Vous vous appelez comment ? lui demande-t-elle tout à coup en cessant de se balancer.

Blériot, dit-il. Officiellement, c'est Louis Blériot-Ringuet.

Blériot, c'est parce que je suis un arrière-petit-cousin de l'aviateur, et Louis, parce que mon père, ingénieur de l'aéronautique, doit être le seul homme au monde à avoir voulu appeler son fils Louis Blériot. Je vous passe l'histoire de Ringuet.

Maintenant, je me dis pour me consoler que Louis Blériot-Ringuet ça sonne un peu comme Ray Sugar Robinson ou Charlie Bird Parker.

On voit que vous êtes modeste, remarque-t-elle en pouffant de rire.

C'était juste pour donner un exemple, mais si ça vous paraît trop long, vous pouvez vous contenter de m'appeler Blériot, comme la plupart de mes amis.

Je préfère Louis, dit-elle sans s'expliquer.

Et vous ? demande-t-il après un temps d'hésitation, comme si elle avait forcément un nom secret.

Nora, répond-elle spontanément, Nora Neville. Je suis anglaise par ma mère et à moitié française par mon père. Je crois que mes ascendants venaient de la région du Havre.

Mademoiselle Neville, dit Blériot d'un ton faussement solennel, je ne connais pas vos parents, mais je les remercie de tout cœur de vous avoir fait naître. Je vous assure que je suis sincère.

Appelez-moi Nora, simplement Nora, lui demande-t-elle en lui retournant son sourire.

En même temps, il ne peut s'empêcher de noter que c'est un sourire différent du précédent, un sourire légèrement pensif.

On dirait qu'elle a vu clair dans son jeu et qu'elle lui sourit avec l'indulgence de celles qui en ont déjà rencontré des dizaines d'autres comme lui et savent très bien ce qu'ils ont derrière la tête.

Il ne lui vient évidemment pas à l'idée qu'il ferait peut-être mieux de céder sa place à un autre.

Car à cet instant – ils marchent un peu dans le fond du parc, à l'abri des regards –, marié ou pas marié, Spencer ou pas Spencer, la question de savoir si oui ou non il est en train de commettre une bêtise ne pèse pas très lourd face à la certitude brutale que cette fille lui est destinée.

C'est à la fois quelque chose de très fort et d'inévitable. Ce qui l'étonne d'ailleurs ce n'est pas que ce soit aussi fort, mais que ce soit aussi inévitable.

Elle est maintenant si près de lui que Blériot a l'impression que, si par malheur ou par inadvertance il se penche un tout petit peu trop, il va tomber dans ses bras comme un somnambule.

Comme elle a l'air d'attendre sa réaction, il se contente à ce moment-là – mais sans qu'il y ait aucune volition consciente de sa part – de lui toucher l'oreille avec sa main.

Il ne se passe rien d'autre. Elle ne repousse pas sa main, ne s'en empare pas non plus, si bien que pendant quelques fractions de secondes son bras demeure suspendu en l'air.

Il est presque six heures, remarque brusquement Nora – puisque Nora il y a désormais –, je suis un peu inquiète.

Moi aussi, dit-il en ressentant à son tour une altérité bizarre.

Ils retournent alors ensemble à leur point de départ, regardant en direction du parc et de la maison, comme envahis de pressentiments.

Qu'est-ce qu'on va faire à présent ? lui demande-t-elle tout à coup d'une voix catastrophée. Tu as une idée ?

Mais Blériot, qui n'a jamais été amoureux à ce point-là, est aussi perdu qu'elle.

4

Pendant que Murphy Blomdale semble dormir sur sa chaise, Blériot roule droit devant lui comme s'il cherchait seulement à épuiser l'espace, alors que les platanes défilent en rideaux monotones et que la limite de l'horizon recule toujours.

Tout au long de la route la chaleur tremble sur les champs, à perte de vue, avec des plantations rares et des animaux immobiles qui semblent noyés dans la lumière de l'après-midi.

Passé Lodève, il ralentit d'un seul coup en remettant à plus tard le sujet de Nora et en essayant de se remémorer les noms des localités qu'il lui faut traverser après avoir quitté la route de Montpellier. Si ses souvenirs sont exacts, il doit d'abord passer par La Feuillade, jusqu'à un petit pont avec une chapelle et monter tout droit vers Saint-Cernin.

Au bout d'une vingtaine de kilomètres, n'apercevant toujours pas La Feuillade, il décide de se garer à l'entrée de la première agglomération venue et recommence à étudier sa carte de France, toutes vitres baissées, afin de profiter de l'ombre.

Aucun des villages n'est évidemment mentionné sur une carte à une telle échelle et il n'a en conséquence pas la moindre idée de la direction qu'il doit prendre pour atteindre ce petit pont qu'il a peut-être rêvé. Il se résout donc à laisser sa voiture où elle est et à aller au-devant du premier passant qu'il rencontrera.

Il s'engage dans des ruelles en escaliers, traverse une série de places désertes, où des cris d'oiseaux se répercutent à l'intérieur des cours, avant d'atteindre une esplanade au-dessus des remparts qui sert à la fois de parking et de promenade. Mais il ne voit personne, à l'exception d'un couple de touristes anglais et de trois ou quatre fillettes à vélo qui filent à grands coups de pédales vers la puberté.

Ses écouteurs sur les oreilles, il se téléporte alors trente ans en arrière, à l'époque où lui-même grimpait des côtes, sous le soleil de juillet, et où plus il pédalait, plus l'été lui paraissait démesuré, inentamable.

En contrebas, il distingue quelques jardinets alignés le long d'un cours d'eau, avec leurs pliants et leur cabanon en bois couvert de glycine, et reste un moment penché par-dessus le parapet de la terrasse, goûtant au passage une sorte de vent inanimé qui flotte à hauteur de jambes.

C'est un beau jour pour sortir sa canne, remarque derrière lui un gros homme avec un pantalon à bretelles.

Pour sortir sa canne ? sursaute Blériot en enlevant ses écouteurs.

Oui, sa canne, répète l'autre d'une voix étouffée, comme s'il s'agissait d'une invitation à le suivre dans son cabanon.

Blériot fait alors un pas de côté et considère le visage mandibuleux de son interlocuteur. Je cherchais quelqu'un pour m'indiquer la route de Saint-Cernin, lui explique-t-il, afin de dissiper tout malentendu. Vous savez quelle direction je dois prendre ?

Tournez à gauche en descendant, puis encore à gauche, fait l'autre de la même voix étouffée.

Blériot, qui n'a toujours pas compris les tenants et les aboutissants de son histoire, le remercie en tout cas de son amabilité, puis file sans demander son reste, dévalant les escaliers pour retrouver sa voiture.

De l'autre côté de la route, il entraperçoit en s'installant sur son siège les grilles d'une propriété avec une allée abandonnée, à moitié envahie par la broussaille, qui semble conduire tout droit au château de la Belle et la Bête. Ce qui par une étrange corrélation le fait aussitôt repenser à Nora.

Il a envie de se dire que pendant deux ans il a souhaité de toutes ses forces qu'elle revienne et qu'elle est revenue. Mais il est tout à fait conscient qu'on peut dire également que pendant deux ans elle a voulu qu'il l'attende et qu'il l'a attendue.

Lequel téléguidait l'autre ? se demande-t-il en se trompant pour le coup de direction après le petit pont.

Sans autre ressource, cette fois-ci, que d'appeler ses parents.

On t'attend depuis deux heures, l'accueille sa mère, sur ce ton impatient qu'il lui connaît si bien et qui le ramène tout de suite à la réalité.

Il est le fils unique de Jean-Claude et de Colette Blériot-Ringuet, née Colette Lavallée, respectivement ingénieur et directrice d'école. À sa naissance, il paraît qu'il a poussé un cri déchirant, tout en grelottant de terreur comme s'il était descendu sur terre en parachute.

Une fois le cordon coupé et le parachute jeté à la poubelle, il s'est tout de suite enfermé dans une enfance ésotérique et silencieuse, devenant un petit garçon solitaire, puis un adolescent souffreteux, tandis que ses parents s'empoignaient furieusement derrière son dos.

L'animosité de leurs rapports devait remonter selon toute probabilité à leurs premières années de vie commune, au point que Blériot en est même venu à supposer – son interminable enfance lui ayant laissé le temps de réfléchir – que si aucun des deux n'avait quitté l'autre c'était par pur esprit de revanche.

Une trentaine d'années plus tard, ils ont donc pris leur retraite dans la maison familiale de Saint-Cernin, où ils se consument d'ennui et se tourmentent à qui mieux mieux pour passer le temps.

Lorsqu'il arrive en fin d'après-midi, avec son petit bagage à la main, son père est d'ailleurs occupé à bêcher le potager sous son chapeau de paille, pendant que sa mère poursuit sur le balcon son éternelle conversation téléphonique avec sa sœur.

Aussi loin que remontent ses souvenirs, son père a toujours été un peu la cinquième roue du carrosse, et même s'il a étudié, voyagé, dirigé des équipes d'ingénieurs en Afrique ou en Asie, tout en restant un mari fidèle et invraisemblablement patient, la servilité et les humiliations expiatoires qui lui ont été continûment infligées – de préférence en public – ont eu raison de ses dernières forces de résistance.

Houspillé, privé de parole, il en est maintenant réduit à fumer dans le garage et à boire du porto en cachette de sa femme. Il faut les avoir observés in situ pour le croire.

Leur fils lui-même est obligé de se frotter les yeux.

Sinon, il reconnaît tout, les mauvaises peintures accrochées aux murs, le mobilier astiqué, le chien Billy endormi sur le canapé – il est si vieux que son père prétend que ses neurones se souviennent encore de François Mitterrand –, le lit pliant de sa chambre et les étagères en pin, avec leurs rangées de volumes de Teilhard de Chardin légués par son grand-oncle Albert et les centaines de romans de science-fiction dont il a pratiquement tout oublié, comme s'il avait cessé de croire au futur.

Il est en train d'en recenser les titres quand sa mère, surgie par surprise, lui demande ce qui leur vaut l'honneur de sa visite, alors qu'il est resté six mois sans donner un coup de téléphone, ni envoyer une simple carte postale.

J'ai eu pas mal de soucis, s'excuse-t-il, cueilli à froid. Il remarque quand même dans son for intérieur que depuis son arrivée sa mère ne lui a pas dit un mot de sa femme, qu'elle déteste cordialement et qui le lui rend bien.

Je t'expliquerai ça tout à l'heure, fait-il en posant ses affaires et en se transportant ailleurs.

Son père, désœuvré, erre dans la pièce du bas comme une âme en peine, tout en triturant un paquet de cigarettes qu'il n'ose pas fumer. Au moment où Blériot lui propose d'aller dans le jardin et de sortir la table de ping-pong, il voit passer sur son visage triste quelque chose d'aussi fugitif et d'aussi indécidable que le sourire de la Joconde.

Ils commencent par échanger quelques balles, en accélérant très progressivement la cadence, puis, pris au jeu, décident de compter les points. Alors que Blériot cherche encore ses marques, son père, qui doit être en surrégime, plie les deux premières rencontres en 21-10, avant de lâcher logiquement pied et de laisser filer les parties suivantes.

Après une petite pause réparatrice, ils se remettent à jouer comme des enragés, malgré la lumière déclinante, et reviennent pratiquement à égalité : 18-17. Son père ayant soudain retrouvé son allure bondissante et son jeu de revers qui faisait des ravages dans les tournois locaux.

Même s'il s'essouffle assez vite, on devine encore par éclairs, à certains de ses gestes, qu'il a été autrefois jeune et viril, qu'il a eu du style, de la classe, et qu'il aurait mérité une autre vie que celle que lui a taillée sa femme.

Ce qui rappelle à Blériot qu'il n'a toujours pas téléphoné à la sienne.

Elle lui répond d'une terrasse de café, où elle prend un verre en compagnie de Sandra et de Marco, ses collègues de travail. Le brouhaha de la rue limitant l'interlocution au strict minimum, Blériot n'est pas mécontent de pouvoir raccrocher en s'en tirant à si bon compte.

À table, sa mère, qui a mis les petits plats dans les grands, accapare déjà la parole, comme à l'accoutumée, et quand elle en a fini avec la litanie des cousines hospitalisées et des amies divorcées, elle entame à mi-repas ses récriminations contre leurs voisins, M. et Mme Cailleux, soupçonnés d'être des sociopathes.

Son père, concentré sur la bouteille de bordeaux, se contente de hocher la tête en souriant, tel un bienheureux libéré de toute opinion tandis que Blériot, qui possède un interrupteur personnel, a bloqué sa respiration tout en fixant discrètement un point du jardin, où un gros soleil rouge demeure suspendu au-dessus des arbres comme dans les jungles du Douanier Rousseau.

Ce qui lui permet, par une simple pression de son esprit, de baisser le son au minimum et de devenir à son tour un sujet pur, affranchi de la douleur.

Perdu dans sa contemplation, il ne comprend pas immédiatement que sa mère a changé de chapitre et en est revenue, à coups de remarques aigres-douces, au motif de sa visite. Car elle a de la suite dans les idées.

Blériot est bien alors obligé de lui avouer en avalant sa salive qu'en raison de certaines circonstances, trop longues à expliquer, il est venu leur emprunter trois mille euros, remboursables à tempérament.

Si le chien Billy s'était mis à chanter sur le canapé, ses parents n'auraient pas eu l'air plus stupéfaits. Même son père a les yeux écarquillés.

Voyant le volume d'indignation qu'il soulève, Blériot doit concéder que trois mille euros ce serait Byzance, et qu'en cas de problème il pourrait très bien se contenter de deux mille cinq cents.

Ce sera mon petit cadeau annuel, ajoute-t-il sans vergogne.

Tu te débrouilleras avec ton père, moi, je ne m'en mêle pas, décide sa mère, qui semble encore toute retournée et préfère s'enfermer dans sa chambre.

Blériot suit donc son père dans son bureau et attend son chèque, le cœur contrit. Ce qu'il ne peut pas lui dire, c'est que lui aussi trouve tout cela navrant et que s'il avait su qu'à son âge il en serait réduit à taxer ses parents il aurait été moins pressé de grandir.

Louis, il y a des jours où j'aimerais monter dans une fusée et quitter la terre, dit subitement son père en coupant court à ses remerciements – il lui a donné trois mille.

Pour lui faire plaisir, Blériot l'accompagne dans l'espèce de cagibi, faisant office d'atelier, qu'il s'est aménagé au sous-sol. Il y a une table, deux chaises de camping et un matelas posé à même le ciment. C'est là qu'il passe des après-midi entiers en conversation avec la radio, tout en fabriquant ses maquettes d'avions.

Blériot ne fait aucune remarque, mais quelque chose lui dit qu'un jour il descendra en catimini avec son sac de couchage et ne remontera plus.

Dehors, la nuit étant presque tombée, les arbres du jardin semblent tout à coup bruire au vent du passé. On ne distingue plus que les transats sur la terrasse et les balles de ping-pong restées dans l'herbe.

Tu t'es séparé de ta femme ? lui demande son père pendant qu'ils boivent tous les deux dans le noir, les pieds trempés par la rosée.

Je pense que c'est plutôt elle qui me quittera, quand elle sera fatiguée de renflouer mon compte.

Moi, elle ne me quittera pas, regrette son père.

Par instants – ils commencent à être soûls comme des grives – une musique de fête diffusée par des haut-parleurs leur parvient depuis le village, avec des rires qui éclatent aux quatre coins de l'espace, et, à chaque fois qu'ils lèvent la tête, leur nostalgie redouble.

Il est maintenant onze heures à Londres. Quand le téléphone se met à sonner, il faut deux bonnes secondes à Murphy Blomdale pour sortir de son hébétude et réaliser que ce n'est pas son portable, mais le téléphone du salon.

Allô, bonsoir, je m'appelle Sam Gorki, fait une voix chevrotante qu'il ne reconnaît pas, est-ce que je pourrais parler à Nora ?

Elle n'habite plus ici, répond-il sèchement. Il y a alors un grand silence, quelques toussotis, comme au concert, puis la voix exhale un soupir si long, si profond, que Murphy en déduit tout de suite que son interlocuteur appartient comme lui à la catégorie des néoromantiques.

Welcome aboard, Sam.

Mais l'autre a raccroché.

C'est dommage, car ils auraient pu fonder une association, intenter un procès et réclamer des dommages et intérêts symboliques. Ce qui à propos lui remet en mémoire le petit coffret bleu caché dans le bureau et les cinq mille dollars qu'il a changés mercredi.

Il retrouve le coffret à sa place, qui lui paraît anormalement léger, comme s'il ne restait plus à l'intérieur qu'un peu de cendre ou de poussière. En fait, elle lui a royalement laissé deux billets de vingt pour boire à sa santé.

Au moins, cette fois, le message est clair, songe-t-il en se servant un verre de brandy dans la cuisine.

Une minute plus tard, dans le massacre de ses espérances terrestres, il s'en ressert un deuxième, avant de rappeler encore une fois Nora, comme ça, pour ne rien regretter, ses battements de cœur réglés sur ceux de la sonnerie, jusqu'à ce qu'il entende le message.

Elle ne répondra plus.

Ce qui ajoute à sa sidération, c'est l'idée que ce nom de Nora, avec le visage et le corps qui l'enveloppe, va se fixer dans un endroit bien précis des cellules de sa mémoire et qu'il s'oubliera sans doute lui-même avant de pouvoir l'oublier.

Tout ce qu'on peut attendre, il l'aura attendu, tout ce qu'on peut perdre, il l'aura perdu.

Et lui aussi, en regardant la nuit au-dessus de Londres, sent sa nostalgie redoubler.

5

Un matin il se réveille aux côtés de sa femme. Comme elle dort le visage tourné vers le mur, il ne voit que la masse de ses cheveux blonds qui lui descendent jusqu'au bas des épaules. Sa chemise de nuit découvre ses cuisses râblées, la peau blanche de ses jambes. Rien de plus. Autrefois, même dans ses rêves les plus ardents, sa femme lui apparaissait toujours habillée. C'est une pathologie qui doit avoir un nom.

Le visage tiraillé par sa névralgie matinale, Blériot se dirige à tâtons vers la cuisine afin de se préparer une tasse de café et d'avaler deux aspirines, tout en se faisant couler un bain. Au-dessus du lavabo, le miroir lui renvoie l'image d'un homme harassé, les yeux cernés et les os saillants.

Le bain est si brûlant que la vapeur reste posée au ras de l'eau comme un banc de brouillard, pendant qu'il se laisse flotter, jambes étendues, en réfléchissant à la conduite incompréhensible de Nora depuis son retour.

Sachant qu'il lui a déjà laissé une dizaine de messages et qu'elle ne lui a toujours pas donné signe de vie.

Répondra-t-elle ? Répondra-t-elle pas ?

Blériot, à l'heure qu'il est – il ouvre le robinet d'eau froide avec le bout de son orteil –, serait prêt à parier qu'elle ne répondra pas et qu'il perdra tout. Mais demain, à cause de son côté pendulaire, il pensera exactement l'inverse.

Après s'être rasé, il enfile une chemise blanche à col cassé sur son jean et, malgré la chaleur annoncée, noue une petite cravate en cuir noir, avec ce perfectionnisme, cette élégance un peu obsessive, propres à ceux qui passent leur vie à attendre quelqu'un.

Pour se distraire de la pensée de Nora, il s'est mis à espionner sa voisine d'en bas, dans la cour, une Russe octogénaire, qui ne quitte plus son appartement depuis des années – il imagine arbitrairement une odeur de cretonne poussiéreuse et de chat incontinent – parce qu'elle a apparemment décidé de regarder la télévision jusqu'à ce que mort s'ensuive.

En la voyant avaler ses tartines, Blériot se surprend parfois à l'envier de ne plus attendre personne.

Il erre ensuite de pièce en pièce, guettant le réveil de sa femme, à la manière d'un ectoplasme en suspension, ouvrant un à un les volets, observant la luminosité du ciel.

Ils habitent le dernier étage d'un vieil immeuble, sur les hauteurs de Belleville, où certains jours d'automne les nuages vont et viennent comme dans un hôtel.

Même si leur appartement est intrinsèquement laid et malcommode, il a l'avantage d'être grand et disposé sur deux niveaux, communiquant par un petit escalier en vis, ce qui leur évite en principe de se marcher sur les pieds.

Ils ont du reste mis au point un système d'occupation alternée des parties communes, de façon à ce que lorsque l'un écoute de la musique, par exemple, l'autre puisse tranquillement vaquer à ses occupations à l'étage en dessous.

Il n'est pas rare au demeurant, surtout quand l'atmosphère est électrique, que l'un des deux préfère rester à son étage et regarder la télévision dans son coin, plutôt que de devoir subir les commentaires de l'autre.

Sa femme et lui sont donc globalement dans le même espace, vivent dans la même temporalité, dormant tantôt ensemble – dans la chambre de Sabine –, tantôt chacun à son étage, et pourtant on dirait qu'ils vivent dans deux mondes différents, infiniment éloignés.

L'escalier, la dimension des pièces, l'absence de meubles contribuent sans doute à ce sentiment de vide qui les enveloppe tous les deux, même quand ils sont ensemble.

Au point que, l'après-midi, Blériot se surprend de plus en plus souvent à se demander comme un enfant s'il n'est pas seul dans cet appartement.

Tu es déjà levé, s'étonne sa femme en apparaissant vêtue de son peignoir de bain, une serviette nouée autour de la tête.

Depuis son ophtalmie, elle porte presque tout le temps des verres foncés, qui lui donnent ce matin l'air d'une aveugle offerte à la convoitise de son mari. Jusqu'au moment où il l'embrasse et sent soudain ses joues froides, sa présence physique hésitante.

Ton voyage s'est bien passé? lui dit-elle d'une voix tendue qui l'inquiète légèrement.

Elle est peut-être au courant, pense-t-il avant de se ressaisir et d'improviser un petit développement au sujet de la neurasthénie de son père.

J'ai encore quelques pages à terminer, ajoute-t-il en la plantant là pour prendre la direction de son bureau, une pièce de six mètres sur cinq, située à l'étage, où, à défaut d'être très concerné par son travail, il peut au moins réfléchir calmement, spacieusement.

Pour étouffer son angoisse et repousser à plus tard son examen de conscience, il s'empresse donc de fermer la porte et d'allumer son ordinateur.

Blériot, qui s'est toujours tenu à l'écart de tout projet de carrière, comme de tout désir de reconnaissance sociale, s'est mis traducteur free-lance il y a trois ou quatre ans – il traduit de l'anglais   plutôt que de continuer à être pressuré par des officines privées qui le payaient au lance-pierre.

Seulement, depuis qu'il travaille en solo, il est obligé d'accepter à peu près tout et n'importe quoi pour faire tourner son petit commerce, et traduit aussi bien des articles scientifiques, des notices pharmaceutiques que des modes d'emploi d'appareils ménagers.

Les jours fastes, il fait quelques piges pour des congrès médicaux, mais la plupart du temps il reste chez lui et se contente de ce qu'on lui propose.

Et quand on ne lui propose rien, il n'a en général d'autre recours que de faire appel à la générosité de son entourage.

Ce genre d'expédient expliquant, en partie, l'évident déficit d'image dont il souffre auprès de sa femme et de ses parents.

Par la fenêtre – car depuis ce matin il a constamment le nez à la fenêtre comme si Nora l'attendait dehors – il remarque dans la rue un homme en veston, qui ressemble à un homme d'affaires chinois, portant son fils endormi sur son dos, alors que sa femme trottine à côté d'eux en pleine chaleur et asperge régulièrement le visage de l'enfant à l'aide d'une petite gourde rose.

Blériot, penché en avant pour mieux voir la scène, ne les lâche pas des yeux jusqu'au moment où ils tournent au coin de la rue de Belleville, laissant derrière eux comme un sillage de bonheur irrattrapable.

Est-ce qu'il était le fils ? Est-ce qu'il était le père portant son fils dans une autre vie ?

Tout songeur, il revient au ralenti s'asseoir devant son écran.

Son bilan d'activité pour ces six derniers jours étant assez proche de zéro, il s'échine pendant une partie de l'après-midi à traduire un article de revue médicale consacré au traitement de l'infibulation en Afrique, avant de jeter l'éponge et d'aller se chercher une bouteille de bière dans la cuisine.

En remontant l'escalier, il entend sa femme chantonner dans le salon un air de Nancy Sinatra et s'arrête pile pour l'écouter. Il ne savait pas qu'elle aimait Nancy Sinatra.

You shot me down, Bang bang, I hit the ground, Bang bang, fredonne-t-elle avec une voix qu'il ne lui a jamais connue, une voix de très jeune fille, qui lui donne le frisson comme s'il avait la révélation de sa beauté avec des années de retard.

Le temps que la chanson se termine, toute trace de tristesse ou d'amertume a disparu de son esprit. On dirait que le processus de désagrégation de leur couple a été stoppé comme par magie. Il ne faut plus rien toucher.

Il continue donc à monter l'escalier, sans faire de bruit, et pousse la porte de sa chambre.

Tout en buvant sa bière à petites gorgées, il baisse ensuite les stores, parce qu'il a les idées plus claires dans l'obscurité, puis s'étend sur le canapé au fond de la pièce.

Maintenant il se tient tranquille. Tout va bien.

Il est couché sur le flanc, les yeux à demi fermés, comme une bête qui halète dans la douceur vespérale.

Tout va bien, se répète-t-il. Dans la pénombre du crépuscule – il a ramené les genoux sur sa poitrine –, les stores paraissent presque blancs.

6

Blériot ne sait pas quand ils ont commencé à s'éloigner l'un de l'autre. Le jour où il s'en est aperçu, c'était déjà fait.

À partir de cet instant, il n'a pu que constater, sans parvenir à l'arrêter, l'empoisonnement graduel de leur vie entière. Il a vu de jour en jour leur relation se déliter et n'a rien fait, n'a rien trouvé d'autre pour le supporter que cette acceptation piteuse de l'état des choses.

Quand il passe en revue à la vitesse de la lumière leurs premières années de mariage, il se dit qu'ils ont bien dû avoir leur petit lot de bonheur, comme tout le monde, mais il ne s'en souvient plus.

À peine se souvient-il de leur rencontre, un soir, chez des amis d'amis qui habitaient en banlieue.

À cause de la faillibilité de sa mémoire et son faible rayon d'action – ils se sont rencontrés il y a neuf ans –, il ne se rappelle d'ailleurs plus du tout la manière dont ils sont entrés en conversation, ni ce qu'ils se sont dit. Il a l'impression de l'avoir écoutée parler toute la soirée.

À cette époque, il était au fond du trou, pointait au chômage et vivait des subsides de son père quand il n'avait pas la chance d'être nourri et logé par une gentille étudiante américaine ou norvégienne. Car sans avoir jamais fait partie de l'avant-garde sexuelle de sa génération, Blériot n'était pas non plus un premier communiant lorsqu'ils se sont connus.

Mais Sabine appartenait à un monde tout différent.

Elle était plus âgée que lui, divorcée, elle connaissait une foule de gens, elle était élégante, physiquement attrayante, intellectuellement stimulante. Elle avait fait une thèse sur le Bauhaus, avant de s'occuper de collections d'art contemporain dans toute une série de fondations. Visiblement, elle savait ce qu'elle voulait.

Elle était tout le contraire de lui.

C'est d'ailleurs elle qui l'a voulu, qui lui a laissé son adresse et son numéro de portable à la fin de cette soirée, en lui recommandant de ne pas hésiter à l'appeler, et lui qui s'est fait désirer une bonne quinzaine de jours, avant de composer son numéro.

Pourquoi l'a-t-il revue? Sans doute parce qu'elle voulait le revoir.

C'était moins de l'amour ou du désir, en tout cas, qu'un sentiment bizarre de vertige et de soumission.

Et puis, elle l'impressionnait, elle avait connu John Cage et Merce Cunningham et elle adorait la littérature allemande, avec une prédilection pour Elias Canetti. On peut presque dire qu'il est sorti avec elle pour savoir en quoi consistait le génie de Canetti sans se donner la peine de le lire.

Ce qui est sûr, c'est que passé la surprise de découvrir chez cette jeune femme cérébrale, assez guindée sur les bords, un tempérament sensuel qu'il ne lui imaginait pas, tout est allé très vite, probablement trop vite.

Elle l'a épousé et il l'a épousée – non sans restriction mentale de sa part –, et ils sont aussitôt partis vivre une année en Irlande où elle faisait des expertises pour une fondation privée, tandis qu'il cachetonnait dans les collèges des environs.

Et il leur est arrivé là-bas ce qui arrive à tous ces amants pressés qui s'engouffrent dans le premier hôtel venu et se retrouvent coincés dans l'ascenseur. Des années plus tard, ils sont toujours bloqués et ont épuisé tous les sujets de conversation.

Pourtant, les longs tête-à-tête, les nuits qu'on passe ensemble, les promenades à deux pendant les premiers mois permettent normalement à chacun de pressentir la part de bonheur ou de malheur que l'autre lui apportera. Et Blériot n'avait pas mis longtemps à deviner que la part de malheur serait la plus lourde des deux.

Mais il a fait comme si. Par manque d'assurance, par immaturité.

Si on examine maintenant les choses avec les lunettes de l'objectivité, c'était lui assurément le plus incapable des deux, donc quelque part le plus coupable.

Ce que la plupart des hommes recherchent toute leur vie, l'intelligence, la tendresse, la compréhension, l'indulgence, elle les lui apportait sur un plateau, et on aurait dit qu'il ne savait pas quoi en faire.

Après il a été trop tard.

Le disque du temps repasse toujours la même séquence. Sabine est tombée enceinte au mois d'avril, elle a quarante-deux ans, elle refuse d'y croire, et tout de suite la question est terriblement simple : il veut de toutes ses forces cet enfant et de toutes ses forces elle n'en veut pas. Parce qu'elle n'a plus confiance en lui.

Il se souvient du regard qu'elle fixe sur lui à certains moments, sans ciller ni détourner les yeux, comme si elle avait tout à coup un don de voyance et savait quelque chose sur elle et sur lui qu'elle n'a pas le droit de lui révéler.

Sur elle, lui ne sait rien.

Elle a horreur des confidences autant que des souvenirs. Il ne sait même pas à quoi ressemble son premier mari, ni ce qu'elle lui reproche exactement. Quant à sa famille, à sa sœur et à ses deux frères un peu étranges, elle garde à leur sujet le même silence, la même distance défensive, comme une sorte de dispositif de sécurité infranchissable.

Blériot a beau être intimement persuadé qu'elle refuse d'avoir un enfant pour des raisons liées à sa propre enfance, il ne parvient pas à lui tirer une parole. Parce que ça la concerne elle et pas lui, lui dit-elle.

Pour échapper à cette relation claustrophobique, il sort presque tous les soirs et fait des tours de quartier. Il marche comme on prie.

Il marche pendant qu'elle dort dans son lit, avec la sensation d'avancer de salle en salle à l'intérieur de son sommeil, jusqu'à la chambre secrète où bat le cœur de l'enfant.

Au retour, il s'évanouit de fatigue. Il sait déjà qu'il a perdu. Après des jours et des jours d'arguties et de débats inutiles, il la laisse faire ce qu'elle veut.

Quand elle rentre de la clinique, elle se couche entre les draps et ne lui parle plus.

À partir de là, la vie commune devient irrespirable. Le jour, ils s'évitent, et la nuit, ils reposent sur leur lit comme deux blocs de solitude séparés par une incompréhension sans fin.

Ils pourraient se séparer, mais ils continuent à vivre ensemble, sans doute parce que dans leur confusion émotionnelle ils ont besoin d'ordre – même si chacun d'eux a son ordre à lui – et qu'ils ne redoutent rien tant que de voir leur vie livrée au chaos et à la dispersion.

Aujourd'hui le compromis tient toujours.

Les couples – le leur, en tout cas – ressemblent souvent à des organisations incohérentes, alors qu'ils sont en réalité une alliance d'intérêts bien compris.

En vertu de quoi, on peut devenir de plus en plus indifférents et de plus en plus inséparables.

Parfois, quand il pense à tout cela, qu'il parcourt la chaîne moléculaire de ses désillusions et de ses tristesses, Blériot ne sait pas ce qui l'angoisse le plus, de devoir un jour quitter sa femme ou de vieillir avec elle.

En tout cas, ce soir, pour la première fois depuis longtemps, il se sent apaisé, sans appréhension, sans illusion.

Il chante tout seul : *You shot me down, Bang bang*, pendant qu'il boit sa bière à la fenêtre.

Son voisin d'en face, un immense garçon noir, a passé la tête par la lucarne du toit comme Alice au pays des merveilles et respire l'air du soir.

Tout va bien, se répète-t-il encore une fois.

7

Il a essayé au moins une dizaine de fois de joindre Dorothée au téléphone, puis, sans savoir par quelle opération mystérieuse, le nom de Vicky Laumett lui est revenu en mémoire pendant qu'il triait ses carnets.

Murphy a senti à cet instant qu'il tenait une des rares pistes exploitables pouvant le mener à Nora.

Elles s'étaient fréquentées au lycée de Coventry, s'étaient retrouvées à Londres, avaient eu plusieurs amis communs et, d'après ses informations, étaient encore en contact au mois de mars.

Il se souvient pour sa part d'une jolie fille métisse, plutôt petite, qu'il a dû rencontrer deux ou trois fois, toujours accompagnée de très grands hommes qui semblaient attirés par son centre de gravité exceptionnellement bas.

Nora lui a dit qu'elle avait épousé l'hiver précédent un certain David Miler, journaliste dans un hebdomadaire financier. Leur numéro doit donc forcément se trouver quelque part.

Je suis Murphy Blomdale, l'ami de Nora, se présente-t-il, avant de lui expliquer, mort d'embarras, la situation pénible à cause de laquelle il se permet de l'appeler à cette heure.

Après un silence interloqué – elle ignorait apparemment tout du départ de Nora –, elle le prévient tout de suite qu'elle n'a pas revu Nora depuis des mois et ne sait rien des raisons de sa disparition. Cela étant, s'il juge nécessaire de lui parler – ce qu'elle est tout à fait capable de comprendre – elle lui assure qu'elle est à son entière disposition.

David ne rentre pas avant dix ou onze heures, lui dit-elle, vous pouvez donc passer quand vous voulez.

Le temps de prendre une douche et d'enfiler une chemise propre, il est déjà dans la rue à la recherche d'un taxi.

En apercevant les lumières et la foule sur Upper Street, après des jours d'isolement, Murphy éprouve une légère sensation de vertige et d'angoisse, qui l'oblige à marquer le pas.

Pour tout arranger, un crépuscule transparent, quasi aphrodisiaque, est tombé sur Londres, les terrasses sont bondées, les filles crient d'excitation et les couples s'embrassent tant qu'il peuvent pendant que lui, caché derrière ses lunettes bleues, sent quelque chose de doux dans l'atmosphère qui lui déchire les chairs.

Sans qu'il y paraisse, Murphy Blomdale a été autrefois – quand il vivait encore aux États-Unis – un étudiant couvert d'étudiantes, mais étrangement il n'a gardé aucune nostalgie de ces années-là.

Toutes ces petites Bostoniennes, blondes et sentimentales, qui défilaient dans sa chambre comme des personnages en quête d'auteur, tous ces amours dévoyés, ces aventures médiocres, cette menue monnaie de la vie, tout cela, après Nora, lui paraît même incroyablement lointain et dérisoire.

En descendant du taxi, il remarque que l'air est de plus en plus étouffant et qu'il s'est mis à transpirer.

L'appartement occupé par Vicky et son mari donne sur une petite place déserte, entourée d'hôtels, à deux pas de la station Earl's Court.

Conscient qu'il ne peut plus reculer, Murphy se tient un moment devant la vitre en bas de l'immeuble, la silhouette un peu voûtée, les yeux pochés par l'insomnie, les cheveux plaqués en arrière, l'air sinistre et élégant comme un veuf.

Il a appuyé sur le bouton pour s'annoncer. C'est au quatrième droite, répond une voix dans l'interphone.

La porte est ouverte. Vicky Laumett, tout de blanc vêtue, est en train d'aller et venir dans le couloir en parlant au téléphone. Il reste donc sur le seuil de la porte, cherchant à comprendre ce qui l'étonne le plus, de sa taille – on dirait qu'elle a grandi de dix centimètres – ou du regard aigu qu'elle fixe sur lui en lui faisant signe d'entrer.

Deux couloirs plus loin, il aperçoit derrière elle un intérieur étincelant et froid, dans le style des appartements témoins, avec des sculptures en métal et des masques africains accrochés aux murs.

Murphy Blomdale serait incapable de dire à cet instant si c'est de bon ou de mauvais goût, primo parce qu'il est trop anxieux ou trop distrait par la présence de la maîtresse de maison pour s'en soucier, et deuzio parce que les objets en général l'ennuient.

Je ne faisais pas attention à l'heure, s'excuse-t-elle en lui prenant la main pour le guider vers le salon.

Quand ils sont assis l'un en face de l'autre, il se sent subitement déprimé, dans une sorte de nudité émotionnelle qui lui fait honte comme s'il allait se mettre à pleurer. Il regrette déjà d'être venu.

En plus, sans savoir pourquoi – peut-être à cause de l'allure de son appartement –, il la soupçonne d'être une jeune femme matérialiste et pas particulièrement compatissante.

Aussi prend-il soin, pour cacher son état d'abattement, de ne pas lui parler tout de suite de Nora et de s'intéresser d'abord à elle, à ce qu'elle fait – elle a repris ses études et termine un master de droit – à ses projets, ses amis, son mari.

Comme elle est assez expansive, la chose n'est pas trop difficile et ils bavardent ainsi un bon moment. Elle, toute au plaisir de lui parler, et lui réconforté de découvrir chez cette fille, qu'il connaissait à peine, une gentillesse, une drôlerie, en même temps qu'une vitalité tranquille, qui le change heureusement des personnes qu'il fréquente à Londres.

Par instants, dans son désemparement, il se demande même si elle n'est pas trop aimable avec lui, trop charmeuse, au point d'émettre parfois des signes intentionnellement ambigus.

Comme ce bras qu'elle passe derrière la tête, dans un geste qui semble plus destiné à mettre en valeur ses jeunes seins qu'à s'étirer.

Si bien que, tout en buvant ses paroles, Murphy finit par se persuader qu'elle est sans doute moins sereine et mature qu'elle ne veut bien le laisser paraître et qu'il reste caché tout au fond d'elle une sorte de désir confus, d'excitation pubertaire qui a dû persister sous ses airs adultes.

On n'a toujours pas parlé de Nora, remarque-t-elle soudainement en apportant une bouteille de vin italien, parce qu'elle a dû deviner à son trouble un transfert de sentiments qui ne lui sont normalement pas destinés et qu'elle juge salutaire de recadrer le débat.

Oui, c'est vrai, admet-il en rougissant à retardement de ses mauvaises pensées.

Murphy en vient donc au motif principal de sa visite et lui raconte par le menu toutes les recherches qu'il a effectuées afin de comprendre les raisons du départ de Nora – puisqu'elle ne lui a donné aucune explication –, les coups de téléphone qu'il a passés aux uns et aux autres pour reconstituer son emploi du temps, le disque dur qu'il a fait parler, sans rien trouver, comme si elle avait soigneusement effacé ses traces.

Je suis maintenant convaincu, lui dit-il, qu'elle avait tout organisé, tout planifié depuis longtemps.

Par un reste de scrupule, il évite de lui parler des cinq mille dollars dont elle l'a délesté avant de partir.

La planification, je n'y crois pas beaucoup, lui dit-elle doucement pendant qu'elle remplit leurs verres.

Je n'y crois pas parce que je connais Nora et que je la sais trop impulsive pour préméditer une rupture.

Quant au fait, continue-t-elle, qu'elle ne lui ait fourni aucune explication, c'est sa manière habituelle de procéder avec les hommes – ce n'est pas une dialecticienne. Nora est quelqu'un qui estime qu'il n'y a rien à expliquer, ni pourquoi on s'aime, ni pourquoi on se quitte.

En réalité, Nora n'a jamais été une fille très facile à comprendre, lui rappelle-t-elle en marquant une pause comme pour enclencher le retour en arrière.

Au lycée, elle était en fait déjà considérée comme un drôle de phénomène, à cause de ses piercings et de ses cheveux peroxydés. C'était le genre d'adolescente hargneuse, complexée, un peu boulotte, qui traverse la vie toutes griffes dehors et que personne, insiste-t-elle, mais vraiment personne, n'avait envie d'avoir pour copine. S'il voit ce qu'elle veut dire.

Elle devait être à peu près la seule à avoir deviné à quel point un jour elle deviendrait jolie et le chorus de louanges qui l'entourerait.

Et lorsque l'événement s'est produit, au retour des

vacances d'été, et que tout le monde s'est mis à la regarder avec des yeux ronds, ses ennuis n'ont fait qu'augmenter.

Elle revoit en particulier une scène en cours de sport, un après-midi, alors que Nora était encore dans une période transitionnelle, donc pas très sûre d'elle-même, et que des garçons d'un mètre quatre-vingt-dix en ont profité pour la kidnapper dans leur vestiaire et lui toucher qui une jambe, qui un sein.

C'était révoltant, dit-elle, on aurait cru qu'ils voulaient tous un morceau d'elle.

Vicky Laumett, qui commente les images en voix off, reconnaît qu'elle aussi s'est sentie attirée par Nora à partir de cette époque parce qu'elle était restée pure et sauvage, et que toutes les deux détestaient ces couples qui salivaient en s'embrassant dans tous les coins du lycée.

Elles, elles aimaient les acteurs américains ou les poètes romantiques, surtout Percy Shelley.

Vous voulez encore du vin ? lui demande-t-elle.

Murphy, qui l'écoute dans une espèce de calme sidéré, cataleptique, lui fait signe de continuer.

Il aime bien sa voix égale, légèrement planante, pendant qu'elle lui raconte toutes ces années où il n'existait pas.

Nora, dit-elle – ceci expliquant peut-être cela –, est la fille cadette d'une famille dysfonctionnelle, avec une mère dépressive, qui disparaissait de temps à autre dans la nature, et un père flambeur et surendetté, employé à la mairie de Coventry. Elle ne se rappelle plus ce qu'il faisait exactement, en tout cas, une veille de Noël, il a filé en emportant la caisse du club du troisième âge, plongeant du coup toute la famille dans la honte et la pénurie.

Un an plus tard, pratiquement jour pour jour, Nora a profité du marasme familial pour s'émanciper toute seule et rejoindre un groupe de musiciens, censé l'initier au funk et à l'anarchie.

À partir de là, elle a cessé d'avoir de ses nouvelles. Jusqu'à ce que sa sœur, Dorothée, lui annonce que Nora avait rencontré le grand amour à Paris sous les traits de Spencer Dill et qu'elle n'avait jamais été si heureuse. Elle en parlait vraiment comme d'une rédemption, se souvient-elle.

Mais la première fois qu'elles se sont retrouvées à Londres, l'année suivante, et qu'elles ont discuté de quantité de choses, entre autres de garçons, elle l'a sentie au contraire assez désillusionnée, un peu comme une princesse qui ne croit plus au surnaturel.

Elle n'arrêtait pas de s'accuser d'être froide, égoïste et destructive, et, franchement, elle a eu pitié d'elle.

Elle ne dit pas : Ensuite, ça a été votre tour. Murphy ne dit rien non plus.

Il se demande s'il peut lui suggérer d'intervenir auprès de Nora pour intercéder en sa faveur ou s'il est préférable d'attendre qu'elle le lui propose. À supposer bien entendu qu'elle en ait envie.

Dans cette perplexité d'esprit, il se ressert en vin et regarde l'orage à la fenêtre. Il aperçoit quelques éclairs blancs qui se ramifient dans le fond du ciel et des gens qui courent vers leur voiture.

Vous croyez que, si elle est à Paris, vous pourriez faire quelque chose pour moi? dit-il en se tournant vers elle.

Je ne sais pas, répond-elle, avec une petite moue dubitative, qu'il interprète comme une fin de non-recevoir. Il comprend qu'il vaut mieux ne pas insister et s'en aller dignement. De toute façon, son mari va arriver.

Dehors, autour d'Earl's Court, c'est le calme du vide après la pluie, les gens sont rentrés chez eux, les magasins pakistanais ont baissé leur rideau, les chiens commencent à dévaliser les poubelles.

Abrité sous un pas-de-porte, Murphy attend son taxi en fumant, pénétré par la désolation du monde, en lui et hors de lui.

8

Depuis un moment, elles sont assises toutes les deux sur le banc de la gare, elles attendent le train de Torquay. Nora lui fait écouter la musique de REM dans ses écouteurs, le soleil se lève, elle presse sa jambe contre celle de Nora et c'est le début de l'été.

Elles ont dix-sept ans, elles sont devenues un binôme symbiotique qu'on voit partout sur les plages. Quand elles ne sont pas sur les plages, elles habitent chez les grands-parents de Nora.

Pendant que son mari est endormi à côté d'elle, Vicky Laumett visionne tranquillement la gare, les affiches de cette époque, le quai venté, les lauriers blancs, l'océan vert au loin, les voyageurs qui passent et repassent devant elles, transis par l'humidité de l'air, l'homme qui écrit des cartes postales sur le banc d'en face.

Puis, tout aussi délibérément, elle visionne le visage de Nora à côté du sien, ses cheveux ébouriffés, son teint pâle, un peu phtisique, ses yeux bruns, ses taches de rousseur, ses lèvres desséchées par l'air marin, qu'elle a tout le temps envie d'embrasser.

Cet été-là, c'est plus qu'une fixette qu'elle fait sur Nora.

Le train n'arrive pas. Elles ont pris la fuite à sept heures du matin pour aller retrouver un certain Aaron Wilson ou Milson, que personnellement elle n'a jamais rencontré, mais dont Nora lui a rebattu les oreilles – il est moniteur de planche à voile, il joue de la guitare acoustique et, selon elle, doit avoir au moins vingt-deux ou vingt-trois ans – de sorte qu'elle se trouve maintenant partagée entre la curiosité de le voir et la peur d'être lâchée par Nora et de devoir rentrer seule ce soir.

Au fond d'elle, elle préférerait que le train n'arrive jamais.

Si, à l'échelle géologique, tous les instants d'une vie ne forment après coup qu'un seul instant, qui résume tous les autres, Vicky aimerait que ce soit celui-là, celui où elles écoutent tête contre tête la musique de REM sur le quai d'une gare, en été, quand les portes de la vie sont encore grandes ouvertes.

Ensuite, à la descente du train – des pans entiers de la matinée ont disparu – elles prennent la direction du port et dévalent ensemble les rues de Torquay, bordées de pensions vieillottes comme dans la série télé avec John Cleese. Un léger parfum de marée flotte dans l'air, des bandes de nuages argentés glissent dans le ciel.

En cours de route, elles s'arrêtent sur une terrasse d'hôtel pour regarder le paysage de la plage et attendre l'apparition du fameux Aaron, mais sans impatience excessive non plus, car ce n'est tout de même pas l'archange Gabriel – elles sont d'accord là-dessus.

À cet instant, quelqu'un au loin, manifestement situé vers la droite, crie le nom de Nora et elles tournent toutes les deux la tête en même temps.

En contrebas, elles aperçoivent un grand garçon brun qui traverse la plage dans leur direction, en tenant sa planche au-dessus de lui. C'est Aaron, dit la vraie Nora, qui a mis sa main en visière.

Elles le regardent encore un moment, appuyées à la balustrade, sans lui faire de signe, leurs visages bien parallèles exposés au soleil. Elles ont tout leur temps. On dirait que la seule présence de Nora à côté d'elle suffit à provoquer une dilatation de la durée.

Au premier abord, quand elles le retrouvent dans la rue, Aaron lui paraît trop grand, trop souriant, trop sûr de lui, peut-être parce qu'elle au contraire se sent vulnérable et qu'elle ne sait pas quelle contenance adopter dès qu'il commence à embrasser Nora. Pour ne pas faire de jalouse, il l'embrasse à son tour – c'est apparemment un embrasseur-né – en la complimentant sur son jean à strass et ses baskets blanches.

Compliments qu'elle accueille avec toutes les apparences du plus parfait sang-froid, tandis que Nora la regarde malicieusement comme si elle avait déjà son plan à elle.

Une fois débarrassé de son matériel, il les emmène déjeuner dans un fast-food situé en haut de la rue principale, à côté d'un bureau de poste avec des vitres orangées.

Quand il n'embrasse pas Nora et se rappelle sa présence – elle est pourtant assise en face d'eux –, Aaron lui pose une foule de questions comme pour un examen probatoire, sur ses goûts en musique ou sur ses émissions préférée à la télévision – lui adore une série qui se passe dans un sous-marin allemand –, tout en lui piquant quelques frites.

Elle a beau essayer de perfectionner son air renfrogné et répondre par monosyllabes, elle le trouve en réalité plutôt drôle, avec quelque chose d'enfantin et d'émotif qui la rassure.

Ils descendent ensuite vers la mer, dans une sorte de torpeur ensoleillée, un peu intemporelle, sans parvenir à se décider s'ils iront se poser sur la plage ou à une terrasse de café, comme si l'embarras de leur désir – Nora marche entre eux deux – les plongeait dans un état semi-léthargique.

Mais les bords de mer ont cet avantage, découvre-t-elle, qu'on peut continuer à marcher indéfiniment sans jamais prendre de décision. Moyennant quoi, ils se retrouvent à des kilomètres de là, assis sur des sièges de bar, à l'intérieur d'une salle de bowling enfumée.

Il y a une interruption.

J'aimerais bien, lui dit son mari d'une voix excédée, pouvoir dormir sans avoir ta lumière dans les yeux. Ce serait possible? Elle éteint.

S'il savait, s'amuse-t-elle en revenant aussitôt à Torquay.

64

Maintenant l'après-midi est presque parti. Ils sont retournés sur le front de mer pour manger une glace et se promener ensemble le long de la plage, les yeux plissés par la réverbération du soleil. Aaron est en train de leur décrire le logement qu'il occupe chez ses cousins et qui tient, selon lui, de l'appartement soviétique et du centre d'hébergement équipé d'une cuisine commune et de toilettes collectives.

À sept heures tapantes, il faut se dépêcher de prendre son tour dans la queue pour la salle de bains, leur explique-t-il, sinon, ceinture. Le ballon d'eau chaude met trois heures à redémarrer.

Sur le moment, elle ne se demande pas pour quelle raison il leur raconte tout cela. Elle l'écoute d'ailleurs distraitement en marchant, parce qu'elle a toujours à la lisière de sa conscience l'ombre mobile de Nora, avec son profil découpé sur l'eau.

De l'autre côté du port, sur les hauteurs, elle distingue une maison à vendre, tout en baies vitrées, avec le nom d'une agence et un numéro de téléphone qui se termine par 2013. Et sans comprendre pourquoi, elle est tout à coup convaincue qu'elle se souviendra de ce nombre de 2013 qu'elle voit clignoter au soleil. Comme si c'était une date, une sorte d'avertissement ou de conjuration pour l'avenir.

Vicky, il faut que je te parle, lui dit justement Nora en profitant d'un moment où elles sont seules toutes les deux.

Tu sais que je n'ai jamais eu de secret pour toi. Tu le sais ? répète-t-elle, bon, et moi, je sais que tu n'en parle-

65

ras à personne, continue-t-elle avant de lui confier à voix basse, comme si c'était urgentissime, qu'elle est amoureuse d'Aaron et qu'elle a très envie de faire l'amour avec lui.

Maintenant? répond-elle bêtement, dans sa surprise.

À des années de distance, Vicky Laumett revoit toute la scène comme d'un hélicoptère, la lumière déclinante, l'horizon, les rouleaux blancs des vagues, les enfants accroupis dans le sable, et elles deux, toutes jeunettes, qui se parlent en tremblant comme des actrices débutantes.

Elle qui lui dit qu'elle ne veut pas rester seule et Nora qui lui dit qu'il n'en est pas question et qu'elle l'aime au moins autant qu'Aaron.

Je ne veux pas que tu t'en ailles, insiste-t-elle, tout en lui caressant le creux de la main avec son doigt. Est-ce que tu me fais confiance?

Bien sûr, dit-elle en mêlant ses cheveux à ceux de Nora et en cherchant discrètement le goût iodé de ses lèvres pendant qu'une onde de plaisir la traverse de part en part.

Ensuite, elle n'a plus le temps de réfléchir, ni de s'inquiéter de ce qui va se passer pour elle, car Aaron est déjà revenu à leur hauteur, une canette de bière à la main, et leur annonce que ses cousins ne seront pas là ce soir – ils doivent partir aux alentours de neuf ou dix heures – et qu'elles peuvent donc coucher dans sa chambre.

Il y a juste un grand lit et deux chaises, les prévient-il en buvant sa bière et en échangeant avec Nora un regard lourd de secrets.

C'est seulement à cet instant précis qu'elle a l'impression de comprendre où ils veulent en venir.

Moi, ça me convient parfaitement, répond tout de suite Nora, qui fait partie des trente-cinq pour cent de jeunes Anglaises de moins de dix-huit ans sexuellement actives. Tandis qu'elle, à côté, affiche la poitrine d'une fille de treize ans et l'expérience qui va avec.

Mais tout ce qu'elle trouve à leur dire, c'est qu'il faudrait peut-être d'abord téléphoner aux grands-parents de Nora pour leur demander leur permission.

Ce qui fait bien rire leur petite-fille. Tu ne veux pas non plus appeler tes parents ?

Par crainte du ridicule, elle n'ose pas leur parler du reste.

Mais elle sait déjà qu'elle est prise en otage et qu'elle va probablement se laisser faire. Parce qu'elle a trop peur que Nora la plante là et qu'à cause de ça tout soit terminé entre elles.

Bon, qu'est-ce qu'on fait maintenant ? lui demande Aaron. Tu viens avec nous ou pas ?

Qu'est-ce qu'elle peut répondre à ça ? Elle les suit évidemment, puisqu'elle n'a pas d'autre option.

Du haut de son hélicoptère, elle se voit avancer derrière eux, toute pâle et virginale, tandis qu'ils marchent les pieds dans l'eau, enlacés, comme s'ils avaient soudain oublié sa présence.

Autour d'eux, il n'y a plus grand monde, le vent

s'est levé et les gens ont quitté la plage. Au loin, le soleil s'enfonce en pétillant dans la mer et elle aperçoit une petite embarcation à moteur qui fait la navette entre nulle part et nulle part, dans une telle solitude, une telle tranquillité, qu'elle a brutalement envie de pleurer.

Pour éviter de se donner en spectacle, elle se met à courir tout le long de la grève, en faisant des moulinets des deux bras et en ouvrant toute grande la bouche pour aspirer le vent du large.

Une fois le soleil disparu, la plage se change d'un seul coup en un paysage gris et solitaire, jonché de débris apportés par les vagues. Et comme il fait de plus en plus frais, ils finissent par rebrousser chemin.

Ils marchent côte à côte en direction du port, en se taisant tous les trois comme s'ils jouaient au roi du silence, pendant qu'un chien fou poursuit une troupe de mouettes.

On y va quand? demande-t-elle en frissonnant comme si elle était pressée que ce soit déjà terminé.

Il n'est pas encore tout à fait dix heures, et ils ne savent plus quoi faire. À cause de la marée montante, l'obscurité vue d'en haut a quelque chose de translumineux tout le long du môle.

Ensuite, ils remontent des rues au hasard, attendant le moment où ils vont pouvoir prendre possession de la chambre et coucher ensemble.

Ou, plutôt, c'est ce moment qui les attend.

9

La lumière matinale commence à chauffer les vitres du salon quand Léonard Tannenbaum, drapé de sa robe de chambre en cotonnade pourpre, tire d'un air olympien un petit aspirateur cylindrique de marque Rowenta sur le parquet.

Sans cesser de converser avec son visiteur, il aspire délicatement la poussière des cactus en pot, avant d'en nettoyer les feuilles à l'aide d'un coton imbibé d'eau déminéralisée. À chaque fois qu'il se penche sur ses plantes – pareil à Gulliver incliné au-dessus des jardins –, sa robe de chambre laisse apercevoir de longues jambes maigres et sédentaires, dont on s'étonne qu'elles aient pu autrefois soutenir un corps imposant, sculpté par des années de parapente et d'aviron.

La maladie a décharné ses mollets, émacié sa silhouette, creusé ses yeux bleus.

Ce matin, je ne sais pas où donner de la tête et un rien m'épuise, dit-il en tirant les rideaux pour étouffer la chaleur.

Ils passent alors l'un derrière l'autre dans la grande chambre, avec ses dizaines de statuettes chinoises disposées sur des étagères, que le maître de maison époussette avec soin pendant qu'il reprend son récit à propos de la manifestation de Turcs marxistes-léninistes qu'il a croisée hier après-midi, place de la République, et de la sinistre impression que lui ont faites ces drapeaux rouges, frappés de la faucille et du marteau.

Son visiteur, qui en a vu d'autres, se contente d'opiner du chef en regardant par la fenêtre les grilles des Buttes-Chaumont, d'abord parce qu'il ne supporte pas plus que lui les foules excitées, et ensuite parce qu'il connaît à l'avance sa tirade sur le détournement des émotions collectives et les cauchemars qui en résultent.

De toute façon, Léonard exècre l'Histoire (il préfère l'éternité) et sa valise est toujours prête, au cas où les choses tourneraient mal.

En attendant, équipé d'une paire de longs gants en caoutchouc transparent, il s'emploie à nettoyer les taches récalcitrantes de son canapé à l'aide d'un produit tensio-actif, tout en continuant à disserter à haute voix sur le ressentiment des foules.

Syndrome de solitude ou déformation professionnelle – il est titulaire d'une chaire de neurologie –, Léonard s'est mué avec les années en un monologuiste incorrigible, qui n'admet de partager son temps de parole avec personne, comme dans les débats télévisés.

Et comme son état ne va pas en s'améliorant et qu'il n'enseigne plus que de manière très intermittente, ce sont maintenant ses visiteurs qui en profitent. La vie pour lui est devenue un amphithéâtre permanent.

À l'époque où il était lui-même élève sur les bancs d'une institution privée, Léonard Tannenbaum était déjà un garçon aussi brillant qu'imprévisible, toujours occupé à narguer ses professeurs ou à improviser des discours scandaleux dans les assemblées générales, quand il n'essayait pas de caresser en douce les genoux de son voisin.

Et le voisin, une fois sur deux, c'était Blériot.

Que cet amour à sens unique – Léonard a dû lui envoyer une bonne centaine de lettres – ait pu se transformer un jour en une affection mutuelle et presque exclusive doit relever d'une conjonction astrologique. Même si cette relation n'est pas non plus tout à fait dénuée d'arrière-pensées, de part et d'autre.

Ainsi Blériot, toujours dans le besoin, taxe-t-il régulièrement son ex-amoureux – c'est d'ailleurs la raison de sa présence ce matin – de quelques gros billets tout neufs, sous les prétextes les plus divers.

Sans compter les traductions d'articles qu'il parvient à gratter, parce que Léonard fait partie du comité scientifique d'une dizaine de revues américaines.

Il n'est pas impossible au demeurant que celui-ci ait pu espérer un retour sur investissement, mais si c'est le cas, il n'en a jamais rien dit et a dû finir par tirer un trait.

En contrepartie, car il y a forcément une contrepartie, Blériot se doit de lui confesser ses petites affaires privées, en évitant autant que possible les circonlocutions et les explications psychologiques, qui nous dépouillent – c'est du Léonard dans le texte – de notre dignité de pécheur.

S'il est toujours impressionnant dans le rôle du directeur de conscience, il est tout aussi capable de jouer, avec la même conviction, un abbé libertin ou bien encore une grande dame bafouée – Mme de Chevry-Tannenbaum – reprochant à son ami d'être un ingrat et de l'avoir abandonnée pour une fille dont la réputation a fait le tour de Paris.

Ce qui me désole, vois-tu, mon mignon, c'est que tu ressembles de plus en plus à un petit toxicomane en manque d'argent, lui dit Léonard en lui tendant trois billets de cent, et je me fais du souci pour toi. Je voudrais bien savoir ce qui t'intoxique autant à ton âge.

Sans nier sa part de responsabilité, Blériot est quand même obligé de lui rappeler qu'il ne s'agit que d'un prêt à très court terme et que, par ailleurs, il vaudrait peut-être mieux éviter de trop parler d'argent, parce que les murs ont des oreilles.

Il fait ici allusion à Rachid, l'homme de compagnie de Léonard, qui vient de rentrer des courses et qu'on entend s'agiter dans la cuisine.

Bien qu'il fasse aussi fonction d'ordonnance, de confident, d'amant et de fils adoptif, Rachid ne correspond en rien à l'idée qu'on peut se faire d'un prince charmant. C'est plutôt un grand escogriffe, au visage boutonneux, à

72

l'air un peu louche, qui ne peut s'empêcher de se mêler à toutes les conversations et de vouloir avoir raison contre tout le monde. Jusqu'au moment où son protecteur, excédé, est obligé d'employer les grands moyens et de le secouer comme un prunier pour lui faire entendre raison.

Après quoi, en guise de punition, il est relégué dans la cuisine et interdit de conversation.

Ce sont des formes patentes de maltraitance, Blériot en est tout à fait conscient, comme il est conscient d'être dans ces moments-là le complice objectif du tortionnaire, à la fois par sa passivité – qui frôle souvent la complaisance – et par cette habitude désinvolte qu'il a prise de mettre ses écouteurs et de se retirer dans une chambre, dès qu'il y a du grabuge dans le salon.

Tout cela pour se retrouver une heure plus tard, comme aujourd'hui, assis à table en face des bricks et des boulettes aux herbes amoureusement préparés par Rachid, tandis que Léonard en aparté se plaint des éjaculations précoces de son amant, qu'il attribue à la trop grande excitabilité des musulmans et à leur angoisse de l'interdit.

Tu pourrais attendre qu'il soit parti, lui fait remarquer Blériot à voix basse. Car il y a des jours où les provocations de Léonard l'amusent et d'autres où elles le désolent totalement comme des hennissements de solitude.

Contrairement à ce que croient mes collègues de la faculté, continue celui-ci, je ne pense pas beaucoup à mes étudiants ou à mes patients – en tout cas, pas plus qu'à Aristote –, je pense au sexe et encore au sexe.

Cette fois-ci, le nez dans son assiette, Blériot ne fait aucun commentaire. Il a activé son dispositif de protection mentale – le DPM – et retient d'un seul coup sa respiration en fixant les miettes éparpillées sur la table pendant que son esprit vitrifié réfléchit les ombres et les lumières de l'après-midi.

C'est toujours dans ces moments de stupeur et de débâcle morale, lorsqu'il se sent au plus bas de lui-même, que Nora lui manque le plus et qu'il voudrait pouvoir l'appeler pour qu'elle vienne le chercher.

10

Quand le téléphone sonne et qu'il entend pour la troisième ou quatrième fois Sam Gorki lui demander en chevro-
tant si Nora est rentrée, Murphy s'empresse de raccrocher et
de penser à autre chose, en homme habitué à surveiller le
chassé-croisé de ses émotions.

Depuis deux semaines – depuis qu'il a passé cette
étrange soirée chez Vicky Laumett – il n'a plus d'angoisses,
plus de crises de larmes, et ne prend plus aucun antidépresseur. Il ne boit presque plus non plus.

Connaissant son tempérament vulnérable sur ce point,
il a d'ailleurs commencé par se débarrasser de toutes ses bouteilles d'alcool et s'est pratiquement interdit toute sortie, en
particulier toute visite à des gens aussi intempérants que lui.

De son épisode douloureux avec Nora, il ne lui reste
plus qu'un vague malaise post-traumatique, avec des lan-
gueurs de convalescent et un état de fatigue qui l'oblige
épisodiquement à consommer des excitants et à aller courir
dans un parc, soufflant devant lui son petit nuage de vapeur
matinale.

Ce matin, il court une trentaine de minutes, puis décide d'aller deux blocs plus loin nager à la piscine municipale, dans le souci de garder une certaine masse musculaire.

À neuf heures sonnantes, il prend sa douche, enfile sa chemise et son complet Armani d'opérateur de marché, et une dizaine de stations de métro plus tard – le temps de parcourir le journal et de faire quelques réflexions sur l'état du monde – il arrive devant son agence l'esprit clair, les batteries rechargées, prêt à affronter les aléas des marchés financiers.

Le grand ascenseur vitré s'arrête au neuvième étage et Murphy Blomdale, son badge à la main, emboîte le pas de ses collègues, sans se poser plus de questions qu'ils n'ont l'air de s'en poser en se rendant à leur poste de travail, comme si chacun était mû par une force sans intentionnalité et prenait automatiquement ce masque lisse et cette allure énergique pour le cas où le pas comminatoire de Mlle Anderson retentirait derrière lui.

Dans le prolongement du hall d'entrée, la salle principale baigne constamment dans une sorte de pénombre grise, pendant que les chiffres bleus des cotations défilent toute la journée sur des colonnes d'écrans digitaux.

Une trentaine de personnes interchangeables, dédiées à l'informatique et à la finance, travaillent dans cette atmosphère aussi aseptisée que celle d'un laboratoire d'où sont exclues les passions politiques et les connivences sentimentales.

Chaque cabine de travail est du reste insonorisée et séparée par une cloison en plexiglas, afin que les pensées de son occupant interfèrent le moins possible avec celles de son voisin.

À cet instant, les pensées de Murphy sont tout entières concentrées sur sa supérieure hiérarchique, l'impressionnante Mlle Anderson – une rousse d'un mètre quatre-vingt-deux –, qui occupe tout au bout du couloir un minuscule bureau vitré où il lui faut sans cesse veiller à ne pas trop bouger, de peur de renverser le mobilier.

En soi, cette Mlle Anderson qu'il redoute tant n'est pas une mauvaise personne, elle a seulement un tempérament impétueux, de sorte que lorsqu'elle ordonne d'effectuer telle opération sur tel marché, il n'est pas question d'atermoyer, et encore moins d'argumenter : sa demande est immédiatement exécutoire.

Sans qu'on sache pourquoi – ce doit être freudien – elle a conçu dès le départ contre Murphy une aversion bizarre, à peine dissimulée, et ne manque pas une occasion de profiter de sa vulnérabilité actuelle pour le chapitrer devant ses collègues.

Même si ceux-ci semblent parfois choqués du procédé, Murphy, qui connaît les mœurs du milieu, sait aussi que ses difficultés avec sa supérieure en réjouissent quelques-uns, notamment les cambistes Mike et Peter, qui vont toujours par deux, comme Gog et Magog, et s'écartent ostensiblement à chaque fois qu'ils se croisent, de peur de le toucher, comme si en plus d'être américain et catholique, il avait la disgrâce d'être cleptomane.

Après quatre ou cinq heures de travail ininterrompu et un déjeuner pris sur le pouce, Murphy s'accorde un petit moment de détente à la cafétéria, située six étages plus haut. C'est un grand volume monochrome, éclairé par une baie ouverte sur la Tamise, où il aime à venir boire un soda, en observant ses collègues avec la curiosité d'un anthropologue étudiant les habitus d'un groupe social.

Conscient de l'effet induit de l'observateur sur son champ d'observation, il se fait en général le plus invisible possible et se contente, quand on le salue, d'un petit signe amical de la main, afin de ne pas passer non plus pour un poseur.

En réalité, il ne sait pas ce qui le démoralise le plus en observant ses collègues, de l'adolescence perpétuelle des uns ou du vieillissement précipité des autres, sans doute imputable au surmenage et à l'augmentation exponentielle de leur consommation d'alcool.

La présence à cet instant du patron de l'agence, John Borowitz, n'en paraît alors que plus décalée. Car, en plus de sa sobriété presque anachronique, il se singularise dans cette maison par une discrétion presque taciturne, ainsi qu'une rigueur morale qui impose le respect à chacun. Si le général de Gaulle avait été un grand brun avec des mèches argentées, on aurait pu parler d'un petit air gaullien à son sujet.

Est-ce que vous vous sentez mieux ? demande-t-il à Murphy avec sa cordialité habituelle et ce ton un peu protecteur que prend un ancien de Harvard – ils sont tous les deux bostoniens – à l'égard de son cadet.

Vous savez que j'ai toujours de grands projets pour vous, lui souffle-t-il avant de s'éclipser, son expresso à la main.

Maintenant la cafétéria est pratiquement vide. Sur la terrasse ombragée par un velum, deux filles en train de fumer poussent des cris hystériques quand le vent les déshabille.

C'est à cette heure qu'autrefois Murphy aimait entrer en communication télépathique avec Nora. Il la retrouvait sagement assise, un livre à la main, à l'intérieur d'un café de Soho ou bien se promenant dans les allées de Green Park.

Tu ne devineras jamais ce que j'ai acheté, lui criait-elle, en brandissant un grand sac en papier.

C'était toujours une devinette à deux ou trois cents livres sterling.

Aujourd'hui, il a beau fermer les yeux et chercher à tâtons, la communication ne passe plus.

Il sait qu'elle est très loin, perdue dans une ville étrangère – probablement à Paris –, qu'elle ne pense plus à lui, mais le télescope de sa jalousie est malheureusement assez puissant pour lui permettre de l'apercevoir à des centaines de kilomètres, en train de rebondir sur un lit sous les coups de boutoir d'un inconnu.

À l'idée qu'un jour elle sera peut-être enceinte d'un autre, Murphy est à cet instant traversé par une telle nostalgie – il s'est caché dans les toilettes – qu'il se sent tout de suite au bord des larmes.

11

Lorsqu'il consulte sa boîte vocale – son père l'a déjà appelé deux fois –, Blériot se trouve au bas du Luxembourg, exactement à l'angle de la rue d'Assas et de la rue Auguste-Comte, adossé aux grilles du jardin, hébété par la chaleur.

Il a l'impression d'avoir soixante ans.

Subitement, sans prémonition ni signe avertisseur, il entend la voix de Nora sur le dernier message. Et tout ce qu'il avait en tête au sujet de son père et de sa mère s'efface instantanément.

On est le vingt et unième jour après l'Ascension.

Elle lui dit en anglais, en détachant bien chaque mot, qu'elle passera entre cinq et six devant le café au bas de l'avenue Daumesnil où ils se voyaient autrefois. S'il ne peut pas venir, elle le rappellera sans faute mardi matin, le rassure-t-elle en l'embrassant.

Lorsqu'il retraverse le parc en sens inverse, sa silhouette s'est redressée, son visage éclairé, au point que certaines personnes se demandent sur leur banc s'il s'agit bien du même homme. Blériot, qui a décidément le don de changer d'âge à volonté, double un joggeur, puis deux, tout en se dirigeant vers le métro le plus proche de ce pas véloce qu'ont les athlètes de l'attente.

En même temps – car il se connaît – il s'efforce de ne pas s'emballer et de ne pas aller plus vite que la musique, afin de réfléchir calmement aux décisions à prendre.

Il est bien entendu conscient qu'il ne doit surtout pas gâcher cette seconde chance et qu'il lui faut au contraire la déplier, l'organiser, la mettre en forme, de façon à en faire un programme de vie durable. Sans savoir par où ils commenceront.

Tout dépend d'elle et de ce qu'elle attend de leur rencontre.

Pour son compte, à ce moment précis, il sait seulement qu'il est en train de revenir à lui après deux années d'éclipse.

Pendant qu'il ratiocine ainsi tout en essayant de ne pas se presser, il se sent porté par un tel courant de vie, une telle nervosité – qui n'est sans doute qu'une impatience enfantine à être heureux –, qu'il a la sensation à chaque foulée de rebondir sur le trottoir.

À cette allure, Blériot arrive forcément avec une heure d'avance au bas de l'avenue Daumesnil et commence à faire le guet derrière la vitre d'une camionnette garée à quelques mètres de l'endroit où ils ont rendez-vous, de manière à avoir l'avantage de la voir en premier.

Ensuite, il se sent soudainement calme, presque détaché, comme si, par un effet de dissociation, il était moins dans le moment présent que dans le souvenir de ce moment, et que tout ce qu'il voyait était déjà imprimé sur une planche de photos argentiques.

Sont imprimés les nuages volant en formation au-dessus de Paris, la voiture noire stationnée au fond de l'impasse, les deux femmes blondes qui sortent d'un hôtel, le Chinois qui jette des miettes de pain aux pigeons et l'autre Chinois qui tourne impatiemment les pages de son journal de courses, sans se douter qu'il est lui aussi sur l'image.

Nora arrive avec deux ans de retard, à cinq heures précises.

Le temps qu'elle pivote sur elle-même en le cherchant des yeux, il n'y a plus aucun bruit, on ne sent plus le souffle de l'air, la rotation de la terre s'interrompt quelques nanosecondes – à la surprise des deux Chinois – pendant que Blériot perçoit très distinctement la vibration de sa propre émotion, comme une sorte d'onde sonore dont il compte mentalement la durée de diffusion.

En fait, il la reconnaît sans la reconnaître.

Entre ce qu'elle était le jour de son départ et ce qu'elle est aujourd'hui, il a l'impression – peut-être à cause de la vitre de la camionnette – qu'il y a comme une légère pellicule transparente qui la rend à la fois pareille à elle-même et imperceptiblement différente.

Elle est pourtant aussi juvénile et éclatante, elle a les mêmes cheveux clairs encadrant ses oreilles, les mêmes taches de rousseur – ce sont presque des marques signalétiques –, la même élégance, avec son T-shirt blanc sous une veste en soie noire. Mais il y a autre chose, son visage paraît changé, plus creusé, plus tendu, sans doute à cause de l'appréhension.

Elle pense peut-être qu'il ne viendra pas.

Mais Blériot, tout à l'excitation illicite de l'observer en cachette, ne bouge pas. Les yeux toujours collés à la vitre, il cherche à retenir ce sentiment de joie que donnent les commencements, quand l'avenir se repose encore et que tout est tranquille.

Lorsqu'il sort enfin de sa cachette, les mains en l'air, comme s'il se rendait, elle a une drôle de grimace en le voyant, comme un spasme d'étonnement ou de timidité, avant de faire deux ou trois pas vers lui et de lui sauter au cou sans souci du protocole.

Oh ! Louis, I've missed you so much, so much, répète-t-elle avec de telles démonstrations d'enthousiasme qu'on croirait une gamine qui n'a encore jamais embrassé aucun garçon.

Il y a de quoi en perdre la parole.

Blériot essaie cependant de bredouiller quelque chose pour lui souhaiter la bienvenue et lui dire combien lui aussi l'attendait, mais sa voix cassée émet une sorte de sifflement dans lequel on entend seulement : Neville, je le savais, je t'assure que je le savais.

Elle ne saura jamais ce qu'il savait, car elle l'a déjà

entraîné à l'intérieur du café, pressant sa main dans la sienne.

Ce sont des mains qui ne se sont pas touchées depuis deux ans et qui ont visiblement hâte d'être ensemble. Des mains fébriles et un peu moites, mais dont la communication chimique les rend tout à coup heureux.

Une fois leurs yeux accoutumés à la pénombre du café, ils vont machinalement s'asseoir au même endroit qu'autrefois, dans le coin, près de l'escalier, commandent les mêmes boissons, comme si rien n'avait changé et que la temporalité de l'amour était indéfiniment réversible.

À cette différence près que si, dans son temps personnel à elle, il s'est apparemment passé une petite quinzaine depuis qu'elle l'a quitté, dans son temps physique à lui, il s'est écoulé vingt-cinq mois, trois semaines et cinq jours.

Quand il s'enquiert enfin de la manière dont elle a commencé à organiser sa vie à Paris, Nora lui confie avec un petit sourire hésitant qu'elle espère bientôt trouver un job d'hôtesse d'accueil, mais qu'en ce moment elle est plutôt sur la corde raide, sans travail et sans argent.

Si elle n'avait pas la chance d'habiter une maison en banlieue, prêtée par sa cousine Barbara, lui explique-t-elle, les choses seraient encore plus compliquées.

Sans le dire ouvertement, Blériot aurait préféré un discours un peu moins matérialiste, où il aurait été question, par exemple, d'elle et lui, et de ce qu'elle a fait sans lui depuis qu'elle est à Paris. Mais chaque chose viendra en son temps.

Comme il est à la fois quelqu'un d'inflammable et de timoré, il n'ose bien sûr pas lui demander de l'emmener sur-le-champ visiter sa maison de banlieue. Et comme de son côté elle ne montre aucun signe d'impatience – elle a commandé une seconde bière – et se comporte exactement comme s'ils avaient toute la vie devant eux, il risque d'attendre longtemps.

Même si, à certains indices subliminaux, il n'est pas loin de penser qu'ils ont l'un et l'autre les mêmes préoccupations.

En tout cas, il a fallu qu'il lui propose lui-même de prendre un taxi – elle n'attendait apparemment que ça – pour qu'elle finisse enfin sa bière d'une traite, en se mettant de la mousse plein les lèvres.

Ils se dirigent alors ensemble vers la porte Dorée, à la recherche d'une station, toujours la main dans la main, les jambes en perte de pesanteur, au point qu'on dirait par moments qu'ils glissent plus qu'ils ne marchent, comme Fred Astaire se promenant avec Judy Garland.

C'est dire la rapidité, une fois effectués les quelques réglages nécessaires, avec laquelle ils ont retrouvé le naturel de leur entente et le plaisir de se déplacer côte à côte dans les rues et de s'embrasser dans les taxis.

D'ailleurs à l'entrée du périphérique ils s'embrassent toujours, et ce baiser qui doit être le plus long de l'histoire

– Blériot est toujours en apnée – se termine des kilomètres plus loin, dans une rue en impasse, sur les hauteurs des Lilas.

Lorsqu'ils sortent du taxi, le soleil du soir est encore chaud et la petite maison en brique blanche – c'est ici, dit Nora en poussant le portail du jardin – semble réfléchir la lumière d'un été perpétuel.

Tu sais quoi ? dit Nora en lui montrant tout à coup son sac à main. Non, avoue-t-il.

Je ne trouve plus les clés de la maison.

12

Ils sont entrés par la fenêtre du jardin en écartant les volets.

Leurs pas résonnent alors comme dans une maison vide. Blériot aperçoit des cartons empilés sur le parquet du salon, des meubles recouverts d'un drap blanc. Au milieu du couloir, une pièce éclairée par une ampoule nue contient du matériel de bureau.

La cuisine semble être le seul endroit habité de cette maison. C'est une cuisine de luxe, toute en acier inoxydable, avec un plan de travail en marbre et un immense réfrigérateur à portes vitrées.

Qu'est-ce qu'elle fait, ta cousine Barbara? demande-t-il en passant discrètement la main dans son dos. (On dirait que depuis qu'ils sont seuls dans cette maison, ils n'osent plus se regarder en face, ni s'embrasser.)

Je crois qu'elle fait des audits, elle est en voyage la moitié de l'année. En ce moment, elle est en mission à Singapour, dit-elle. Elle est taillée exactement sur le même modèle que ma sœur.

Moi, je suis le canard boiteux de la famille, remarque-t-elle en apportant une bouteille et des verres.

Tu ne m'as toujours pas dit ce que tu faisais à Londres.

Je suivais des cours de théâtre, dans le coin de Camden Road. C'était un cours assez moyen et je pense que je n'aurai pas de mal à trouver mieux ici, ajoute-t-elle en buvant son vin à la fenêtre, le corps adossé au jardin.

Il doit être un peu plus de neuf heures, peut-être neuf heures et demie, calcule Blériot, tout en constatant que la lumière du soir lui va comme un gant.

Il reste un moment silencieux, les yeux dans son verre. Le trac, l'émotion, qu'il reconnaît à un bourdonnement caractéristique de son oreille interne, lui ont fait oublier ce qu'il voulait lui dire au sujet du théâtre.

Le temps de finir son verre et de fumer une cigarette, il lui demande prudemment – une erreur d'interprétation étant toujours possible – si elle ne voudrait pas qu'ils aillent s'installer dans sa chambre, car il en a un peu assez d'être assis dans la cuisine.

C'est comme tu veux, dit-elle, ses iris marron posés sur lui.

La chambre en question est une grande pièce sans meubles – juste un lit et une télévision – qui rappelle une chambre d'hôtel, avec un cabinet de toilette et un renfoncement faisant office de penderie. Les affaires de Nora traînent un peu partout sur le plancher.

Barbara m'a promis de faire venir quelques meubles en septembre, lui explique-t-elle en allumant la télévision et en s'asseyant sur le lit, les jambes repliées sous sa jupe. Blériot marque un temps d'arrêt, un peu surpris par cette initiative, avant de l'imiter et de se laisser tomber à son tour sur le lit.

L'air de ne pas y toucher, il s'est serré tout contre elle, un bras autour de sa taille, et commence à lui mordiller doucement la nuque et les épaules tandis qu'elle n'arrête pas de changer de chaîne.

J'espère que tu es revenue pour me voir et non pas pour revoir Spencer, lui dit-il tout à coup, comme s'il était saisi d'un doute.

Louis, tu te souviens de notre règle ? lui dit-elle en s'arrêtant sur le visage anxieux de Natalie Wood. Quand on est ensemble, les autres n'existent plus. Mais si ça peut te rassurer, Spencer vit à Édimbourg, il est marié et dirige la firme que lui a laissée son père.

Et le suivant ? dit-il.

Le suivant vit toujours à Londres, mais si tu le veux bien, je préférerais qu'on parle d'autre chose.

Il y a alors un léger moment de flottement.

Je te promets qu'on n'en reparlera plus, lui dit Blériot en prenant comme par distraction ses seins en coupe dans ses grandes mains et en s'en trouvant presque étonné, tant notre âme a une connaissance confuse des corps extérieurs.

89

Mais ses mains ne rêvent pas. Ce sont bien ses seins qu'elles retiennent prisonniers.

Comme pour lui en apporter la confirmation, Nora se dégage une seconde pour éteindre la télévision et revient tranquillement s'asseoir à côté de lui, pressant ses lèvres sur les siennes, tout en dénouant sa cravate – on dirait qu'elle fait ça depuis toujours.

Une fois sa chemise retirée, tous les deux, sans hâte, sans du tout s'affoler, avec des gestes pratiquement synchrones, continuent de se déshabiller mutuellement au milieu de la chambre, elle tirant de toutes ses forces sur son jean – il a déjà enlevé ses chaussures –, et lui la déjupant comme dans un songe, en sentant au passage la miraculeuse fraîcheur de ses fesses.

Quand elle est enfin allongée en travers du lit, les mains croisées sous sa tête, Blériot reste quelques secondes debout, la gorge nouée, dans une sorte d'extase tactilo-optique qui le fait trembler pendant qu'il détaille chaque partie de son corps retrouvé, ses seins, son sexe, son bassin, ses cuisses d'adolescente, ses grands pieds maigres et son minuscule nombril en saillie, qui lui évoque le nœud d'un ballon de baudruche.

Tu te rends compte, Neville, ça fait deux ans. Deux ans, insiste-t-il, penché au-dessus d'elle tandis que sa grande ombre lui obscurcit les yeux.

C'est vrai, Louis, j'ai beaucoup de choses à me faire pardonner, reconnaît Nora, profites-en.

C'est la phrase la plus bizarre et la plus excitante que Blériot ait jamais entendue.

Il s'est donc allongé sur le corps de la pénitente, le visage enfoui dans son cou, et pendant un long moment ils restent ainsi dans l'obscurité, silencieux, frissonnants, comme s'ils sentaient la dopamine couler dans leur cerveau.

Puis il se soulève sur les mains pour continuer à la regarder, et quand il se met à bouger lentement, attentivement, et que commence cette étrange opération d'absorption, qui est un défi aux lois de la physique – puisqu'en principe deux corps ne peuvent exister simultanément en un même point –, les yeux de Nora deviennent d'une limpidité irréelle, presque lunaire.

Ils ne savent d'ailleurs plus si dehors il fait jour ou s'il fait nuit. Blériot a l'impression que leur étreinte va pouvoir durer des heures et des heures et qu'ils sont partis pour battre des records qui ne seront jamais homologués.

Sauf qu'à un moment donné, sans savoir comment, le nom de Sabine lui revient à l'esprit – Sabine qui l'attend toute seule dans l'appartement – et il demeure tout à coup en suspens dans le vide.

Puis il secoue la tête pour se débarrasser de cette idée et replonge presque aussitôt, emporté par le courant génésique.

S'ensuit un bref intervalle d'oubli et de contentement partagé – toutes les parties de leurs corps étant affectées à égalité –, jusqu'à ce que Nora l'agrippe brusquement par le cou comme si elle avait quelque chose de très important à lui dire, et pousse un long cri doux dans son oreille, pareil à celui que poussent les sirènes.

L'instant d'après, ses jambes se convulsent, dans une dernière crispation, et elle fait un bond de côté, poussant un cri très différent : elle a une crampe dans le mollet.

Une crampe ? s'exclame Blériot, comme s'il n'avait jamais eu de crampes.

13

Le lendemain matin, il sort de la maison et se retrouve dans cette rue villageoise, en haut des Lilas, les sens tellement à vif à cause de la fatigue que le moindre bruit le fait sursauter. La lumière du jour lui brûle les yeux.

Pour se détendre, il sort de sa poche son iPod et écoute tout bas l'*Élégie* de Massenet, en marchant dans la direction du périphérique.

Deux ou trois rues plus loin, il croise des arroseuses qui font le tour d'une place avant de s'engager dans une rue en pente. Les employés municipaux chaussés de bottes nettoient le bitume au jet d'eau. Après leur passage, les trottoirs ressemblent à des plages détrempées. L'air est très bleu.

En proie à une légère sensation de distorsion temporelle, Blériot a le sentiment qu'il est déjà tard dans la journée, alors qu'il est à peine dix heures à sa montre. Il reconnaît en descendant la vacuité des dimanches matin, la rareté de la circulation.

Par une fenêtre entrouverte, il remarque un homme

endormi dans son lit, tandis qu'une fillette à côté de lui suce tranquillement son pouce, les yeux fixés au plafond, en train d'écouter la radio.

Après avoir tenté d'appeler Nora, il est rentré dans une brasserie, a commandé un café et deux croissants et s'est installé sur une banquette derrière la vitre, soudain partagé entre le contentement d'être seul dans cette salle à moitié vide et le découragement à l'idée de devoir bientôt rentrer chez lui.

Blériot, qui croit encore à la justice immanente, se demande quelquefois de quel prix il paiera cette vie mensongère.

D'un cancer du poumon? D'un accident de voiture? D'une dépression carabinée?

De toute manière, il sait qu'il y aura quelque chose à payer.

Son instinct de conservation lui dit même qu'il est peut-être plus que temps de prévenir sa femme et de reprendre sa liberté, afin de sauver ce qui peut encore l'être.

Mais il devine trop bien qu'il n'y arrivera pas – en tout cas, pas aujourd'hui – parce qu'il connaît son immobilisme, ses procrastinations perpétuelles, son attachement puéril aux liens du passé, et surtout, parce qu'il a l'espoir secret que Sabine prendra la décision avant lui.

Un jour, il sonnera à l'interphone : C'est terminé, lui dira l'appareil, tu peux t'en aller, il n'y a plus rien à voir.

Pour en avoir le cœur net, il appuiera encore une fois sur le bouton. Je t'ai dit que c'était terminé, criera l'appareil, maintenant tu me fiches la paix.

Et il partira. Il sortira de sa vie comme on sort d'une pièce, en s'excusant de s'être trompé de porte.

À cause du soleil – il fait tout à coup une chaleur de bagne, sans un souffle d'air – il renonce à marcher plus longtemps et prend un taxi à la porte des Lilas. La voiture est climatisée, le chauffeur vietnamien porte des gants blancs. Pendant un instant, Blériot, qui a remis sa musique, se sent presque heureux comme si rien ne lui manquait.

En descendant du taxi, au bas de son immeuble, il range prudemment ses écouteurs et ses lunettes noires – à l'instar de ces malfaiteurs qui, une fois leur forfait accompli, n'ont rien de plus pressé que de cacher au fond du jardin leur gros nez et leur fausse barbe – puis il pousse la porte d'entrée ni vu ni connu.

Il sent dans l'escalier qu'il a la gorge sèche et les tempes qui battent.

Il trouve sa femme assise dans le salon, devant son ordinateur. Quand il se penche pour l'embrasser, elle tend distraitement la joue, tout en continuant de pianoter sur son clavier comme si de rien n'était.

Elle lui paraît seulement plus pâle, plus distante, peut-être plus irritable qu'à son habitude.

Blériot, toujours un peu poltron, contourne alors le salon sans rien dire, en s'efforçant de ne pas bousculer les meubles et de s'asseoir le plus discrètement possible sur le canapé du fond, dans l'espoir que ses manières humbles et son air abattu la prédisposeront favorablement.

Je pensais que tu aurais l'idée de me téléphoner, remarque-t-elle sans cesser d'écrire. De sorte que durant les quelques secondes de silence qui s'ensuivent il a l'impression qu'elle est en train de rédiger un procès-verbal.

Ce qui augmente un peu plus son sentiment d'inconfort.

J'y ai pensé, mais je croyais que je reviendrais beaucoup plus tôt, affirme-t-il, tout en se demandant si cette déclaration sera retenue à sa décharge.

Je suppose que tu étais chez des amis et que tu prenais du bon temps, dit-elle en se retournant pour l'observer. En fait, vous êtes tous pareils. Il y a des jours où je me dis que tu es tout aussi faux jeton que les autres.

Blériot ne sait pas à qui elle fait allusion, mais comme il n'a aucune envie de porter le chapeau pour les autres, il tient à rectifier son jugement et à lui assurer qu'elle se trompe du tout au tout, puisqu'il a passé sa soirée à travailler chez Léonard.

On était charrette tous les deux, dit-il, car il y avait au moins une vingtaine de pages à traduire.

Mais quelque chose dans son regard l'empêche d'aller plus loin.

Elle s'est approchée de lui en le fixant avec des yeux impressionnants, des yeux intelligents et tristes comme il n'en a jamais vu de sa vie, et il a baissé la tête en se serrant contre elle et en récitant intérieurement un acte de contrition.

Même s'il sait que ce n'est la faute de personne.

Puisque l'amour est sans solution.

À trois heures, l'air est toujours aussi chaud dans l'appartement malgré les ventilateurs. Ils déjeunent ensemble, assis dans la cuisine. Chacun dans son rôle, lui dans celui du fils fautif, elle dans celui de la mère aimante, infiniment indulgente, pardonnant à chaque fois ses offenses, par lassitude ou par fatalisme.

Blériot aimerait bien l'attraper par la main et lui dire quelque chose de tendre et de spontané, pour se soulager de son sentiment d'indignité, mais aucune parole ne lui vient.

Au bout d'un certain laps de temps, il sent ses membres s'engourdir sous le poids de l'immobilité. La rigidité et le silence commencent même à lui porter à la tête et il voit le moment où il va être repris par une de ses migraines.

On dirait que tout s'est arrêté en eux et autour d'eux. Il n'y a plus un bruit à l'extérieur.

Hormis la chute d'une goutte d'eau dans l'évier, rien n'indique même que le temps continue de s'écouler.

Les mains posées à plat sur la table, doigts écartés, Blériot, qui semble compter les secondes, remarque jusqu'aux rainures du bois, jusqu'aux ombres des couverts en inox, à la façon d'un contemplateur hypnotique.

La scène est d'ailleurs tellement longue et persistante qu'elle semble figée dans du marbre.

Louis, est-ce que ça te dirait de m'accompagner à Milan? lui demande-t-elle soudainement comme pour le tirer de son rêve.

C'est juste pour deux ou trois jours. Tu pourrais visiter la ville pendant que je travaille, t'aérer un peu et aller en train jusqu'à Bergame ou Vérone. Ce serait très facile.

C'est vrai que j'aimerais bien revoir Vérone, mais actuellement j'ai pris trop d'engagements et je n'y arrive pas, lui répond-il en menteur compulsif.

Ce qui lui permet en tout cas de se lever de table, puis, sans solution de continuité, de filer dans son bureau.

Sa femme ne dit rien, mais il a la sensation d'être suivi par des yeux à rayons X.

Il passe une partie de la journée dans un état d'anxiété flottante, la tête plongée dans son dictionnaire (« sexe » et « sécateur », découvre-t-il par hasard, ont la même racine : « secare ») puis tape une dizaine de lignes de sa traduction sur les troubles lymphatiques, avant de rappeler enfin son père.

Le caractère de sa mère est toujours aussi problématique et l'atmosphère à la maison aussi pesante, lui résume son père à travers les grésillements du téléphone, comme s'il lui parlait d'un pays tropical où il pleut tout le temps.

Tu pourrais venir un de ces jours?

En ce moment, je ne sais pas si c'est possible, élude-t-il.

Là-dessus, deux ou trois minutes plus tard – les experts y verront sans doute le signe d'une personnalité clivée –, il a déjà envie d'appeler Nora et de retourner dans sa petite maison.

Et c'est vraiment une envie très forte.

Comme il s'est convaincu depuis longtemps que la chimie est moins coûteuse que la psychologie, Blériot finit par prendre un valium et s'allonge sur son lit, les yeux dans la pénombre.

Recroquevillé en position fœtale, il ressemble à cet instant à un homme à la limite de l'épuisement nerveux, perdu entre ses problèmes de famille, ses soucis de traducteur et ses angoisses de mari adultère.

En fin d'après-midi, pour faire plaisir à Sabine, il la rejoint dans le salon et regarde avec elle à la télévision un vieil épisode de *Star Trek*, la tête appuyée contre son épaule, pendant qu'il tient un gros coussin pressé sur le ventre comme un homme qui appréhende l'effet émétique de l'apesanteur.

Nous avons subi une grosse avarie, mon capitaine, mais nous avons gardé le contrôle du vaisseau, dit Spock en faisant son rapport au capitaine Kirk.

Que chacun reprenne son poste, répond le capitaine Kirk, le regard fixé sur le ciel incandescent.

Grâce à Spock, tout est bien qui finit bien, dit le docteur McCoy.

Blériot, lui, ne dit rien, même si en ce qui concerne leur problème, à Sabine et à lui, il aimerait bien pouvoir être aussi affirmatif.

Et maintenant, droit sur Tantalus, lance le capitaine Kirk.

14

Au bord du lac, Murphy Blomdale aperçoit fugitivement un couple d'obèses vêtus comme des Martiens qui prennent des photos de tout ce qu'ils voient, dans l'intention probable de les revendre un jour sur Mars.

La lumière est si aveuglante à cette heure qu'il préfère pour sa part se réfugier à l'ombre et s'acheter un soda.

Ensuite, en prenant la précaution de repartir le plus doucement possible, il oblique vers Marble Arch et se remet à courir en solitaire dans les allées du parc, le cœur et l'esprit vides.

Bien qu'il ait encore quelques moments de découragement et que sa vie lui paraisse cruellement rétrécie, Murphy en réalité n'est pas plus malheureux qu'un autre. Il est seulement plus apathique, plus ralenti, comme s'il souffrait d'une sorte de carence existentielle.

Ce matin, il est à peine revenu du parc et installé devant la télévision qu'il s'endort d'ailleurs au beau milieu d'un film chinois. Il a son journal sur les genoux, la tête renversée en arrière, exactement dans la même attitude que son père et que le père de son père.

Il lui arrive même certains jours de se sentir physiquement vieillir sur son canapé, sans doute parce que son immobilité aiguise de manière anormale sa perception du flux temporel.

Au moment où le téléphone l'a réveillé en sursaut, Murphy a cru qu'il s'agissait de Vicky Laumett. Bon anniversaire! a crié une fille en français. Ce n'était donc pas Vicky.

Après il a compris. Tu penses encore à moi? s'est-il étonné.

La preuve : je n'ai pas oublié la date de ton anniversaire.

Moi, je l'avais oubliée, dit Murphy.

Il y a alors un très long moment d'embarras, comme si elle allait se mettre à pleurer.

Dis-moi, Nora, est-ce que tu as l'intention de m'appeler une fois par an? lui demande Murphy ironisant presque malgré lui. Car ce n'est pas dans sa nature, ni même dans son intérêt objectif.

Mais il faut croire que lorsqu'on attend si longtemps que l'autre nous donne un signe de vie, le tranchant de la rancœur est long à s'émousser.

Je t'appellerai aussi souvent que je pourrai, lui répond-elle d'une voix docile. Seulement, pour l'instant, je cherche du travail à Paris et je voudrais aussi trouver un cours de théâtre, il faut donc m'accorder quelques semaines de répit.

Murphy ne réagit pas tout de suite. Il laisse passer un moment d'hésitation puis lui demande d'un ton détaché, comme s'il s'agissait juste d'un point de détail, si elle vit seule à Paris.

Je suis obligée de te répondre ?

Non, fait-il, après un autre temps d'hésitation, parce qu'il sait évidemment à quoi s'en tenir.

On dirait même que la silhouette de celui dont elle ne veut pas parler se découpe à présent dans la pièce, sur un mur de silence.

Tu es toujours là ? dit-elle.

Je suis là, Nora. C'est toi qui n'es pas là. Au reste, j'aimerais que tu me dises une bonne fois pour toutes si oui ou non je dois continuer à t'attendre ou s'il vaut mieux que je fasse mon deuil et que je passe à autre chose, comme un grand garçon.

Je ne t'ai pas dit qu'on ne se reverrait pas, le reprend-elle doucement, je t'ai dit que, pour le moment, je restais à Paris parce que j'ai plein de choses à y faire et que je ne suis pas beaucoup disponible.

Quelques minutes plus tard, alors qu'elle lui récite la liste de tout ce qu'elle a prévu de faire à Paris, en y ajoutant une foule de détails et de digressions éprouvantes, Murphy ne l'écoute plus. Ou plutôt, de la même manière qu'on change de piste au cours d'un enregistrement, il a effacé les paroles pour garder juste le son.

Le son de sa voix de jeune fille, avec sa respiration,

ses hésitations, ses chutes, ses silences, ses reprises préci-
pitées, comme dans un chant dont il retrouverait soudainement l'air.

Il ne dit plus un mot. Allongé sur son canapé, il
l'écoute, envahi d'une mélancolie océanique.

Tu m'entends? dit-elle tout à coup d'une voix inquiète.
Tu pourrais dire quelque chose.

Je te laisse parler. J'attends simplement que tu me
dises quand tu comptes revenir à Londres, répond-il en
devinant qu'elle va lui répéter qu'elle n'en sait rien. Parce
qu'elle a choisi de ne pas choisir et de tout garder.

Je te préviendrai dès que je pourrai, lui promet-elle.
Murphy, tu ne m'en veux pas?

Non, souffle-t-il dans l'appareil. Nous attendons ta
promesse, disait saint Augustin, avec la tension de la
patience.

Oh, Murphy, tu ne changeras jamais.

C'est lui qui raccroche le premier. Il reste un
moment le cœur battant dans la pénombre, puis prend une
douche.

Je suis encore amoureux de cette fille, remarque-t-il
ensuite en sortant de son immeuble, avec la même objectivité qu'il aurait dit : Tiens, il fait encore jour.

Ce n'est pas un changement de point de vue ou
d'inclination, c'est un changement d'amplitude de son âme.
Quelque chose qui le retient soudain de renoncer à être
heureux.

En même temps qu'il marche au hasard dans Islington en respirant la fraîcheur du vent qui se répand dans les rues surchauffées, Murphy sent comme une espèce d'excitation intérieure accompagnée de tremblements fébriles, et plutôt que de passer seul la soirée de son trente-quatrième anniversaire, il a subitement envie d'aller dans un endroit où il rencontrera des gens.

Il bifurque donc vers les terrasses bondées qui bordent Upper Street, puis, à la hauteur de la station de métro, s'engage vers Rosebery.

En réalité, ce sont ses jambes qui le portent d'elles-mêmes dans cette direction, tant il marche à la façon d'un automate, sans pesanteur, sans fatigue, jusqu'à ce qu'il revienne à lui en reconnaissant les vitres du Mercey. L'hôtel de leur premier rendez-vous.

Malgré son insistance, elle n'avait pas voulu venir chez lui, parce qu'il vivait encore officiellement avec Elisabeth Carlo et qu'elle avait prétendu que ça ne se faisait pas.

Maintenant, devant les portes de l'hôtel, il retrouve tout. Les couloirs bleutés, les ascenseurs mystérieux, la chambre profonde, leurs deux corps enchâssés l'un dans l'autre, la légère odeur de sa transpiration, le bruit étouffé de la rue, la lumière de juillet.

Et comme le souvenir est dix fois plus intense que ce qui a été vécu – à cause de la valeur ajoutée par la pensée –, Murphy Blomdale en a le souffle coupé.

15

Malgré la distance qui les sépare, on a l'impression permanente que Murphy et Blériot se déplacent de part et d'autre d'une paroi très fine, aussi transparente qu'une cloison en papier, chacun connaissant l'existence de l'autre, y pensant forcément, mais sans pouvoir lui donner un nom ou un visage, de sorte qu'ils paraissent tous les deux progresser à tâtons comme des somnambules avançant dans des couloirs parallèles.

Alors que Murphy Blomdale, à la sortie de son travail, marche à grands pas dans Fleet Street, inquiété par le grondement de l'orage, Blériot est en train de remonter la rue de Belleville sous une pluie battante en regrettant amèrement de ne pas avoir pris un taxi par souci d'économie. Car la pluie fait maintenant des rigoles le long de ses manches de veste.

Arrivé à la hauteur du cimetière, il traverse de biais le fleuve de l'averse et se réfugie sous l'entrée d'une station de métro, le temps de secouer ses vêtements et de se sécher les cheveux. Ensuite, il attend sous son abri en battant la semelle, au milieu d'un groupe de Pakistanais taciturnes.

Il en est à sa troisième cigarette lorsque la vision fugace d'une fille accrochée à l'arrière d'une moto, avec sa jupe blanche gonflée comme un parachute, parvient enfin à le réconcilier avec la pluie, tout en lui rappelant incidemment que Nora l'attend chez elle.

Et aussi soudainement que ses problèmes d'argent l'avaient rendu cafardeux, la pensée de Nora, la pensée de sa beauté, de sa noréité, lui rend son optimisme.

Blériot sort sans plus tarder de son abri, abandonnant donc les Pakistanais à leur sort, et entreprend de rejoindre la porte des Lilas entre deux rideaux de pluie, guidé par la rumeur et les lumières du périphérique. De l'autre côté, c'est le silence, la semi-obscurité des quartiers suburbains.

À partir de cet instant, une sorte de gravitation familière l'entraîne en direction de cette petite place où il avait trouvé une brasserie, avec ses arbres noirs et ses rues en pente qui ruissellent de pluie.

Tous les commerces sont évidemment fermés. Les constructions en brique rouge au-dessus de la rue évoquent un paysage ouvrier des années cinquante, dont Blériot est bien convaincu d'être l'unique visiteur à cette heure. Jusqu'au moment où il remarque de l'autre côté de la place la présence d'un homme très grand, coiffé d'un chapeau, qui se tient au pied d'un arbre, comme s'il promenait un chien.

Autant qu'il peut en juger à cette distance, l'homme paraît l'observer sous son parapluie. Deux rues plus loin, Blériot, saisi d'un pressentiment, tourne à nouveau la tête et s'aperçoit que l'autre, qui n'a pas de chien, marche à quelques mètres de lui.

Bien que la situation soit totalement inédite, il n'en éprouve curieusement aucune crainte. Et même lorsqu'il se met à presser le pas et à se retourner à chaque coin de rue, c'est plus une réaction de curiosité qu'une véritable fuite, comme s'il s'agissait d'une sorte de jeu entre eux deux.

Car l'autre est toujours derrière lui, éclairé par une lune ronde.

Sa silhouette colossale et légère disparaît par instants, interceptée par l'ombre des arbres, avant de réapparaître à la lumière et de s'immobiliser en même temps que lui, puis de repartir, en s'imposant des mouvements parfaitement contrôlés et silencieux, puis de s'arrêter à nouveau. Chacun des deux reprenant alors sa respiration.

À un moment donné – peut-être à cause de sa taille, de sa démarche – l'idée lui traverse l'esprit qu'il s'agit de Léonard et il est sur le point de l'appeler. Mais, en même temps, bien qu'il connaisse son côté excentrique, il ne voit pas ce qui aurait pu le pousser à improviser ce jeu de cache-cache un soir de pluie diluvienne.

Parvenu en vue d'un chantier protégé par une palissade, il tourne encore une fois la tête et n'aperçoit plus personne. Les trottoirs sont déserts, l'eau s'écoule dans les caniveaux. Blériot a beau être persuadé que l'homme au chapeau n'est qu'une projection de son angoisse, il ne s'en sent pas moins soulagé.

Il reste un moment appuyé à la palissade, dans la lumière orangée du sodium, puis, comme il ne distingue plus aucun bruit autour de lui, il décide de poursuivre sa route, plutôt que de se perdre en spéculations.

La vibration de son portable dans la poche de son pantalon lui rappelle sur ces entrefaites que sa femme a déjà cherché à le joindre une fois depuis Milan, qu'elle doit être maintenant à son hôtel et s'inquiéter de son silence. Ce qui effectivement n'est pas très attentionné de sa part. Mais s'il entend bien les semonces de sa conscience, Blériot, qui se sait attendu, n'a pas pour autant envie de renoncer à ses projets.

Il choisit au contraire d'éteindre son portable et de ne rien changer à sa ligne de conduite. Comme si quelque part, à un autre niveau de sa psyché, il était toujours un homme libre de faire ce qui lui plaît.

Nora se tient toute menue dans l'embrasure de la porte du jardin, vêtue d'un short et d'une chemise d'homme deux fois trop grande pour elle.

J'arrive tout de suite, lui crie-t-elle en sortant pieds nus pour lui ouvrir le portail. À cause des flaques de pluie, on dirait qu'elle traverse la pelouse sur des sabots de biche.

Qu'est-ce que tu faisais ? lui dit-elle en l'embrassant. Moi, je m'étais endormie.

À l'intérieur, Blériot se défait prestement de ses vêtements mouillés et se sert un verre de vin blanc, avant de passer dans la salle de bains. Il ne lui a rien dit de ce qui venait de lui arriver.

Louis, tu sais que j'ai réussi à trouver du travail, lui annonce-t-elle à travers la porte.

Où ça ? fait-il en cherchant le sèche-cheveux.

Dans un hôtel, à côté de Roissy CDG. Comme ça, je vais pouvoir me payer mes cours de théâtre.

Une fois avec elle dans la chambre, Blériot s'arrête une seconde pour dégager ses oreilles et respirer sa peau moite pendant qu'il la débarrasse de sa chemise avec la dextérité d'un escamoteur, puis, sans plus d'explications, il l'entraîne sur le lit.

Maintenant qu'ils sont allongés sans rien dire sur les draps, tête contre tête, il la caresse lentement, méthodiquement, comme s'il s'agissait de s'acquitter de tous les arriérés de tendresse qu'il lui doit et dont il se sent moralement comptable.

En plus, ils ont le temps, ils ont toute l'immensité d'une nuit et d'une journée devant eux.

Entre deux roulades sur le lit, ils peuvent donc bavarder, boire du vin, écouter de la musique, regarder des images à la télévision, c'est-à-dire faire tout ce qu'ils auraient fait chaque soir s'ils étaient un couple légitime.

Sur la proposition de Nora, ils en profitent alors pour dessiner les grandes lignes d'un programme de vie, où il leur sera notamment interdit de se mentir, de se jalouser, de tenir des propos agressifs, de cultiver des pensées négatives ou de cacher à l'autre la cause de son chagrin.

C'est un programme qui me va très bien, dit Blériot en déplaçant son doigt sur ses mollets satinés.

En vertu de quoi, Nora croit nécessaire de lui faire savoir qu'elle a téléphoné il y a quelques jours à son ex-fiancé. Celui qui vit à Londres.

C'était son anniversaire, et je t'avoue que je n'étais pas très fière de le découvrir aussi malheureux, dit-elle tandis qu'elle se tient assise sur le lit, toute frêle et à demi nue.

Tu as l'intention de revenir avec lui ? s'inquiète d'un seul coup Blériot en se reservant un grand verre de vin.

Parfois il ne peut pas s'empêcher de se demander, en se rappelant toutes les filles en crise qu'il a connues – à commencer par sa femme –, pourquoi il passe toujours après les autres, et pourquoi c'est toujours lui qui ramasse ensuite la cendre de leurs histoires. On pourrait lui trouver un autre emploi.

Tu regrettes déjà de l'avoir quitté ?

Non, Louis, ce n'est pas du tout ça. Je voudrais juste le revoir une fois, dit Nora avec un sourire énigmatique.

Un sourire à prendre ou à laisser.

La décision t'appartient, reconnaît Blériot, essayant d'adopter sur ce sujet précis – c'est dans les termes de leur programme – une attitude aussi libérale que possible. Encore qu'il ne prenne pas forcément pour argent comptant tout ce qu'elle lui raconte.

Tu sais quoi ? dit-elle en s'allongeant sur lui et en l'agrippant aux épaules.

110

Non, dit Blériot, qui appréhende ce qu'elle va lui annoncer.

Tu me rends heureuse.

Je te rends heureuse ? répète-t-il étonné, alors qu'il se sent si imparfait, si peu disponible, si peu compétent pour combler une femme, surtout une femme de son âge.

Oui, parce que je te trouve excitant, dit-elle en le regardant avec les yeux mordorés d'un tigre.

Ils remarquent au moment de se lever que la nuit est redevenue claire, presque sans aucun nuage. Pendant qu'il cherche en bas quelque chose à manger, Nora apparaît dans l'escalier serrée dans une longue robe bleu pervenche, digne d'une héroïne de Hitchcock.

Shall we go out ? lui demande-t-elle, penchée au-dessus de la rampe.

Sur l'image suivante, on les voit de dos sortir dans la lumière lunaire du jardin.

16

À huit heures Nora est déjà en bas, la mine un peu défaite et les cheveux ébouriffés. Ils déjeunent sur le pouce d'une tranche de pain, puis boivent le reste de vin blanc. Dans le silence matinal, la porte du gros réfrigérateur fait un bruit caoutchouteux en s'ouvrant et en se fermant lourdement. Ensuite, ils se déshabillent et traînent dans la salle de bains, en écoutant la radio.

À la pensée de cette journée de vacances avec Nora – en principe, sa femme ne rentrera pas avant ce soir –, Blériot sent sous la douche son âme toute ridée de petites ondes de bonheur. En plus, il fait extraordinairement beau.

Par moments, la lumière venue du jardin découpe sur les carreaux blancs leurs deux ombres en train de sourire comme si elles souriaient depuis des siècles.

Après s'être rasé, il s'installe sur un tabouret, la tête docilement renversée en arrière, tandis que Nora, sans rien sur elle, lui masse le cuir chevelu avant de lui débroussailler les sourcils – Louis, tiens-toi tranquille – et de lui limer les ongles comme une vraie pro.

La vie est brève, lui dit-il.

Quand il la regarde ainsi de très près – elle est penchée au-dessus de lui –, Blériot a la sensation que la forme de son visage incliné se dissout en millions d'atomes lumineux qui la font rayonner.

Car elle est rayonnante, aussi sûrement qu'il est heureux.

Bien entendu, en cherchant la petite bête, on peut distinguer un léger bouton de fièvre ici ou une trace d'excision là, mais ce sont des défauts microscopiques que seul justement un regard amoureux est capable d'apercevoir et de mémoriser ensuite pour sa délectation personnelle.

Je t'ai dit de te tenir tranquille, lui répète-t-elle pendant qu'elle essaie de lui extraire un point noir en haut du front.

En garçon de bonne composition, Blériot retire aussitôt la main d'entre ses jambes et se tient coi.

Dehors, quand ils sortent, le soleil règne déjà sur la ville, et ses sujets, reconnaissables à leur casquette à visière et à leurs lunettes teintées, progressent d'arbre en arbre à la recherche d'un semblant de fraîcheur.

Nora et son amant, qui n'ont pas de casquette, rasent carrément les murs des édifices en évitant les avenues rectilignes au profit des petites rues sombres, quitte à se retrouver dans des endroits totalement inconnus, des quartiers à l'abandon, des places inanimées qu'ils traversent au jugé, avec ici ou là la sensation excitante – pour un peu, ils se déshabilleraient en pleine rue – d'être arrivés nulle part.

Louis, je commence à être affamée, se plaint-elle comme si c'était de sa faute.

Il doit être au moins deux heures et demie, lorsqu'ils pénètrent rendus de fatigue dans le seul restaurant du secteur encore ouvert. La salle déserte paraît démesurée dans la pénombre, et les banquettes de moleskine sorties d'un film d'après-guerre. Mais ils ne font pas de commentaires.

Ils s'assoient discrètement dans un coin, les mains sagement posées sur la table, attendant que quelqu'un veuille bien s'occuper d'eux.

Ils sont venus, ils sont tous là, chante tout à coup la voix de Charles Aznavour, au moment où une serveuse échevelée, son carnet à la main, leur donne le choix entre une omelette aux herbes et un steak purée.

L'espace d'un instant, ils se regardent incrédules.

La Mamma, crie Aznavour depuis la cuisine. Ce qui déclenche un de ces fous rires pandémiques dont Nora a le secret.

Steak purée, répondent-ils ensuite en redevenant sérieux, car la patience de la serveuse a visiblement des limites.

Puis c'est à nouveau le silence dans la salle. De temps en temps, le grondement d'un camion ou des éclats de voix sur le trottoir leur rappellent que la vie à l'extérieur continue son cours et que des gens travaillent ou vaquent à leurs affaires dans la chaleur étouffante de l'après-midi.

Le repas par ailleurs s'avère aussi médiocre que prévu, les portions ridiculement congrues et le service quasi humiliant, mais tout cela glisse sur eux sans entamer leur bonne humeur. Au contraire. Nora est si déchaînée que Blériot craint qu'elle ne se mette à son tour à pousser la chansonnette.

Pendant qu'ils mangent une coupe de glaces, elle lui raconte une histoire qui lui est arrivée à Torquay, quand elle avait seize ans et qu'elle partait en vacances chez sa copine Vicky Laumett : à cette époque, j'étais plutôt pédé, lui avoue-t-elle au passage, dans son français étonnant.

Il n'empêche que ce jour-là elles avaient passé toute la journée sur la plage en compagnie d'un garçon – il s'appelait Aaron – qui leur avait ensuite proposé de venir dormir dans sa chambre. Et comme elles étaient curieuses et déjà un peu débauchées, elles n'avaient fait ni une ni deux et l'avaient suivi chez lui.

Elles s'étaient déshabillées dans la salle de bains, avec la prémonition que quelque chose de terriblement fort, de terriblement impudique, insiste-t-elle, allait se passer et que rien ne serait peut-être plus comme avant, comme après une révolution.

Et ça a été une révolution ? ne peut-il s'empêcher de lui demander.

C'est quoi le contraire d'une révolution ?

Un non-événement.

C'est ça. En fait, Aaron s'est déballonné au dernier moment et leur a proposé de remettre gentiment leurs affaires et d'en rester là, au motif qu'elles étaient mineures et lui majeur – elles hallucinaient.

Il ne pouvait pas y penser plus tôt ? dit Blériot, qui a pris fait et cause pour les deux révolutionnaires.

Du coup, continue-t-elle, pour se venger de l'affront, elles se sont installées toutes les deux dans son lit tandis qu'il passait la nuit dans un fauteuil, devant la télévision.

Il n'a pas dit un mot, mais sa trombine le lendemain parlait pour lui, dit Nora en imitant sa trombine.

Et ton amoureuse, demande Blériot pendant qu'il règle l'addition, tu la vois toujours ? Qu'est-ce qu'elle est devenue ?

Elle s'est mariée à Londres avec un type impossible et elle vit maintenant dans un appartement de deux cents mètres carrés, résume-t-elle, avec quelque chose de dur dans la voix qui le déconcerte.

La réaction de Nora pourrait en tout cas laisser penser – mais l'hypothèse vaut ce qu'elle vaut – qu'en dépit de sa jeunesse dépravée, elle ne manque ni de jugement ni de sens moral pour ce qui concerne les choses de l'amour.

Une fois dehors, ils reprennent leur randonnée en banlieue, jusqu'au moment où ils arrivent tout près du périphérique et se retrouvent en face de barres d'immeubles, avec de longues rues en enfilade strictement identiques et des gens figés d'ennui à leurs fenêtres.

Ils font alors demi-tour et décident d'attraper un taxi qui les dépose au carrefour de l'Odéon.

À cause du vent et de l'ombre, la chaleur paraît moins pénible d'un seul coup. Ils remontent alors le boulevard sans se presser, Nora pendue à son bras comme s'ils étaient mari et femme, l'un marchant bouche ouverte pour avaler le bonheur, et l'autre – c'est évidemment lui – bouche fermée pour l'empêcher de s'échapper.

Ils regardent les affiches des cinémas en parlant d'autre chose, vont dans une boutique, puis dans une autre, et tout leur semble simple et fluide tel que devrait être la vie à deux. Ils achètent des choses inutiles, des petits cadeaux, des écharpes, des cravates, des bijoux fantaisie comme si la dissipation augmentait leur légèreté.

Nora lui offre même une chemise en lin Hugo Boss, à condition qu'il lui donne solennellement sa parole qu'à chaque fois qu'il la mettra il se rappellera à quel point il a été heureux avec elle.

Promis, dit Blériot en posant ses lèvres sur le tramé lumineux de son visage et en mordant tout doucement son cou et ses petites oreilles sans que personne les remarque, au point qu'on croirait qu'une fine membrane tendue autour d'eux les rend invisibles.

Plus tard, ils longent les grilles du Luxembourg, en mangeant encore une fois des glaces, ils entendent quelque part la musique de Blondie sortie d'une voiture, et le jour commence à tomber.

Ils savent qu'ils vont se séparer. Elle doit aller à Roissy CDG et lui doit rentrer avant le retour de sa femme.

Bon, il faut que j'y aille, dit Blériot, sans cesser de lui tenir le bras, comme si leurs systèmes sympathiques s'étaient tellement amalgamés qu'il allait l'emmener avec lui.

17

Pendant que Sabine lui parle dos tourné en se maquillant devant la glace, Blériot plongé dans son bain réalise soudain qu'il est en train de se laver les cheveux pour la seconde fois de la journée, sans savoir si ce soin maniaque accordé à son hygiène relève du rituel purificateur ou du trouble obsessionnel.

La tête enfoncée sous l'eau, il perçoit en fond sonore la voix de Sabine qui lui répète de se dépêcher parce que François-Maurice les attend entre neuf et dix.

Moi aussi, je suis invité ? demande-t-il tout en continuant à barboter et à glouglouter dans l'eau du bain.

Évidemment, toi aussi, dit sa femme qui a presque terminé de se préparer.

Son premier réflexe à l'idée de passer la soirée en compagnie de François-Maurice et de sa clique est de se désister sur le champ en alléguant n'importe quoi, la fatigue, l'heure tardive, le surcroît de travail de ces derniers jours, mais quelque chose lui dit d'un autre côté qu'il serait peut-être plus prudent d'accepter cette sortie en couple, autant pour complaire à Sabine que pour échapper à un tête-à-tête périlleux à la maison.

Une fois séché et rasé de près, il enfile donc sa nouvelle chemise et sa cravate en cuir, avant de se servir un Martini en guise de stimulant.

Je suis prêt, lui annonce-t-il alors en se fendant d'un sourire gracieux. Un reliquat de tendresse l'incitant même à passer la main sur ses reins nus afin de sentir sa peau fraîche.

Louis, on a déjà une heure de retard, lui fait-elle remarquer en l'obligeant à mettre ses pattes ailleurs.

Ils roulent ensuite dans Paris en suivant les bords de Seine, elle au volant et lui à ses côtés, le bras passé à la portière, tandis que l'air humide de la nuit, les silhouettes mobiles des promeneurs, les buildings sur les quais, les nuages radioactifs reflétés à la surface de l'eau se déposent probablement dans un endroit secret de son cortex.

En ce moment, il y a des orages presque tous les soirs, remarque-t-il à l'attention de Sabine, histoire de dire quelque chose, tout en lorgnant furtivement ses seins moulés sous sa robe.

Sa femme ne répond rien, les yeux fixés droit devant elle comme si les essuie-glaces avaient été dessinés par Marcel Duchamp.

Tu n'aimes pas les orages ? lui demande-t-il. Comme elle ne répond toujours pas, il finit par supposer qu'elle pense à quelqu'un d'autre et que ce quelqu'un d'autre, si son intuition ne le trompe pas, pourrait très bien être son collègue Marco Duvalier, qui devait l'accompagner à Zurich.

Pendant qu'ils s'engagent dans les rues pluvieuses de Charenton, Blériot s'imagine revenir chez lui un soir, dans longtemps, comme un esprit errant dans son propre appartement, et trouver Duvalier (qui aux dernières nouvelles est encore marié et toujours père de trois garçons) couché à sa place, aux côtés de Sabine.

Ne vous dérangez pas, je ne fais que passer, s'entend-il dire à son remplaçant en train de chercher ses lunettes sur la table de nuit, tout en s'étonnant pour sa part de ne ressentir ni souffrance ni colère, mais plutôt une forme insidieuse d'apaisement.

Qu'est-ce qui te fait rire ? lui demande sa femme qui n'arrête pas de tourner autour d'un pâté de maisons à la recherche d'une place libre.

Je ne riais pas, proteste-t-il en se recoiffant en hâte dans le rétroviseur.

Ils arrivent chez François-Maurice serrés sous leur grand parapluie. Elle, toujours très classe dans sa robe ouverte jusqu'au bas du dos, bisoutant tout le monde à la manière d'une vedette de cinéma, tandis que lui dans son sillage doit faire figure de garde du corps ou d'assistant de production, en tout cas de complément accessoire.

On pourrait aussi le prendre, tant son visage ne dit rien à personne, pour un acteur de troisième plan auquel on aurait concédé une seule et unique réplique : Bonsoir, je suis le mari de Sabine van Wouters. (Car elle a gardé prudemment son nom de jeune fille.)

Le rôle n'est évidemment pas très gratifiant, mais si ça peut le consoler, il y en a d'autres dans l'assistance qui ne disent rien du tout et doivent se contenter d'une figuration plus ou moins intelligente dans le fond de la pièce, sans recueillir une miette d'attention.

Pendant que sa femme volette de groupe en groupe, avec ce bagout, ce dynamisme social sans doute héréditaire, Blériot, qui connaît ses limites, n'adresse la parole qu'à quelques rares invités, de préférence isolés, parce que sa maigre énergie s'épuise dès qu'il doit s'intéresser à plus de trois ou quatre personnes à la fois.

En particulier, lorsqu'il s'agit de personnes de tous âges et de toute obédience sexuelle et politique comme ce soir. C'est la névralgie assurée.

À la vue du buffet dans la pièce d'à côté, Blériot, qui a un peu d'expérience, adopte en se déplaçant de biais une allure dégagée, presque distraite et songeuse, avant d'accélérer dans les derniers mètres et de s'emparer d'une bouteille de champagne.

Je peux en avoir aussi ? lui demande sa voisine, qui a très bien vu son manège.

Beau joueur, Blériot lui a donc rempli une coupe et on en serait sans doute resté là, si quelque chose de vif et d'espiègle dans le regard de cette fille n'avait subitement réveillé sa curiosité, en lui rappelant quelqu'un.

Martina Basso, se présente-t-elle en lui tendant la main.

Enchanté, dit-il, sans se croire obligé d'annoncer qu'il est le mari de Sabine van Wouters.

Sa jolie voisine s'avère être une traductrice italienne – elle a traduit des nouvelles de Calvino – venue à Paris profiter d'une année sabbatique.

Blériot, qui rajeunit à vue d'œil, lui sert alors une deuxième coupe de champagne et l'entraîne dans la pièce du fond afin de pouvoir discuter en paix, mais sans se départir d'une attitude réservée et modeste.

Comme il a cessé de pleuvoir et qu'on a ouvert les fenêtres, ils passent un moment côte à côte à bavarder, dans l'aérienne douceur de onze heures du soir, sentant petit à petit monter en eux une attirance mutuelle et un désir non moins mutuel – c'est naturellement lui qui extrapole – de planter là les autres invités et de filer en catimini.

Pourtant ils ne bougent pas. Comme s'il était trop tard et que l'événement était déjà passé.

À la voix de Martina, à l'animation de ses yeux, Blériot perçoit très bien son contentement de bavarder avec lui, sa reconnaissance de lui tenir compagnie, mais nulle invite, nul signal.

Ils restent encore un instant ensemble, penchés à la fenêtre, le temps de terminer la bouteille de champagne et d'échanger quelques paroles en italien – car il a pratiqué autrefois l'italien –, puis se dispersent finalement chacun de leur côté, ramenés aux limites de leur vie personnelle.

Tandis que sa femme est en grande conversation avec une dizaine d'invités satellisés autour d'elle, Blériot, désœuvré, s'est abouché avec Sophie et Bertrand de Lachaumey dont on dit qu'ils sont riches à millions, tout en étant au lit un des couples les plus démunis du monde.

Il est quelle heure? demande d'ailleurs Sophie, l'air bizarrement anxieuse.

Une heure vingt-huit, répond son mari avec une voix d'horloge parlante. On devine qu'ils paieraient une fortune pour ne pas avoir à rentrer.

Entre-temps – Blériot en est à sa septième ou huitième coupe de champagne –, l'arrivée de l'épouse de François-Maurice, totalement éméchée, a jeté un froid dans l'assistance, et à l'apparition quelques minutes plus tard de Peter Nosh, son amant en titre, le froid a été multiplié par deux.

On croirait une réunion de Lapons dans l'embarras.

Malheureusement, Blériot, pris d'une sorte de vertige éthylique, ne se souvient plus de la suite.

Il a dû à nouveau perdre connaissance dans la voiture, car au moment de rouvrir les yeux il reconnaît les lumières de la place de la République et se sent soudainement dégrisé. Plus tard, il se voit monter péniblement un escalier, les yeux fixés sur les jambes de sa femme, tout en essayant tant bien que mal de rassembler ses pensées.

C'était qui la fille qui te parlait tout à l'heure à la fenêtre? dit Sabine en se débarrassant de ses vêtements avec des gestes de somnambule, tandis que derrière elle Blériot, qui a l'excuse de l'ivresse, caresse discrètement ses fesses toutes froides. Une Italienne, dit-il.

Tu la connaissais ? Pas du tout, répond-il pendant que ses doigts continuent de courir sur son corps, sans qu'elle regimbe ni fasse mine de se dégager.

Cette docilité, si contraire au caractère habituel de sa femme, achève de le ranimer. Il prend alors dans ses mains ses beaux seins lourds et pointus, comme s'il jouait au docteur, et lui ordonne de se cambrer complètement, les bras appuyés au montant du lit.

Mais qu'est-ce que tu fais, Louis ? proteste-t-elle. Tu verras, répond Blériot sans se laisser impressionner.

Encore un tout petit peu plus penchée, lui demande-t-il en la laissant dans cette position, le temps de se déshabiller à son tour.

18

Ils sont plus jeunes de deux ans, presque trois.

Ils sont tous les deux installés au bord de la piscine, au déclin d'une journée de printemps – il doit être dans les cinq heures ou six heures. Pendant que les autres font des longueurs de bassin, ils prennent tranquillement le soleil en maillot de bain, les jambes trempées dans l'eau.

Ils n'ont encore jamais couché ensemble.

Nora est pourtant déjà installée dans sa vie comme si elle était chez elle. Ils se voient presque chaque jour, vers midi – c'est leur heure mythologique –, déjeunent après une promenade en amoureux dans le Jardin des Plantes, puis décident selon le temps d'aller soit au cinéma, soit à la piscine.

Ils ne se cachent pas. Ils ont l'impression d'être invisibles. Sa femme à lui ne se doute de rien, le compagnon de Nora non plus apparemment, et la probabilité de croiser l'un des deux dans la rue étant infinitésimale, ils n'ont donc a priori aucune raison d'être inquiets. En plus, ils ne font de mal à personne.

Longtemps plus tard, lorsqu'il fera défiler dans sa mémoire les images de ce printemps, Blériot sera d'ailleurs surpris de n'apercevoir nulle part sa femme, comme si elle avait disparu au montage.

Pendant que Nora est retournée lire *Tom Jones* sur sa serviette de plage, tendant au soleil ses mollets pâlots, Blériot nage en solitaire, toujours à la même cadence, sans se désunir et sans quitter sa ligne des yeux.

À la quinzième longueur de cet entraînement monotone, il s'accorde une pause, accroché à l'échelle du petit bain, le temps d'admirer sa liseuse préférée et de s'étonner encore une fois qu'après tant d'aventures elle ait pu garder cette virginale expression d'attente, toute de patience et de douceur – la même qu'on voit sur le visage de certains personnages de peinture qui posent avec leur livre et leur chapelet.

Encore qu'en maillot de bain, il soit assez difficile de se faire une idée de la vie intérieure des gens.

Ayant enfin repris sa respiration, Blériot fend à nouveau la surface de l'eau avec une vigoureuse élégance, flanqué de deux opulentes sirènes et de quatre garçonnets coiffés de bonnets blancs, qui les font ressembler à des quadruplés.

Pour échapper à la bousculade, il disparaît aussitôt sous l'eau et entreprend, malgré le caractère fastidieux de l'exercice, de compter les carreaux de la piscine. Jusqu'à ce que l'eau commence à fraîchir.

Comme un monstre marin surgi des profondeurs, il sort alors son immense bras pour attraper les pieds de Nora et la regarde rire en s'enfuyant, avec l'envie subite d'être seul avec elle.

Au-dessus de la piscine – Blériot est remonté sur le bord – le ciel est tranquille et profond, avec de petits nuages d'altitude qui font courir des ombres à la surface du bassin. Assis sur le plongeoir, deux gros garçons aussi tatoués que des yakusas semblent contempler leur reflet dans l'eau, tandis que des couples sommeillent paisiblement, leurs corps alignés côte à côte comme des violoncelles posés sur des serviettes de bain.

Peut-être qu'il y a trop d'amoureux et pas assez d'amour, déclare tout à coup Blériot, saisi d'une inspiration philosophique.

Qu'est-ce que tu veux dire ? demande-t-elle par-dessus son livre.

Juste ce que je te dis, dit-il en s'allongeant à côté d'elle, la tête calée sur son ventre.

Autour d'eux, la piscine a commencé à se vider et les gradins sont presque silencieux. On n'entend plus au bord du bassin que les cris intermittents de quelques baigneurs qui continuent de faire des plongeons.

Les yeux clos, à la manière d'un chien étendu au soleil, Blériot a la sensation en les écoutant sauter dans l'eau de s'en aller très loin et pour toujours, comme s'il était entré sans le faire exprès dans le réacteur du temps.

Il a dû décrocher pendant quelques minutes, car Nora est déjà prête à partir, son sac sur l'épaule.

Je crois qu'ils vont fermer, il faut qu'on y aille, lui dit-elle en fixant dans les siens de grands yeux pensifs, un peu préoccupés, parce qu'elle attend sans doute qu'il prenne une décision.

Blériot, qui est à présent tout à fait réveillé, devine de quelle décision il s'agit, mais on dirait que plus il la sait inéluctable, plus elle lui fait peur.

D'abord, il a toujours été un garçon peu résolu à l'égard des femmes, et ensuite, leur situation respective à Nora et à lui étant ce qu'elle est, il a tout lieu d'appréhender la suite, la clandestinité, les mensonges, les ruses, les bassesses : c'est-à-dire une vie de réprouvé.

Si par le passé il lui est arrivé de commettre quelques écarts, c'étaient surtout des écarts intérieurs. Rien qui prêtât à conséquence.

Et en même temps, alors qu'ils marchent tous les deux dans la rue, il se doute bien qu'il ne peut pas continuer à balancer ainsi pendant des mois entre l'angoisse de l'infidélité et la dépression de la fidélité – puisque dans ce genre de situation il n'y a pas de normalité.

Au cas où tu compterais me raccompagner jusqu'à chez moi, je te préviens tout de suite que Spencer est à la maison et que tu devras lui faire la conversation, intervient-elle à cet instant, avec son humour imprévisible, mi-figue mi-raisin.

Tu préfères qu'on aille à l'hôtel ? demande alors Blériot d'une voix éteinte.

Je ne sais pas. Je préférerais surtout que tu n'y ailles pas à reculons, dit-elle en le prenant par le cou et en ajustant son jeune corps au sien pour lui prouver qu'elle est bien une femme.

De toute façon on n'a pas le choix, remarque-t-il.

Si tu veux, on peut présenter les choses comme ça, dit-elle, avant de poser tout de même deux conditions.

La première, c'est qu'elle doit être rentrée chez elle à dix heures, dix heures et demie, dernier carat, et la condition surérogatoire, c'est qu'il n'est pas question qu'il l'emmène n'importe où. En particulier, dans un hôtel de passe miteux.

Ce n'était pas non plus mon intention, la rassure-t-il tout en cherchant des yeux un taxi.

Comme d'un commun accord, ils ne disent plus un mot dans la voiture, chacun sagement calé dans son coin, jusqu'à ce que le taxi les dépose dans une rue retirée, à quelques pas du cimetière de Montmartre.

J'espère que tu sais ce que tu fais et que tu ne regretteras rien, dit-elle tout à coup en se retournant vers lui.

Bien entendu. Je ne regretterai rien et je n'oublierai rien non plus, lui promet-il en la regardant poser sur les marches de l'hôtel en lunettes de soleil.

Avec son mètre soixante ou soixante et un, elle dégage une impression de légèreté, d'enfance inachevée, qui l'émeut et l'embarrasse en même temps, comme s'il craignait que le personnel de l'hôtel ne se fasse des idées.

Ils entrent dans le hall, sans le moindre petit bagage pour donner le change, et se dirigent crânement vers le bureau de la réception.

C'est de toute évidence un hôtel pour happy few, avec un salon aussi vaste qu'une salle de cinéma, des fauteuils profonds, des miroirs immenses, des murs tendus de velours rouge.

Au moins, elle ne pourra pas dire qu'il a fait les choses à moitié.

Pendant qu'ils attendent à la réception, deux employés pendus au téléphone n'en finissent pas de vérifier que la chambre 57 a bien été libérée ce matin.

À chaque fois qu'on sonne, il n'y a jamais personne, s'excuse le plus âgé des deux, qui parle comme dans *La Cantatrice chauve*.

Il y a forcément quelqu'un, dit l'autre en leur tendant finalement la clef de la 59. Le petit déjeuner est servi à partir de sept heures.

Ils n'ont rien répondu.

Maintenant les dés sont jetés. Ils traversent à nouveau le hall d'entrée et le grand salon rouge, avec cette allure déliée qu'ont les gens en paix avec eux-mêmes.

Tu sais quoi? dit Nora en appelant l'ascenseur, c'est tout le contraire.

Le contraire de quoi? demande-t-il.

De ce que tu disais tout à l'heure à la piscine. Il y a trop d'amour et il n'y a pas assez d'amoureux. Donc, il y a toujours un reste.

Ce n'est pas faux, mais je te propose qu'on y réfléchisse après, dit Blériot en la poussant dans l'ascenseur.

19

Il est très probable que si elle avait su qu'un jour elle devrait figurer toute nue dans un roman, Nora aurait refusé de se déshabiller. Et elle aurait tout fait pour qu'on mentionne plutôt son goût pour le théâtre de Tchekhov ou pour la peinture de Bonnard.

Mais elle ne le savait pas. Donc elle est absolument nue, avec ses fesses hautes, ses seins menus, son sexe épilé et ses pieds un peu grands comme si elle n'avait pas terminé sa croissance.

À ce propos, lui déclare-t-elle, elle a connu autrefois, à Coventry, un photographe qui avait presque le double de son âge et qui s'était entiché de ses jambes.

Je te promets que je n'invente rien, lui dit-elle, ses jambes étendues en travers des siennes. J'espère au moins que tu me crois.

Bien sûr que je te crois, dit Blériot en se soulevant sur les coudes pour mieux les admirer.

À cet instant, ils sont tous les deux nus et paisibles sur le lit, enveloppés par l'atmosphère fraîche de la pièce, et comme le plaisir les a moulus et qu'ils ont encore un peu de temps devant eux, ils flânent dans les draps tandis que le rythme emballé de leur cœur se ralentit peu à peu.

En fait, ils se sentent trop paresseux pour se rhabiller et sortir de l'hôtel.

Ils ont tout juste le courage de se lever pour aller à tour de rôle chercher dans le minibar des dosettes de vodka, qu'ils boivent, à petites gorgées, mélangées à du Pepsi.

Donc, son photographe, reprend-elle en revenant s'asseoir sur le lit, l'a emmenée une fois en Suisse, sous prétexte de lui constituer un press-book, et ils sont restés pratiquement une semaine dans une espèce de motel, puis dans un hôtel nettement moins glamour que celui-là.

Au début, elle s'était dit que ça allait être une vie parfaite, sans parents, sans soucis, sans travail à la maison, et que ce serait stupide de sa part de ne pas en profiter.

Officiellement, elle partait aux sports d'hiver avec sa copine Vicky et ses grands-parents, et tous les soirs d'ailleurs elle téléphonait scrupuleusement à sa mère pour lui rendre compte des progrès qu'elle faisait en ski et des bûches que prenait Vicky.

Alors qu'en réalité, vous ne quittiez pas la chambre, l'interrompt-il en lui pinçant les cuisses.

Ce n'est pas du tout ce que tu crois, lui assure-t-elle. Ce type était un fou furieux qui se piquait au saut du lit et buvait ensuite tout ce qu'il trouvait. Quand il avait fini sa séance de photos – elle lui laisse imaginer les photos – il disparaissait sans donner d'explication et elle passait le restant de la journée à l'attendre comme une séquestrée.

J'avais l'impression d'être perdue dans un hôtel vide au fond d'une vallée sinistre.

Il y avait forcément des clients dans cet hôtel, dit Blériot en retournant se servir au minibar.

Je ne sais pas, dit-elle. En tout cas, ils étaient si discrets qu'on ne les voyait jamais. Parfois on entendait le claquement d'une porte ou le bruit d'une douche imaginaire. C'est à peu près tout.

Un jour, j'ai tellement pleuré que quelqu'un a frappé deux, trois coups à la cloison, mais je n'ai pas osé répondre.

Le plus incroyable dans cette histoire, c'est qu'elle avait été prévenue et que son suborneur était déjà connu dans tous les lycées de Coventry. Mais visiblement, plus sa réputation empirait, plus les filles se pressaient à sa porte.

C'est le syndrome de Barbe-Bleue, lui fait remarquer Blériot. Tu sais, Neville, je pense que tu devrais écrire ta vie.

J'aurais l'impression de tricher. Ce sont les tricheurs qui écrivent leur vie.

Tu es vraiment une fille bizarre, reprend-il, après un moment de silence, pendant qu'il caresse les aréoles sombres de ses petits seins.

Tu te souviens qu'on ne passe pas la nuit ici, lui dit-elle tout à coup en se levant pour récupérer ses affaires sur le tapis.

Dehors le jour n'en finit pas de tomber. Blériot s'est assis sur le bord du lit pour fumer et la regarde aller et venir dans la chambre en essayant d'adopter à cet instant précis un point de vue extérieur, totalement détaché, comme s'il était une vague entité céleste et elle une jeune femme solitaire marchant toute nue dans la pénombre d'une grande maison vide.

Une jeune femme anonyme et heureuse.

Tu es heureuse? lui demande-t-il en élevant la voix parce qu'elle est partie dans la salle de bains.

Très, mais j'aimerais bien que tu te dépêches un peu, crie-t-elle sous la douche. Il est plus de neuf heures.

Blériot n'a pas bougé. Il essaie de tout retenir en fermant les yeux, comme on apprend une leçon par cœur, le froissement des rideaux, la rumeur de la rue, les éclaboussements de la douche, le bruit de la ventilation, la résonance de sa voix – Louis, tu es prêt?

Quand il rouvre les yeux, Nora est en face de lui, légèrement à contre-jour, vêtue de sa culotte et de son t-shirt.

À cette vue, comme s'il était encore à l'âge où la moindre culotte est faite de l'étoffe des rêves, Blériot sent à nouveau ses connexions nerveuses excitées.

Qu'est-ce que tu dirais si je te déshabillais une deuxième fois? lui demande-t-il en sautant du lit pour l'attraper.

Elle croit rêver.

Il est presque dix heures, proteste-t-elle en essayant de se dégager. Spencer l'attend depuis au moins deux heures à la maison, elle doit se changer pour aller à une soirée, et tout ce qu'il trouve à lui proposer, c'est de retourner au lit.

Au lieu de descendre à la réception et de demander un taxi.

L'espace d'une seconde, le nom de Spencer l'a arrêté dans son élan. C'est la seconde fois qu'elle prononce son nom depuis qu'ils ont quitté la piscine. Alors qu'ils ont pour commandement de ne jamais évoquer le nom de leur conjoint.

Mais pour cette fois, Blériot préfère faire semblant de n'avoir rien entendu.

En plus, il fait chaud et je suis fatiguée, dit-elle en faisant mine d'enfiler son pantalon.

Moi, je me sens comme un jeune marié, dit-il, son corps pressé contre le sien tandis que son oreille experte perçoit distinctement son léger halètement et le petit spasme de sa glotte.

Juste une dernière fois, insiste-t-il.

Mais alors très vite, se décide-t-elle finalement en se laissant déshabiller, les bras en l'air, comme s'il s'agissait d'un hold-up.

Derrière les rideaux, il fait déjà nuit. Ils ont repris des canettes dans le bar et sont aussitôt retournés s'allonger sur le lit.

Quand Nora a été installée sur lui, qu'il a senti la palpitation des muscles de son ventre, il s'est légèrement redressé sur les mains pour lécher sur sa peau les petites rigoles de sueur qui descendaient de son cou et de ses épaules comme une pluie printanière.

Deux ans plus tard, il est encore assoiffé.

20

Après avoir pris la température du marché, Murphy Blomdale s'est mis au travail, tout en jetant de temps en temps à travers la vitre de la cloison un coup d'œil perplexe sur sa voisine de droite, une jeune femme terne et industrieuse du nom de Kate Meellow.

Plus rigoriste que tout le monde, elle arrive chaque matin à son bureau à sept heures tapantes et n'en repart qu'à l'extinction des feux. Elle prétend même se relever la nuit pour ne pas manquer l'ouverture des premiers marchés asiatiques.

En général, dans ces occasions-là, Murphy ne sait jamais quoi lui répondre.

L'ironie du sort, qui se plaît à ces effets de duplication hallucinante, veut qu'ils aient tous les deux le même âge, qu'ils viennent tous les deux des États-Unis, qu'ils fassent côte à côte depuis des semaines le même travail et qu'ils soient l'un et l'autre célibataires et montrés du doigt par leurs collègues de l'agence.

On les a déjà mariés dix fois.

Kate Meellow, qui se définit elle-même comme une grande fille toute simple et pleine d'humour, l'accompagne quelquefois à la cafétéria, où elle lui récite les éditos du *Financial Times* et les potins de la City, avant de partir d'une espèce de rire préenregistré qui personnellement l'embarrasse plutôt, mais qui semble faire la récréation des autres.

Ceux de ses collègues, comme Max Barney, qui ont encore un minimum d'affection pour lui et qui le voient le matin assis au comptoir, flanqué de sa fiancée virginale et un peu insolite, commencent à craindre sérieusement qu'un jour il ne se laisse passer la corde au cou.

Attention, mon vieux, l'a déjà prévenu Max Barney, cette stakhanoviste lubrique finira par t'entortiller.

Mais il n'en est absolument pas question, se défend à chaque fois Murphy, qui ne peut quand même pas publier un démenti, ni mettre une affichette dans le hall d'entrée.

Tu fais quoi cet été? lui demande-t-elle dans l'ascenseur.

Je n'ai pris aucune décision. J'attends de voir comment les événements se présenteront à l'agence, répond-il, sur la défensive.

La cafétéria est déjà pleine. À partir de dix heures, le personnel multiplie les réunions informelles autour de la machine à café comme autour d'une centrifugeuse libidinale, et les rires, les éclats de voix, les sonneries de portables forment un tel vacarme que Murphy a failli de pas entendre son propre signal d'appel.

C'est moi, dit une voix mal assurée, tu m'écoutes ?

Je t'écoute, dit-il en faisant signe à Kate Meellow qu'elle peut disposer.

Il s'est transporté sur ces entrefaites dans la salle d'à côté afin de s'y enfermer et, l'espace d'un instant, le temps de libérer une table et de poser son gobelet de café, il a cru qu'il s'était trompé. Il n'a plus rien entendu.

Nora, Nora, tu es là ? répète-t-il avec l'impression de tâtonner dans le noir.

Je suis là, répond-elle comme si ça l'amusait.

Je voulais juste te dire que je t'ai envoyé hier soir un chèque de mille dollars. Je sais que je te dois beaucoup plus, mais pour le moment je ne peux franchement pas faire mieux. Je viens à peine de trouver du travail.

Mais tu ne me dois rien, se récrie-t-il, tout en remarquant les deux cambistes Mike et Peter qui l'observent derrière la vitre avec des yeux de renards empaillés.

Je n'arrive pas à croire que tu m'appelles pour ça, continue-t-il en leur tournant le dos.

J'avais aussi envie d'entendre ta voix, ajoute-t-elle gentiment. Quelquefois, en voyant le temps passer, je me dis que le jour où je reviendrai à Londres tu ne seras peut-être plus là et que je ne pourrai même plus te retrouver, parce que tu m'auras oubliée.

Il est sur le point de lui répondre qu'on ne peut pas tout avoir et qu'on ne peut pas être à la fois présente et absente, fidèle et infidèle. En toute logique, elle ne peut donc en même

139

temps lui rendre sa liberté, comme elle l'a fait en le quittant, et lui demander de rester son prisonnier.

Mais il n'y arrive pas. Il a trop peur si elle le prend au mot de se retrouver libre et malheureux.

En réalité, tu sais quoi ? lui dit-elle, j'ai l'impression que tu vis très bien sans moi et que tu essaies absolument de te prouver le contraire.

Mais je ne veux rien me prouver du tout, dit Murphy au moment où Mlle Anderson, le buste en avant, la narine frémissante, fait soudain irruption dans la pièce.

Réunion dans dix minutes, lui lance-t-elle avant de claquer la porte.

Nora, rappelle-moi bientôt, chuchote-t-il dans l'appareil. Mais elle a dû raccrocher, car il n'entend plus rien.

Pendant que les autres se pressent vers la salle de réunion, il reste encore un instant à boire son café, tout en observant par les fentes du store les passantes agiles et les voitures qui scintillent dans le soleil de la matinée, saisi subitement d'un sentiment de nostalgie – mais d'une nostalgie à la puissance dix.

Plutôt que de continuer à s'apitoyer sur lui-même – à son âge, on a les amours qu'on mérite –, Murphy prend alors le parti de profiter de la vie et de sécher la réunion sur les fonds spéculatifs, avant de se raviser à la vue de Mlle Anderson en train de faire le guet, les bras croisés sur sa poitrine.

Il s'installe donc tout au fond de la salle, le plus près possible de la sortie, puis quand la voie est libre, que tout le monde ferme les yeux à cause de la voix magnétique de Borowitz, il ouvre subrepticement la porte et file sur la pointe des pieds en direction des ascenseurs.

Une fois dans la rue, il stationne un moment à la hauteur de Cheapside, le corps secoué par le vent et les yeux levés au ciel, aspiré par les nuages mobiles comme si ses pieds allaient tout à coup décoller du trottoir.

Ensuite, comme il n'a aucun projet particulier, il se laisse porter par la foule vers Moorgate et St Mary Moorfields, où il décide d'entrer.

Dans la pénombre et la fraîcheur sépulcrale de l'église, Murphy, qui croit à la communion des saints et à l'efficacité de leur intercession, se fend d'une longue prière sur son banc, avant de faire son examen de conscience et de s'abandonner malgré lui à quelques réflexions décourageantes, concernant aussi bien le comportement indécis de Nora que son indécision à lui.

À la fin, tandis qu'il réfléchit ainsi, absorbé dans ses pensées et que les bruits de la rue continuent par intermittence d'entrer par les portes latérales, il sent peu à peu comme un grand silence tomber au fond de lui.

C'est sans doute ce qu'il était venu chercher.

Dehors, les retraités, les désoccupés, les inadaptés, tous les laissés-pour-compte du miracle économique, sont alignés au soleil sur les chaises du jardin, comme les derniers maillons d'une chaîne alimentaire.

Murphy, à leur vue, se prend une nouvelle fois à rêver

du jour où il mènera une vie exemplaire, une vie anonyme et obscure, tout entière dévouée à la cause des autres
– même si, avec la meilleure volonté du monde, il ne sait
pas par où commencer.

Plus tard, en entendant sonner trois heures, il a tout
à coup une sorte de frisson solitaire à la pensée de Nora
marchant au même instant dans les rues de Paris.

Il revient alors sur ses pas en direction de la City afin
de retourner à son bureau – il prétextera un rendez-vous
médical – et commande un sandwich à une terrasse devant
Temple lorsque dans le coin gauche de son champ de vision
apparaît un chien vieux comme Mathusalem.

Un chien efflanqué et borgne, qui ressemble à la réunion de deux chiens en un, avec une tête de teckel et un
arrière-train de caniche, et qui se dirige craintivement vers
lui, comme complexé par son physique.

Alors que Murphy n'est nullement à la recherche d'un
chien et qu'il y a peu de probabilités que la bête inconnue
soit à sa recherche.

Dans un élan de compassion, il lui tend quand même
un morceau de son pain, que l'autre fait disparaître aussi
instantanément que si dans une vie antérieure il avait été
prestidigitateur.

En deux coups de langue, il a avalé tout le sandwich.

Ensuite, l'animal reconnaissant reste la tête tranquillement posée sur ses genoux, jusqu'à ce que, touché
par tant de persévérance, Murphy prenne son vieux corps

142

pantelant dans ses bras et, sans se soucier du regard des passants, se mette à lui parler sérieusement à l'oreille, afin de lui faire entendre qu'il doit à présent retourner à son travail et qu'il faudrait par conséquent qu'il songe à trouver un autre bienfaiteur.

Tu me comprends ? lui dit-il

L'animal, indécis, le regarde toujours avec de grands yeux voilés par la cataracte, tandis que Murphy a l'impression étrange en le serrant contre lui d'être beaucoup plus âgé qu'il y a un instant.

Et plus il le serre, plus il se sent vieux.

Comme si par un phénomène de sympathie leurs deux durées s'étaient réunies et qu'ils allaient maintenant vieillir ensemble.

21

Ils boivent tous les deux du vin blanc dans la cuisine. Il doit être très tard, une heure ou deux heures. Nora, dans sa nuisette, se balance sur une chaise, les pieds posés sur la table – on voit tout de ses cuisses –, tandis que lui reste assis sur le rebord de la fenêtre parce qu'il aime bien le bruit de la pluie dans le jardin.

Depuis tout à l'heure, elle lui parle de son nouveau cours de théâtre, près du Trocadéro, et des rôles qu'elle rêve de tenir un jour, comme celui de la jeune fille Violaine ou celui de Nina dans *La Mouette*.

Je n'ai jamais vu *La Mouette*, ni *La Jeune Fille Violaine*, lui avoue-t-il.

Tu aurais pu au moins les avoir lues. Tu lis quand même quelque chose.

Je passe ma vie à lire et à traduire de la littérature médicale. Alors, à part ça, j'ai dû lire cette année, en tout et pour tout, un roman de science-fiction, deux romans policiers, les Mémoires de Churchill, et, sur les recommandations d'un ami, j'ai commencé à lire les

Essais de théodicée de Leibniz. Je crois que c'est à peu près tout.

Tu as des lectures bizarres. Un jour, je te ferai lire *La Mouette*, si tu veux.

Les actrices qui jouent Nina Zaretchaïna, lui explique-t-elle, s'inspirent la plupart du temps d'autres Nina qu'elles ont vues au théâtre ou bien de personnes qu'elles ont pu rencontrer ici ou là, et dont elles imitent la manière de parler ou de se déplacer. À cause de cela, le résultat est presque toujours décevant. Parce qu'on connaît déjà Nina.

Elle, elle voudrait incarner une jeune fille qui n'existe pas encore.

Tu comprends ?

Il comprend et il ne comprend pas. En tout cas, il est impressionné par l'idée d'aimer une fille qui n'existe pas encore.

Et en même temps, il sent quelque chose de gênant, d'un peu inquiétant, dans sa manière de parler du théâtre, avec cette voix exaltée qu'ont les visionnaires quand ils se mettent à prêcher la Vérité.

Mais il garde ça pour lui.

Je crois qu'il y a quelqu'un devant la maison, lui dit-elle brutalement en se levant, son verre à la main.

Tu crois ? dit-il, se retournant pour examiner la rue.

Ils ont éteint la lumière comme des voleurs au passage d'une ronde de police et se tiennent aux aguets dans le noir, lui dans l'encadrement de la fenêtre, Nora cachée

145

derrière son dos – Blériot sent le bout de ses seins à travers le tissu de sa chemise.

J'ai l'impression de l'avoir déjà vu, dit-il, en reconnaissant sous le rayonnement de la lune vague la silhouette au chapeau. La ressemblance avec Léonard Tannenbaum le frappe à nouveau.

Pour en avoir le cœur net, il compose discrètement son numéro sur son portable et tombe sur un répondeur.

Dehors, il n'y a plus personne. Après avoir fermé la fenêtre, ils remontent dans la chambre, laissant la bouteille de vin au frais.

Tu exagères. Je suis complètement morte, se plaint-elle en le suivant dans l'escalier.

Deux ans, lui rappelle-t-il en soulevant sa nuisette.

Au moment de la quitter devant le portail du jardin, Blériot s'est penché pour essayer d'attraper ses lèvres dans l'obscurité, et Nora a fait un pas de côté en pouffant de rire.

La seconde fois, il l'a encore manquée.

Autant essayer d'embrasser un nuage.

Il marche ensuite sous son parapluie jusqu'à la porte des Lilas, se retournant à intervalles réguliers afin de vérifier qu'il n'est pas suivi. Les rues sont totalement désertes. Quelque part le vent de pluie fait frissonner les arbres d'un jardin invisible.

Une fois engagé dans la rue de Belleville, il téléphone par précaution à Nora. Elle dort déjà à moitié.

Tu m'aimes ? dit-elle.

Il se sent d'un seul coup soulagé, avec une envie de sauter à pieds joints dans les caniveaux.

De retour chez lui – sa femme est partie à Marseille –, Blériot est à peine déshabillé qu'il est saisi d'un vertige de fatigue, suivi d'une annihilation instantanée de ses facultés, comme s'il était foudroyé par un hypnotique miraculeux.

Il rêve qu'il est dans un music-hall avec sa femme – la salle aux tentures rouges lui rappelle celle de l'Olympia – et qu'au moment de l'entracte il est pris à partie par un petit blond au visage osseux et à la voix haut perchée qui essaie brusquement de lui tordre le bras.

C'est le cousin de Marie-Odile, lui dit calmement sa femme, comme si c'était une raison.

Profitant de sa surprise, l'autre le pousse alors de toutes ses forces dans l'escalier, au risque de le faire tomber, si bien que lui le pousse à son tour et qu'ils dégringolent ainsi tout un étage.

Au bas des marches, quelqu'un les sépare. Ils se rajustent tous les deux et se serrent la main en gentlemen.

Ce qui l'étonne à cet instant – car il est à la fois au bas de l'escalier et dans la cabine de projection de son rêve –, c'est que depuis quelques secondes le visage triste de Léonard s'est substitué à celui de son agresseur.

Ils n'ont pourtant aucun rapport, réfléchit-il dans sa cabine.

Quelques images plus loin, il est à nouveau installé à l'intérieur de sa loge, comme si de rien n'était – il doit être en plein sommeil paradoxal –, assis aux côtés du blondinet, qui semble soudain revenu à de meilleures dispositions.

Il sait très bien qu'en principe il devrait être assis aux côtés de sa femme – dans son rêve, il est désespérément amoureux de sa femme –, mais il se sent trop exténué pour demander des explications.

C'est bientôt le tour de Claude François, le prévient l'autre en lui touchant le genou.

Mais il n'est pas mort? sursaute Blériot en se réveillant.

Le lendemain matin, une fois douché et habillé, il se demande toujours ce que Léonard venait faire dans cette histoire.

Faute de taxi, il marche jusqu'au parc des Buttes-Chaumont en s'arrêtant de temps en temps afin d'aspirer l'air frais de la rue et de se mettre en état d'affronter un garçon qui n'est pas connu pour être un interlocuteur facile.

C'est moi, Blériot, s'annonce-t-il après avoir appuyé sur le bouton de l'interphone.

Silence.

Blériot, mon mignon, si ça ne te dérange pas, je préférerais qu'on se voie une autre fois, dit enfin une voix affaiblie, qu'il a du mal à reconnaître. Je ne suis vraiment pas présentable.

J'ai besoin de te voir à tout prix. C'est très important, insiste-t-il.

148

Il entend finalement le bruit d'une impulsion électrique et tire la poignée de la porte d'entrée.

Quatre étages plus haut, Léonard Tannenbaum se tient devant lui en robe de chambre, livide, abîmé, intimidant comme une montagne de tristesse qui lui bouche le jour.

Il a le coin de la bouche fendu, l'œil gauche à moitié fermé, avec un pansement translucide au-dessus des sourcils signalant une arcade éclatée.

Qu'est-ce qui est arrivé ? demande Blériot, qui a l'impression d'être dans un rêve en expansion permanente.

Il est arrivé ce qui devait arriver, dit Léonard en faisant un effort pour articuler : Rachid est parti hier soir.

En revenant de chez sa fille – car Rachid a été marié, dans une vie antérieure – il a eu une crise, une sorte de raptus émotif ou de décompensation psychique, et s'est mis à tout casser dans l'appartement.

Pour sa part, dit-il avec une angoisse rétrospective dans la voix, il se souvient seulement qu'à un moment donné il a essayé d'intervenir dans le salon pour le conjurer d'être raisonnable et que Rachid a tout à coup brandi ses poings et s'est jeté sur lui en hurlant.

Après, c'est le noir complet.

Il n'y est pas allé de main morte, remarque Blériot en examinant son œil injecté.

En même temps, dit Léonard, qui a retrouvé un peu de son éloquence, j'ai sans doute eu ce que je méritais et ce que nous méritons tous, autant que nous sommes, quand on ne sait pas aimer ceux qui nous aiment.

Car Rachid l'aimait, dit-il, et la justice providentielle, après l'avoir élevé au faîte de ce bonheur inespéré, l'a précipité tout en bas. Ainsi soit-il.

Je ne t'ai même pas demandé le motif de ta visite, dit-il ensuite s'asseyant dans son fauteuil avec la dignité d'un monarque sénile, le visage tourné de profil pour cacher son énorme coquard.

Il a un peu de sang séché sur le menton.

En le voyant dans cet état, Blériot, qui se souvient de la silhouette au chapeau, a soudainement honte de ses arrière-pensées.

Ce sont encore mes soucis d'argent, s'excuse-t-il – sachant qu'on ne manquera pas de le croire –, je n'ai plus un sou, je suis interdit bancaire et ma femme est partie à Marseille.

Blériot, mon joli, tu es un ami incorrigible et un peu trop vénal, dit Léonard, qui va néanmoins chercher trois billets de cent dans sa cassette.

Est-ce que tu veux qu'on aille déjeuner ensemble quelque part? lui demande-t-il en ouvrant une bouteille de vouvray.

Tu es sûr que tu as envie de sortir? s'inquiète Blériot.

Tu me trouves vraiment aussi affreux que ça?

Un quart d'heure plus tard, ils marchent tous les deux dans les allées des Buttes-Chaumont – l'un soutenant l'autre – avec leurs grosses lunettes noires et leurs costumes de croque-mort à la manière des Blues Brothers.

Au final, il sera resté un peu plus de trois ans, dit l'un. C'est fou ce que ça passe vite.

Oui, c'est peut-être pour ça qu'on n'a pas le temps de se connaître, dit l'autre.

22

Ce jour-là, Louis Blériot-Ringuet regarde la mer. Il est assis sur une chaise longue, le pantalon retroussé à mi-mollets, tandis que sa femme allongée sur le ventre lit une biographie de Picabia. Un grand soleil d'arrière-saison déverse sa lumière encore brûlante sur la plage. À côté d'eux, une famille d'Allemands réfugiée sous un grand parasol à rayures joue mollement à la crapette, hypnotisée par la chaleur.

On entend une chanson des Smashing Pumpkins apportée par le vent. Au loin, les baigneurs mouvants ressemblent à de simples nuages de particules posés sur l'eau.

Blériot, tout à son activité de contemplateur, a effectué un quart de tour sur sa chaise longue et baissé ses lunettes de soleil pour observer un instant une de ses voisines, fasciné par la saillie de ses seins sous son maillot blanc comme sous l'effet d'une vision stéréoscopique.

Emma est avec son frère chez leurs grands-parents, dit-elle au téléphone. Ils adorent les avoir en vacances. Après, c'est leur père qui s'occupera d'eux.

Sans savoir pourquoi, Blériot a l'impression d'avoir déjà entendu cent fois cette histoire.

Il a détourné son regard vers la pergola de l'hôtel au-dessus de la plage, où des drapeaux américains et japonais pendent mollement à leur mât.

Bien que l'après-midi soit à peine entamé, cinq ou six plaisanciers à cheveux blancs, le corps huilé, boivent des cocktails au bar de la piscine comme pour fêter leur immortalité.

Tu sais, continue sa voisine, Sylvain mène sa vie maintenant. Il partage un appartement avec son collègue Fontana. Tu te souviens de lui ? Non, Fontana c'est celui qui porte toujours des pantalons trop courts et qui parle avec une toute petite voix comme Jiminy Criquet. Je t'assure que ça vaut le coup de les voir ensemble, dit-elle, en examinant ses ongles de pied.

Blériot pivote de nouveau de quelques degrés. Sa femme s'est endormie, la joue sur son livre.

Il faut que j'y aille, lui dit-il à l'oreille. Si tu veux, je te reprends tout à l'heure.

Hmmm, fait sa femme.

On n'a qu'à dire à six heures, au bout de la corniche, ajoute-t-il en tapant ses mocassins l'un contre l'autre pour en extraire le sable.

Une fois parvenu sur le boulevard – il achète des cigarettes –, la rumeur de la plage s'éteint d'un coup seul comme si les deux battants d'une porte s'étaient refermés derrière son dos. Il ne lui reste plus que le silence et le souffle de la chaleur.

Il traverse ensuite des quartiers déserts, des rues étouffantes passées au lance-flammes, en s'efforçant de progresser sur la bande d'ombre au ras des murs. Il sent qu'il a déjà les jambes en nage.

Au fond d'une cour au dallage noir et blanc fermée par une grille, deux vieillards en maillot de corps se tiennent immobiles autour d'une table pliante, comme deux ombres découpées dans la toile de l'été.

Plus loin, aux abords d'un champ de courses, des troupes de mouettes crient dans les tribunes vides.

L'hôtel qu'il occupe est un grand bâtiment blanc de sept à huit étages, avec des galeries ouvertes adossées à la façade, qui lui rappellent une photographie d'immeuble colonial. À l'intérieur, le hall, les couloirs paraissent étrangement silencieux et inanimés comme si une nuée ardente entrée par les fenêtres avait tout consumé.

Une fois dans sa chambre, Blériot regarde un moment passer des trains derrière les stores de la galerie, avant de se décider à prendre une douche et à s'atteler enfin à sa traduction sur l'activité des neurotransmetteurs

Il reste ainsi une partie de l'après-midi, assis en caleçon devant son ordinateur, puis téléphone à Nora.

Son portable est encore éteint. S'il ne se trompe pas dans ses calculs, c'est la cinquième ou la sixième fois depuis avant-hier qu'il essaie de la joindre. Et à chaque fois, il sent la même petite douleur, reculée jusqu'à l'extrême limite de sa conscience, qui revient en vrille.

Pour s'en distraire, il regarde à nouveau les trains rouler parallèlement à la ligne d'horizon alors que le soleil commence à décroître au-dessus de la mer. La gare toute rose, intercalée entre des barres d'immeubles, a l'air aussi minuscule et improbable qu'une gare de Monopoly survolée par des nuages.

Un peu avant six heures – il a traduit deux cent cinquante mots –, Blériot sort de l'hôtel, la veste au vent et les écouteurs sur les oreilles, et descend la grande pente qui mène à la plage à la vitesse d'un courant d'air.

Le long du boulevard, une lumière jaune se répand à cet instant entre les palmiers du parc, et des merles hallucinés sautillent partout sur les pelouses.

Il s'arrête une seconde pour appeler Nora – comme si elle s'intéressait au comportement des merles – puis raccroche encore une fois et prend au pas de course la direction de la corniche.

Devant Sabine, il affiche un air dégagé et une anodinité étudiée, destinés à la rassurer – alors qu'intérieurement il est déjà dos au mur –, et tous les deux, main dans la main, comme n'importe quel couple de touristes, partent sans se presser à la recherche d'une terrasse à l'ombre. Ils ont tout leur temps.

Ils n'ont pas d'enfants.

On n'était pas allés ensemble dans un hôtel depuis au moins deux ou trois ans, lui fait-il observer en commandant des martinis.

155

Je t'ai proposé de m'accompagner à Milan et tu as trouvé une fois de plus le moyen de te défiler, lui répond-elle, les yeux masqués par ses verres foncés.

Parfois, à cause de ce regard caché, Blériot ne peut se retenir de s'interroger sur ce qu'elle pense réellement de l'état de leur couple. À supposer bien entendu que ses multiples activités, tant mondaines que professionnelles, lui laissent assez de temps pour l'introspection.

Tu aurais pu aussi m'accompagner à Marseille, ajoute-t-elle. Tu aurais été tout à fait le bienvenu.

Pendant qu'elle lui parle de son séjour à Marseille et de la proposition que lui a faite un certain Jean-Claude Damiani de travailler avec lui à l'exposition Titus-Carmel, Blériot, sans cesser de l'écouter, se surprend par moments à envier la solitude de son voisin de devant, qui lit son journal hippique en grignotant des noix de cajou.

Car il en est là.

Aussi muré dans son angoisse que Tannenbaum.

Afin de ne pas gâcher leur soirée et de résister à cet entraînement d'idées noires dont il connaît trop bien la cause, il propose alors à Sabine de dîner tôt dans un restaurant du port, puis d'aller ensuite, soit au cinéma voir une comédie italienne, soit au casino.

C'est toi qui choisis, répond-elle, parce qu'elle est sans doute simplement heureuse de se promener avec lui en bavardant, pendant que le soleil n'en finit pas de se coucher sur la promenade des Anglais et qu'on sent déjà dans les rues transversales la fraîcheur des fins d'été.

156

La douleur qu'on cause, se souvient-il tout à coup, est la grande question de la vie.

Mais comment faire autrement?

À cet instant, il n'a encore pris aucune décision.

Devant le cinéma, Sabine est occupée à vérifier les horaires des séances quand Blériot, saisi d'une inspiration subite, fait un pas en arrière, puis deux, puis trois, s'effaçant graduellement dans la pénombre, avant de tourner à l'angle d'un immeuble et de disparaître les mains dans les poches.

Une fois lancé, tout devient clair et simple. La vie ressemble à un billard.

Il prend un bus, descend un peu au hasard, puis s'engage dans la première rue montante qu'il trouve, grimpant ensuite un escalier interminable jusqu'à une placette éclairée, avec des bancs, où il reprend sa respiration. Il a débranché son portable.

Sans se donner la peine de s'arrêter ni de réfléchir plus longtemps, il emprunte un raidillon qui s'élève entre des jardins en terrasses et se retrouve dans l'obscurité complète, quelques dizaines de mètres plus haut, en train d'enjamber des buissons d'épineux qui s'ouvrent et se referment sous ses pas.

Par moments, il a l'impression d'entendre crier son nom derrière lui et se dépêche d'escalader la colline en s'agrippant aux pierres avec une sorte de vitalité animale.

Il débouche sur une sorte de promontoire en plein vent, d'où il aperçoit soudain les lumières de la côte jusqu'à l'aéroport de Nice.

Au-dessus de sa tête, des filaments très clairs n'arrêtent pas de traverser le ciel pareils à une pluie de météores. Blériot – ou l'entité qui a pris le nom de Blériot – se met alors à courir et à battre des bras comme pour les attraper.

Cette fois-ci, il est passé de l'autre côté du miroir.

Autour de lui, les stridulations d'insectes cachés dans les fourrés montent et descendent par vagues au même rythme que son excitation.

Beaucoup plus tard, en dévalant de biais le versant de la colline, la vue d'un couple d'adolescents assis dans l'herbe le dégrise brutalement.

Il ne sait plus combien de temps a duré son absence.

Il réapparaît à la lumière en haut de l'escalier qui mène à la petite place, avec ses bancs sous les tilleuls, et s'empresse de rallumer son portable.

Je me suis un peu perdu tout à l'heure, s'excuse-t-il en s'efforçant de maîtriser sa respiration et de parler le plus naturellement possible.

Sabine ne dit rien. Mais il sait qu'il ne perd rien pour attendre.

À minuit moins le quart, il la trouve au bas de l'escalier.

On a encore le temps d'aller au casino, plaisante-t-il en sautant les dernières marches comme s'il revenait de son entraînement.

Louis, tu me fais peur, dit-elle, sans le regarder.

23

Le sixième jour, ils sont rentrés à Paris en avion. Dans les rues, le vent est humide, les arbres voilés de gris. Il y a de l'amertume dans l'air – Blériot se faufile entre les voitures –, des humeurs de rentrée sociale et partout des gens qui s'exaspèrent mutuellement. Il remonte à pas pressés la rue de Belleville, ses écouteurs sur la tête, regrettant déjà le temps où il allait chez Nora sans hâte ni anxiété, puisqu'elle l'attendait sur le pas de sa porte, et qu'il pouvait faire des provisions de bonheur rien qu'en se rendant chez elle.

Une fois aux Lilas – il connaît le chemin par cœur –, il passe devant le gymnase et la mairie, emprunte les petites rues en pente bordées de pavillons anonymes et arrive devant chez elle en courant, haletant d'appréhension.

Tout est comme il l'imaginait. La maison a l'air bouclée, le portail et les volets sont fermés, le jardin est vide. Le courrier adressé à sa cousine Barbara Neville est resté dans la boîte.

Blériot a beau savoir que Nora est capable de disparaître sans donner de préavis ni d'explication, et de revenir exactement de la même façon, il ne peut s'empêcher de penser à cet instant – il sent alors une espèce de chair de poule extrasensorielle – que cette fois-ci son compte est bon.

Il est midi dix à sa montre.

Il a enlevé ses écouteurs – Percy Sledge doit lui porter malheur – et compose à tout hasard son numéro de portable. Plusieurs fois. Comme quelqu'un qui cherche surtout à gagner du temps pour réfléchir.

En fait, c'est moins son absence qui l'effraie que son silence.

Il se rend compte à présent qu'ils ont toujours mené des vies tellement compartimentées qu'il ne sait pas où la chercher ni qui appeler. Il ne connaît pas plus le nom de son cours de théâtre que celui de son hôtel à Roissy, et de surcroît ne possède ni l'adresse de sa famille, ni celle de son ex-fiancé à Londres.

Puisqu'il a été assez sot pour lui dire qu'il ne voyait pas d'inconvénient à ce qu'elle le revoie, elle a dû le prendre au mot.

Alors qu'il s'agissait dans son esprit d'une permission tout à fait théorique et qu'il aurait bien voulu pouvoir en négocier les modalités.

De découragement, il éteint son téléphone et attend ensuite au milieu de la rue, dans une sorte de calme proche de l'hébétude, tout en faisant l'effort de respirer régulièrement et de continuer à regarder autour de lui, le regard levé, afin de ne pas se replier sur sa peur.

Blériot a conscience à cet instant qu'il est inutile de rester planté plus longtemps sur ce trottoir, à moins de vouloir se donner en spectacle devant tout le voisinage, et qu'il ferait sans doute mieux de passer à autre chose et de quitter le quartier.

Il redescend donc la rue en suivant sa pente, sans se soucier de savoir où il va, parce qu'il y a des circonstances où quoi qu'on fasse on va toujours nulle part.

Il marche dans un état de quasi-apesanteur jusqu'à une place avec un bar-tabac. À l'intérieur de la salle obscure, Blériot est impressionné par sa propre insensibilité comme s'il était encore sous anesthésie. Son bras est d'ailleurs tellement lourd qu'il a du mal à soulever son verre.

À sa dernière disparition, se rappelle-t-il, il l'avait attendue pendant des heures sur une banquette de café en buvant une bière après l'autre, sans pouvoir s'arrêter de transpirer.

Le lendemain, il avait un message sur son écran : Aime-moi fort. On se quitte pour longtemps. (*Love me do. We won't be seeing each other for a long time.*)

Ce fut deux ans.

Quand Nora l'a appelé le jour de l'Ascension pour lui annoncer son retour, sa douleur avait évidemment vieilli.

Il se souvient quand même très bien qu'en remontant dans sa voiture pour se rendre chez ses parents, il savait déjà par une funeste prescience qu'il s'en mordrait bientôt les doigts.

Pourtant, si elle est revenue après deux ans, si elle l'a tout de suite emmené chez elle, s'ils ont fait ce qu'ils ont fait, dit ce qu'ils ont dit, c'est qu'elle tenait à lui. Elle n'était obligée à rien.

À rien, se répète-t-il. Mais cet éclair de compréhension s'éteint presque aussitôt.

Il suppose maintenant qu'elle a dû effectivement rejoindre à Londres son fiancé déprimé, à moins qu'il ne s'agisse d'un autre, d'un inconnu quelconque, pas plus malin que les autres, et qui comprendra sa douleur le moment venu.

Elle a eu tant d'amoureux, tant de vies imbriquées l'une dans l'autre qu'on pourrait croire qu'elle sécrète une substance active au contact des hommes, capable à elle seule de les faire tomber à ses pieds.

En tout cas, une chose est sûre, c'est qu'il n'attendra pas deux ans qu'elle le rappelle.

Car il y a manière et manière de faire les choses.

Dehors le ciel est toujours sinistre, le vent mouillé et froid. Il a beau allonger le pas, la rue de Belleville lui paraît aussi interminable qu'un trottoir roulant.

Et en même temps, il ne peut se retenir en marchant de dévisager chaque couple qu'il croise sur son chemin, d'épier chaque silhouette de femme, de se retourner à chaque éclat de rire comme si tout allait recommencer.

Mais aujourd'hui il n'y a pas de rémission.

Blériot est rentré à la maison. Il est revenu pleurer dans les jupes de sa femme et signer des aveux complets.

Heureusement, elle n'est pas là. C'est sans doute aussi bien pour lui.

Il monte à l'étage pour se mettre à son bureau et terminer sa traduction – il a presque dix jours de retard. Mais pendant qu'il essaie de s'appliquer, les yeux fixés sur son écran, l'idée qu'il ne verra peut-être plus Nora revient sans cesse à sa conscience, paralysant ses centres de décision.

Il hésite sur tous les mots.

Dans ces conditions, il est en général préférable de ne pas insister. C'est ce qu'il fait.

De deux heures à cinq heures, il est étendu sur le lit, dans la lumière lugubre de l'après-midi – ce doit être la journée la plus longue de l'année –, occupé à fumer et à consulter machinalement son téléphone portable comme un homme qui se meut en apnée au fond d'une tristesse sans commencement ni fin.

De temps à autre, il se redresse pour aller aux toilettes et en ressort à chaque fois accablé par le rendement de son appareil digestif.

Une combinaison de gaz et de bactéries, voilà tout ce qu'il restera de nous, se dit-il en ouvrant à nouveau son portable.

Quelquefois – c'est une variante – il fait : Allô, allô ? comme s'il s'entraînait à répondre au téléphone, puis raccroche.

Le monde ne répond plus.

Il a l'impression d'être sous acide.

À présent qu'il est déshabillé, qu'il a posé ses affaires au pied du lit, Blériot demeure assis torse nu sur les draps.

D'une main, il tient un verre de bière, et de l'autre se gratte le sternum avec l'air de quelqu'un qui se demande franchement quelle faute, quel manquement, il a bien pu commettre pour mériter la punition d'une telle solitude.

À force de se gratter, de petites gouttes de sang commencent d'ailleurs à perler sur sa poitrine.

Ce pourrait être une scène de *La Colonie pénitentiaire*, mais sans le désert et sans la machine.

24

En comptant Kate Meellow et lui, ils sont déjà six passagers dans l'ascenseur, Paganello l'arriviste, Sullivan l'alcoolique, Brown le cavaleur – Murphy Blomdale a certains jours l'impression de vivre au milieu d'archétypes – et Barney le mélancolique, jusqu'à ce que Mlle Anderson, au prix d'un gros effort de compression, monte à son tour et que l'appareil s'en trouve brusquement accéléré.

Il les dépose deux secondes plus tard dans le hall d'entrée où des groupes stationnent et s'interpellent, tout à l'excitation d'abandonner le bureau et d'aller boire une bière du côté de Blackfriars.

Sur ce point les opérateurs de marché ne diffèrent en rien des sapeurs-pompiers ou des ouvriers du bâtiment.

Murphy, flanqué de Kate et de Max Barney, est en train de se demander s'il ne conviendrait pas mieux de remonter plutôt vers Fleet Street afin d'éviter le reste de la bande, quand quelqu'un venu de nulle part lui crie : Hello, you ! – à supposer que ce soit effectivement lui qu'on apostrophe.

L'apparition se tient de l'autre côté de la porte, dans un contre-jour très noir qui l'aveugle pendant quelques dixièmes de seconde.

Hello, tu me reconnais? dit-elle en s'approchant avec une sorte d'assurance tranquille.

Elle s'est arrêtée sur le seuil de la porte, tandis que lui en avançant à son tour a la sensation de traverser un champ magnétique.

C'est elle qui tend les bras la première.

Tu dois m'en vouloir horriblement de ne pas t'avoir prévenu, lui dit Nora, comme elle dirait : Tu dois trouver que j'ai horriblement vieilli.

Pas du tout, proteste-t-il en se pressant contre elle et en sentant de nouveau la chaleur vivante de son corps pendant que les autres autour d'eux, qui doivent se douter de quelque chose, s'éloignent comme des ombres perplexes.

Il la serre alors encore une fois contre lui, avant de se reculer pour la dévisager.

Elle a une si jolie façon de rire en plissant son nez et l'air si juvénile, si pétulante, qu'on pourrait presque croire qu'ils se rencontrent pour la première fois et que le temps est une pure illusion de perspective.

Ensuite seulement, il remarque qu'elle porte un imperméable avec un petit foulard à pois et qu'elle tient à la main un gros sac de voyage.

Murphy, revenu soudain à des considérations plus pratiques, ne sait pas s'il peut lui proposer de venir habiter chez lui – estimation haute – ou s'il vaut mieux se contenter de lui demander, sans trop avoir l'air d'insister, où elle a l'intention de dormir ce soir. Chez sa sœur Dorothée ?

Ma sœur me tape sur les nerfs, répond-elle. Elle passe son temps à me faire la morale, sous prétexte qu'elle a trois ans de plus que moi et un MBA de sciences économiques. Je ne te souhaite pas de passer une soirée avec elle.

Un instant perplexe, Murphy prend finalement le parti d'appeler un taxi pour qu'il les conduise dans le centre d'Islington, comme s'il s'agissait d'un simple pèlerinage sentimental sans aucun engagement de sa part.

Avec ce sac, je préférerais qu'on revienne d'abord chez toi, dit-elle une fois dans le taxi.

Puisque c'est elle qui le propose.

Murphy l'embrasse alors discrètement dans le cou sans plus se poser de questions, ni chercher à savoir par quel astronomique concours de circonstances elle lui a été rendue.

Lorsqu'ils se retrouvent dans l'appartement où ils ont vécu ensemble et qu'ils sont enfin débarrassés de leurs affaires, ils ont subitement tous les deux comme un moment de flottement et se regardent sans savoir quoi faire, embarrassés d'eux-mêmes.

L'émotion, l'insolite de la situation, ajoutés à une certaine circonspection de part et d'autre, les encourageraient plutôt à l'attentisme.

Murphy en particulier, qui a payé au prix fort sa crédulité, sait trop bien à présent à quel point Nora, sous ses dehors gracieux, peut être agressive et lunatique pour avoir envie de s'exposer inconsidérément.

Tu peux me servir un verre de vin ? lui dit-elle à cet instant, comme une proposition de sceller leur réconciliation et d'entamer une ère nouvelle.

Bien sûr, s'exclame-t-il, confus de sa distraction et pas mécontent non plus d'avoir une occupation dans la cuisine.

Tu lis toujours la Bible, remarque-t-elle dans son dos en examinant ses piles de livres sur la table.

De temps en temps. Pour être tout à fait franc, lui précise-t-il pendant qu'il cherche un tire-bouchon, la lecture de la Bible est moins une planche de salut qu'une sorte de régulateur émotionnel.

L'explication peut sembler un peu emberlificotée, mais il n'arrive pas à le dire autrement.

La faute sans doute à son trac.

Tu lis aussi Leibniz, s'étonne-t-elle. Mais c'est qui Leibniz ?

Un grand philosophe chrétien et un grand mathématicien, dit-il, s'amusant de la tête qu'elle fait.

Une fois assis tous les deux comme aux beaux jours sur la banquette du salon, avec leur verre de vin à la main, ils font penser à deux acteurs qui répéteraient une scène de la vie conjugale – elle a posé la tête sur son épaule – dont ils ont malencontreusement oublié le texte.

Moi, j'adore cet appartement, dit alors Nora en se levant et en improvisant tout à coup un petit discours nostalgique sur chacune de ses pièces, même la plus modeste, et sur les habitudes qu'elle y avait prises et les heures où elle aimait s'y trouver.

Tu sais que tu peux t'y installer aussi longtemps que tu le souhaites, s'entend-il lui répondre, parce que la gentillesse et la sensibilité inattendue dont elle fait preuve depuis un moment, en touchant une zone de son cerveau rarement stimulée, commencent à entamer ses lignes de défense.

J'ai d'abord envie de prendre une douche et d'aller dîner chez Dangello, dit-elle en riant, sans paraître avoir entendu sa proposition.

C'est comme tu veux, dit Murphy, qui aurait préféré pour son compte personnel quelque chose de plus simple et de plus chaleureux que Dangello. Mais il n'en dira rien, à cause de cet ascendant qu'elle exerce sur lui au point de lui faire perdre son libre arbitre.

Plus tard, ils descendent à grandes enjambées St John et Rosebery, transis par le vent, serrés l'un contre l'autre comme autrefois lorsqu'ils étaient insouciants et heureux.

Dangello n'a pas changé. Ils pénètrent dans un vestibule rococo, accueillis par des dames en chemisier amidonné – ils refusent le vestiaire – et des serveurs en plastron qui les escortent entre les tables jusqu'au fond de la grande salle crépusculaire.

Aux murmures qui se propagent de table en table, on peut diagnostiquer sans se tromper que l'entrée de Nora, dans ses bottes de cuir et son trench-coat d'aventurière internationale, n'est pas passée inaperçue.

Le silence revenu, on n'entend plus que le léger tintement des couverts – ils commandent le turbot grillé – et les chuchotis des dîneurs, entrecoupés parfois d'exclamations inattendues, auxquelles on repère les personnes d'un certain âge équipées d'un sonotone déréglé.

La plupart des hommes du reste ont l'air recrus et voûtés, tandis que leurs épouses, assises toutes droites sur le bord de leur chaise, ne cessent de tourner la tête de gauche et de droite comme des périscopes en platine.

Pour sa part Murphy, oubliant ce qu'il est supposé faire ou dire, reste perdu dans la contemplation douloureuse de sa compagne sereinement occupée à picorer ses légumes.

Pourquoi tu es partie, Nora ? ne peut-il se retenir de lui demander à voix basse, quand elle a terminé.

Pour avoir le plaisir de revenir et de te retrouver. Je suis comme ça. J'ai besoin de me sentir libre, chuchote-t-elle, en ouvrant tout grand ses yeux bruns comme pour l'aspirer.

Pour navrante que soit son explication, Murphy, sous l'influence de ce regard, n'arrive pas à lui en tenir rigueur et lui chercherait presque des excuses, se rappelant combien elle était jeune lorsqu'ils se sont connus.

Tout juste se permet-il de s'enquérir, avec une très légère pointe d'ironie, si elle se sent maintenant libre à Paris.

Très libre, répond-elle fermement, avant de nuancer son affirmation en évoquant la présence envahissante de sa cousine Barbara qui aurait tendance à se mêler de ce qui ne la regarde pas et à vouloir la chaperonner dans toutes ses sorties.

Sans savoir pourquoi, Murphy éprouve à ce moment-là le sentiment désolant de ne pas la croire, mais n'en montre rien.

Tu comptes rester longtemps à Londres ? lui demande-t-il, toujours à voix basse, bien qu'il n'y ait presque plus personne autour d'eux.

Je ne sais pas encore, dit-elle cachée derrière la carte des desserts. De toute façon, j'imagine que je peux toujours coucher sur le canapé qui est dans le bureau.

C'est toi qui décides, dit-il sans révéler le fond de sa pensée.

Les clients sont maintenant partis, les serveurs fatigués et pressés de rentrer chez eux. Murphy a sorti son portefeuille – semez et vous récolterez – et appelé discrètement le maître d'hôtel. La note, s'il vous plaît.

À cet instant, il paie pour qu'elle reste avec lui, pour qu'elle cesse de lui mentir, pour qu'il cesse de penser qu'elle lui ment et pour que leur vie ait encore un sens. Tout est compris dans l'addition.

25

C'est ton père, lui crie sa femme en lui montrant le téléphone. Blériot, sur le seuil de la salle de bains, le visage crispé à cause de sa névralgie matinale, lui fait signe qu'il va le prendre en haut.

Allô, fait-il en se surprenant à respirer très fort dans l'appareil.

J'espère que je ne te dérange pas, commence son père, c'est au sujet de ta mère. Je t'appelle d'une cabine.

Il s'y attendait.

Apparemment, la nervosité et les sautes d'humeur de sa mère se sont transformées ces dernières semaines en une franche hostilité, au point d'insulter les voisins et de tenter par deux fois de porter la main sur son mari.

Les examens neurologiques pratiqués à l'hôpital, lui explique son père, avec ce débit ralenti d'un homme de soixante-dix ans placé sous sédatif, n'ont rien révélé de particulier et elle est à nouveau à la maison.

Je suis à bout, avoue-t-il.

Blériot, qui n'est pas non plus dans un état très brillant, sent à cet instant qu'il lui faut à tout prix prendre sur lui et essayer pour une fois d'être à la hauteur de la situation.

Je vais venir en train aujourd'hui, lui promet-il, tout en cherchant sur son écran le site des réservations.

Ne lui dis surtout pas que c'est moi qui t'ai prévenu, lui recommande alors son père comme s'il appréhendait une punition.

Ne t'en fais pas, dit-il en l'imaginant tout esseulé dans sa cabine.

Il termine ensuite ses ablutions dans la salle de bains, prépare quelques affaires, embrasse sa femme – elle a ses beaux yeux tristes et compréhensifs – et sort dans la rue à neuf heures, fraîchement rasé, froidement désespéré.

Une fois installé dans le train, il vérifie d'abord qu'il n'a aucun message de Nora, puis renverse son siège en écoutant le *Werther* de Massenet, tandis que de l'autre côté de la vitre son double immatériel et heureux court sur une route de campagne avec les lignes électriques et les automobiles solitaires.

Maintenant, de quelque façon qu'il raisonne, par n'importe quel bout qu'il prenne son histoire avec Nora, elle lui paraît toujours aussi consternante et il aimerait bien pouvoir penser à autre chose.

À condition que ce ne soit pas à la santé de sa mère.

Alors à quoi ? À son enfance, à ses promenades à vélo dans les Cévennes, à toutes ces années d'avant : avant Nora, avant Sabine, avant d'être amoureux pour la première fois.

Werther ne voulait pas autre chose.

Tous les hommes ont la nostalgie de ce temps énorme où la vie avait encore l'élasticité du possible.

En sortant de la gare, Blériot loue une voiture et se retrouve quelques kilomètres plus loin dans la désolation d'un maquis sans horizon, roulant en direction des collines, avec leurs amas nébuleux et leurs villages déserts où ne passent plus que le vent et les nuages mouillés.

Selon toute apparence, l'été ici aussi est définitivement parti, comme ces patrons scélérats qui mettent la clef sous la porte pour filer sous les tropiques.

Après La Feuillade, Blériot se souvient qu'il doit tourner à droite de manière à s'engager sur la route en courbe montant à Saint-Cernin, avec son petit pont et sa chapelle qui lui sert à chaque fois de point de repère.

Devant le portail de la maison, il aperçoit une sorte de croque-mitaine affublé d'un chapeau de pêcheur qui lui fait de grands signaux sous la pluie, et il met quelques secondes à se convaincre qu'il s'agit de son père.

Il s'est voûté, son visage est devenu tout gris et ses yeux semblent troubles et à moitié vitreux, peut-être parce qu'il est sous le coup de l'émotion ou qu'il souffre d'une affection du cristallin.

Louis, je ne sais plus quoi faire, dit-il, sans lui laisser le temps de descendre de voiture. Ta mère me tue.

Il faut vraiment que tu m'aides, insiste-t-il en lui répétant mot pour mot ce qu'il lui a déjà expliqué au téléphone.

Après un silence altruiste, Blériot lui demande si sa mère est au courant de son arrivée.

Bien entendu, elle s'est même habillée pour toi. Enfin, si on peut appeler ça s'habiller. Tu verras tout à l'heure.

De prime abord, la maison paraît inchangée, avec ses tentures de chintz, ses mauvaises peintures et ses photos encadrées qui lui rappellent un temps où ils avaient l'air d'une famille proprette et sans histoire.

Le chien Billy dort toujours sur le canapé.

En revanche, l'entretien de la maison laisse plutôt à désirer. Depuis que la femme de ménage a été renvoyée avec perte et fracas, son père est obligé de tout faire dans la maison, de cuisiner, de courir au village, de remplir les machines de linge sale, de repasser et de s'occuper deux fois par jour de la toilette de sa femme, car elle aurait tendance à se négliger.

Tu n'as pas besoin que j'y aille avec toi? demande son père devant la porte de la chambre.

Non, répond-il en le regardant un instant, car il ne parvient toujours pas à s'habituer à sa transformation.

Comment en quelques années le voyageur intrépide et le fringant pongiste qu'il a connu autrefois a-t-il pu se changer en un vieux monsieur anxieux et irrésolu, qui semble sans cesse avoir peur de son ombre?

175

À son entrée, sa mère est assise devant la télévision, jambes nues, vêtue d'une sorte de blouse à carreaux bleus, moitié tablier, moitié chemise de nuit. Son visage éclairé par l'écran paraît émacié, ses cheveux entièrement gris.

Elle a l'air absolument sans âge.

On est le 21 septembre, je m'appelle Colette Lavallée et je n'ai pas la maladie d'Alzheimer, plaisante-t-elle comme si elle lisait dans ses pensées.

Avant de lui reprocher pêle-mêle d'être un égoïste, de vivre au crochet des autres et de n'avoir aucun sentiment pour personne.

De toute façon, tu es de mèche avec ton père pour m'envoyer à l'hôpital.

Il reste sans réaction.

Mais moi je sais que tu es venu chercher ton chèque, lui dit-elle en se levant tout à coup. Hein ? Ce n'est pas ça ? Ose dire le contraire.

Ce sont les pépettes qui t'intéressent, mon petit Louis, je le sais bien, les pépettes de Colette. Tu es tout comme ton père, continue-t-elle en se mettant à tourner en rond dans la chambre

Tu sais bien que je suis venu pour te voir, la reprend-il patiemment en s'efforçant de la retenir un peu dans ses bras, malgré ce mélange d'embarras et de répulsion physique qu'il éprouve toujours à son égard.

Il a beau se souvenir qu'il s'agit de sa mère, qu'elle l'a soigné, élevé, ni plus ni moins mal qu'une autre mère, et qu'elle l'a probablement aimé à sa façon, il ne ressent plus rien pour elle.

C'est plus fort que lui. Le nerf sensitif est coupé.

Papa est très inquiet à ton sujet, essaie-t-il de lui faire comprendre.

Vous faites une belle paire d'incapables tous les deux, lui répond-elle en prenant son ton de directrice d'école.

Figure-toi que je suis simplement fatiguée. Tu sais ce que c'est que d'être fatigué?

Blériot, coulé dans le moule de l'anxiété paternelle, a l'impression que tout à l'heure elle va lui allonger une gifle.

Son père l'attend dans la petite pièce qu'il a aménagée au sous-sol. Il sait déjà tout.

Maintenant, qu'est-ce que tu veux que je fasse? lui dit-il, avec la voix d'un homme qui hésite entre se mettre la tête dans le four et se gazer au monoxyde de carbone dans sa voiture.

J'ai tout essayé, tout supporté. Quant à l'histoire du roseau qui plie et ne rompt pas, taratata.

Je suis complètement en morceaux, ajoute-t-il.

Parce que son père peut être drôle quand il le veut.

Comme il ne pleut presque plus, ils sortent tous les deux se promener en fin d'après-midi sur les chemins environnants, marchant sous le couvert des arbres. Les feuilles humides semblent pesantes et pleuvent sur leur nuque quand ils passent dessous. Son père parle tout seul.

À son avis, il doit y avoir un syndrome dépressif dans la famille Lavallée. Le grand-père, récapitule-t-il, s'est pendu après la guerre, l'oncle Charles n'a jamais été capable de travailler de toute sa vie, et pour ce qui concerne Marie-Noël, la sœur de Colette, qui vit à Clermont, elle est sous calmants depuis qu'elle a pris sa retraite.

Son fils, qui est donc le dernier maillon de cette chaîne génétique, n'a pas trop envie d'entrer dans le débat.

Le long des clôtures, les vaches en cercle tournent leurs grands yeux patients vers le soir, parce que tous les êtres, se souvient Blériot, les êtres raisonnables comme les bêtes, ont besoin de contempler.

Lui-même au demeurant voudrait bien pouvoir appuyer sur sa petite touche secrète afin de s'accorder un moment de contemplation.

Mais il ne trouve pas la touche.

De retour à la maison, ils font un peu de ménage et mettent la table pour deux, puisque sa mère ne veut pas descendre. Ils l'entendent faire les cent pas au-dessus de leur tête, aller aux toilettes, revenir vers son lit, renverser des objets, repartir dans le couloir. Elle ne tient pas en place.

C'est comme ça tous les soirs, lui dit son père, une fois dans le jardin. Je suis même obligé de lui panser les pieds avant de la mettre au lit.

Parfois, elle a du sang dans ses chaussures.

Blériot demeure sans voix. Ils ne peuvent pas la laisser dans cet état.

Il faut coûte que coûte que tu appelles un médecin, l'adjure-t-il, et que tu la fasses à nouveau hospitaliser : c'est elle ou toi.

Le lendemain, en passant en voiture devant un lotissement à la périphérie de Montpellier, Blériot aperçoit une jeune femme très brune qui attend à son portail, vêtue d'un simple peignoir passé par-dessus son pyjama.

Elle a dû s'habiller précipitamment et sortir pour intercepter le facteur ou un livreur quelconque.

D'une main elle tient un simple parapluie à rayures rouges – il roule au pas, sans la quitter des yeux –, tandis que de l'autre elle tente de ranger une mèche de cheveux derrière son oreille.

Elle est si parfaite, pense-t-il, si inconsciente de sa perfection, qu'on pourrait trouver légitime d'arrêter là son voyage et de lui demander poliment la permission de fonder une descendance avec elle.

Pendant qu'il réfléchit ainsi au volant, les pneus de la voiture font craquer le gravillon de la contre-allée.

Parvenu à sa hauteur, il baisse la vitre, elle penche la tête croyant qu'il a besoin d'un renseignement (vous n'êtes pas mariée ?), mais Blériot se contente de lui sourire en la regardant dans les yeux.

Avant de s'éloigner tout doucement, sans descendance.

C'était son moment de contemplation.

26

Murphy, escorté de Max Barney et de Sullivan – c'est le blond, un peu macrocéphale, qui marche à sa droite –, est en train de remonter New Change sous son parapluie, l'esprit préoccupé par les aléas de sa vie domestique avec Nora.

Ils entendent sonner cinq heures. Comme s'il s'agissait d'un signal, Sullivan, repris par sa soif, veut alors à toute force qu'ils boivent une bière avec lui. En bons camarades, ils acceptent une bière et l'abandonnent ensuite à son sort, pas mécontents d'être débarrassés de lui.

Pendant que Murphy continue à se ronger les sangs au sujet de son imprévisible invitée, Barney lui avoue que de son côté aussi l'horizon a tendance à s'obscurcir et que sa collaboration avec l'agence est sans doute arrivée à son terme – Borowitz lui en a déjà touché deux mots.

Plombé par ses échecs et cette guigne perpétuelle qui tourne au phénomène de société – il en est quand même à son quatrième licenciement en quatre ans –, Barney en vient même à se demander si tout cela ne relève pas d'une persécution organisée.

De la part de qui ? demande Murphy en sortant de ses pensées. Max n'a pas de réponse.

Ce qu'il ne peut évidemment pas lui dire, c'est que ses éternels bredouillements en réunion de travail et ses plaisanteries calamiteuses – presque toujours à contretemps – n'arrangent pas non plus son image auprès de la direction.

Comme à leur habitude, ils se séparent devant la station de Moorgate, et Murphy, repris par ses soucis, trouve le moyen de se tromper de ligne.

Dans le bus qui le ramène enfin à Islington, il a tout à coup la certitude que lorsqu'il rentrera Nora sera partie, que l'appartement sera silencieux, les objets rangés à leur place, semblables à tous les jours, et que pourtant tout lui paraîtra inerte comme à la suite d'un enchantement.

Il imagine déjà le bruit de ses pas dans le couloir vide, les forces du non-être embusquées derrière la porte.

Mais elle est là. Elle est allongée sur le canapé qui lui sert de lit dans le bureau, jambes repliées. Elle lui tourne le dos.

En proie à un besoin subit de se détendre, il court se servir un verre de vin dans la cuisine, puis retourne s'asseoir à côté d'elle sans faire de bruit.

Au-dessus d'eux, dans les étages, quelqu'un joue au piano un petit air de ragtime.

Ce moment étrange réfléchi par la conscience de Murphy – il a rapproché sa chaise – a la beauté poignante de ce qui ne se répétera peut-être plus jamais.

Tu dormais ? dit-il finalement, la main sur sa joue.

Non, je m'ennuyais, dit-elle en s'étirant. Il est quelle heure ?

Elle s'ennuyait, s'étonne-t-il à part soi. Alors qu'elle a toute liberté de sortir, d'aller où bon lui semble, de rencontrer qui elle veut.

Comment tu peux t'ennuyer au bout de trois ou quatre jours ? lui dit-il en s'asseyant sur le bord du lit pour caresser son cou et ses oreilles chaudes.

Elle le regarde un instant penché au-dessus d'elle, sans faire le moindre geste de réciprocité, avant de lui répondre sur un ton désinvolte que c'est pourtant comme ça, elle s'ennuie, et de toute manière, elle ne connaît plus personne à Londres.

Murphy, décontenancé par cette cohabitation entre l'ancienne et la nouvelle Nora, reste sans rien répondre.

Tu t'ennuies de Paris, lui dit-il enfin, fixant ses yeux mordorés comme s'il prenait plaisir à souffrir.

Depuis qu'elle est revenue, il pourrait compter sur les doigts d'une seule main le nombre de fois où elle a consenti à aborder le sujet de sa vie à Paris. Il n'a pas insisté. Mais ces quatre longs mois sont restés pliés dans leur emballage et posés entre eux deux comme un colis piégé.

Maintenant, il a envie de tirer sur la cordelette.

Je suppose que tu as quelqu'un qui t'attend à Paris, lui dit-il, mentionnant à tout hasard le nom de Sam Gorki – celui qui lui a téléphoné une dizaine de fois.

Pauvre Sam, qui m'attend depuis des années et des années, dit-elle en riant pour lui faire comprendre que celui-là compte pour du beurre.

J'aimerais bien que tous les garçons soient aussi patients.

À cet instant Murphy, que ça n'amuse pas, croit utile de lui rappeler qu'ayant toujours été cent pour cent honnête avec elle, il pense être en droit d'exiger d'elle la réciproque.

D'exiger quoi ? fait elle, à la limite de l'agressivité.

D'exiger que tu me dises une bonne fois pour toutes avec qui tu vis à Paris.

Après un temps de réflexion, Nora lui fait d'abord remarquer, en s'asseyant sur le canapé et en allumant une cigarette, qu'on ne doit la vérité à personne, mais que s'il y tient absolument elle peut lui dire son nom. Pour sa part, elle ne voit pas en quoi il en sera plus avancé.

Qu'elle dise toujours.

Il s'appelle Louis Blériot et je l'ai connu bien avant de te connaître, dit-elle en l'observant, pas mécontente de son effet.

Louis Blériot ? répète-t-il deux ou trois fois, parce que l'impétuosité de son aveu l'a un peu désarmé, mais qu'est-ce que ça veut dire ? Ce n'est pas un nom d'aviateur ?

Si tu veux. En tout cas, ajoute-t-elle, par pure provocation, c'est un garçon avec qui je m'amuse énormément.

Sans doute parce qu'il a justement une tournure d'esprit trop sérieuse, Murphy ne veut pas croire, ne peut pas croire, qu'elle ait pu s'attacher si longtemps à un garçon au seul motif qu'il est distrayant. Il y a forcément autre chose.

Il y a tout le reste, admet-elle après un silence en se levant et en allant à son tour chercher un verre dans la cuisine. C'est un garçon très bizarre.

Pendant qu'il l'écoute assis sur un tabouret, avec toute la constance dont il est capable, Murphy réalise peu à peu que durant tout le temps où il a vécu avec elle Nora appartenait à un autre – physiquement ou non – et qu'il ne s'en était jamais douté.

Probablement parce qu'il n'avait aucune expérience de ce type de situation, et qu'il n'avait développé aucun anticorps, aucune capacité instinctive à détecter ses mensonges.

À présent, il sait à quoi s'en tenir.

L'espace de quelques minutes, il reste figé sur son tabouret, perdu dans une sorte de brouillard émotionnel qui l'empêche de penser.

J'imagine, lui dit-il plus tard en la saisissant dans ses bras, que tu as l'intention de retourner bientôt vivre avec lui.

Je ne vis pas avec lui. Si tu étais gentil, attentionné et un tout petit peu psychologue, lui réplique-t-elle calmement, tu cesserais de me poser ce genre de questions et tu te demanderais plutôt si tu désires toujours vivre avec moi.

Vivre avec toi ?

Elle lui fera boire le calice jusqu'à la lie.

Spontanément, il a bien entendu envie d'éclater de rire et de lui répondre non, non, et trois fois non, parce que même en admettant, par pure hypothèse, qu'elle tienne réellement à lui, il devine déjà de quel prix il le paiera.

Il s'est donc écarté d'elle. À son visage, elle a d'ailleurs dû pressentir que l'avenir de leur relation était en cours de réexamen et que le pronostic n'était pas très optimiste, car elle s'est penchée à la fenêtre du salon, sans plus rien dire, le corps en équerre au-dessus de la rue.

Murphy sait à cet instant qu'il devrait lui dire qu'il vaut mieux se quitter ainsi, qu'elle a toute la vie devant elle et qu'elle l'oubliera très vite. Mais il reste muet.

Comme s'il attendait que quelqu'un d'autre le dise à sa place.

Au bout d'un moment, elle est revenue s'asseoir à côté de lui sur le canapé, la tête posée sur son épaule, et il a renoncé à lui poser plus de questions. De toute façon, elle n'a pas le goût de la confession et lui n'a pas le pouvoir d'absolution.

Ce qu'il ne comprendra jamais en revanche, c'est ce besoin qu'elle a de le trahir et de revenir ensuite habiter avec lui. Mais bon. Paix et silence sur terre et sous les cieux. Elle fera comme elle voudra.

Tu sais quoi, Murphy? dit-elle en l'embrassant. Non, dit-il.

J'adore ton innocence.

Mon innocence?

27

Le matin même Tannenbaum lui a envoyé par e-mail une missive de presque cinq cents mots qui tient du réquisitoire, de l'exhortation et de l'épître électronique pour lui reprocher d'être un ami oublieux et passablement intermittent et de l'avoir abandonné à son sort tandis qu'il languit sur son lit.

Blériot se souvient alors qu'il lui avait promis de passer le voir pour prendre de ses nouvelles et qu'il a oublié, comme il oublie tout depuis quelques jours – Nora est passée par là –, au point qu'il a le sentiment d'avoir perdu le sens de sa propre continuité.

Comme il n'est pas un ami aussi ingrat que Léonard fait semblant de le croire, il laisse aussitôt sa traduction, s'habille et prend un taxi jusqu'aux Buttes-Chaumont, dans l'espoir de lui apporter un peu de réconfort. Même si pour sa part le cœur n'y est pas vraiment.

Un petit homme au teint bistre et à la moustache tombante, qui lui donne un air vaguement proustien – Jacques Cusamano, se présente-t-il en lui serrant la main du bout des doigts –, le fait pénétrer dans l'appartement en lui annonçant avec un air de circonstance que leur ami n'est pas au mieux.

Attendez, ce n'est pas grave? s'alarme Blériot, qui craint déjà de le trouver à la dernière extrémité.

Il est en train de se reposer dans sa chambre, le rassure l'autre qui lui propose aimablement d'aller le prévenir de sa visite.

Pendant qu'il disparaît au fond du couloir, Blériot se souvient à présent que Tannenbaum, qui est l'indiscrétion même, lui a confié qu'ils avaient préparé autrefois l'internat ensemble sans pratiquement se connaître, jusqu'au jour où par le plus grand des hasards ils se sont aperçus qu'ils avaient tous les deux un penchant – le monde est petit – pour les garçons bruns et très velus.

Seulement, si Léonard a tout de suite mis ses idées en pratique, Jacques Cusamano, sans doute plus timoré, attend toujours chez sa mère le prince charmant.

Vous pouvez venir, lui annonce l'autre depuis le seuil de la chambre.

Allongé sur son lit tel un alligator inerte, Tannenbaum a soulevé une paupière à son entrée tout en tirant précipitamment sur son drap dans un réflexe de pudeur.

Son arcade est toujours gonflée, son visage amaigri, ses joues mangées par une barbe de plusieurs jours.

Autour de lui, les piles de livres et de magazines, les cadavres de bouteilles, les sacs d'emballage, les vêtements jetés en vrac sur les chaises témoignent d'un abandon qui n'a que trop duré.

Comme tu le vois, camarade, je suis en train de devenir grabataire, lui dit Léonard en l'embrassant.

À sa voix pâteuse et à ses petits yeux brillants, Blériot devine qu'il a déjà beaucoup trop bu.

Tu pourrais être plus mal loti, tu as de la lecture, des visites, et tu t'es même trouvé un garde-malade, lui fait observer Blériot en l'aidant à caler son dos avec un oreiller, tandis que Cusamano est retourné s'asseoir sur sa chaise, le visage renfrogné et les mains croisées dans son giron.

Cusa, tu peux nous laisser un moment, dit Tannenbaum, agacé, tout en se tournant vers son visiteur avec un sourire carnassier afin qu'il lui raconte sans aucun déguisement ce qui lui est arrivé depuis leur dernière entrevue.

Blériot prend d'abord le temps de déglutir et de se rajuster un peu, comme s'il était reçu en audience privée par son directeur de conscience, avant d'entamer le récit de ses tourments et de sa trop longue addiction à Nora, avec les conséquences malheureuses qui en ont découlé.

Est-ce que tu vis toujours maritalement avec ta femme ? s'inquiète Tannenbaum, qui raffole des problèmes de casuistique conjugale.

Bien entendu. Si j'en juge d'après ses réactions et sa manière de me parler, j'ai l'impression qu'elle n'est pas au courant, répond-il prudemment.

Dans ce cas, c'est un moindre mal, admet-il. Mais tu sais, depuis que tu es devenu un homme adultère et dissimulateur, je me sens inquiet pour toi, mon joli, parce que tu t'es abîmé. Je ne sais pas comment tout cela va finir.

En attendant, dit-il, en lui tapotant le genou avec entrain, nous ressemblons toi et moi à deux vieux colis en souffrance.

Blériot ne veut rien dire, mais il a quand même pour le moment le sentiment d'être le plus malheureux des deux.

Rachid ne t'a pas encore donné de ses nouvelles ?

C'est là tout le problème.

Léonard est obligé de reconnaître qu'actuellement il en est réduit aux suppositions et que, selon toute probabilité, Rachid est retourné vivre chez sa femme. Sans doute sous la pression de ses frères et de sa fille.

S'ensuivent des propos fielleux sur la fille de Rachid, agrémentés de quelques commentaires déplacés sur les familles musulmanes, que Blériot a la charité de ne pas entendre.

Métaphysiquement parlant, j'ai tout raté, déclare Léonard en allumant la télévision posée sur le parquet. Je n'ai ni femme, ni famille, ni ami et j'en suis réduit à tuer le temps en regardant des westerns ou des séries pornos jusqu'à deux heures du matin.

Il faut croire que mon interprétation de la vie n'était pas la bonne, conclut-il en s'enfonçant d'un seul coup dans l'oreiller comme si l'audience était terminée.

Blériot, sans se formaliser, regarde un moment la télévision avec lui tandis que les arbres des Buttes-Chaumont, comme dans un technicolor des années cinquante, éclaboussent les vitres de leurs couleurs orangées.

Tu préfères peut-être te reposer? finit-il par lui dire en le voyant piquer du nez.

La télévision, remarque Tannenbaum en se redressant pour chercher la télécommande, a cet avantage sur les cauchemars de la vie qu'on peut l'arrêter quand on veut.

Est-ce que tu connais le secret le plus universel et qui pourtant n'a jamais transpiré? lui demande-t-il subitement, attrapant un volume de Péguy sur ses étagères.

Le secret le plus hermétiquement secret. Le secret qu'on n'a jamais écrit nulle part?

Le secret, lit-il en ajustant ses lunettes, le plus universellement divulgué et qui pourtant des hommes de quarante ans n'est jamais passé par-dessus les trente-sept ans, par-dessus les trente-cinq ans. Le secret qui n'est jamais descendu aux hommes d'en dessous.

Tu sais ce que c'est?

Non. Je t'écoute, Léonard.

Les hommes ne sont pas heureux.

Depuis qu'il y a l'homme, déclare-t-il de sa voix d'oracle, nul homme n'a jamais été heureux.

Je m'en doutais un peu, dit Blériot pour dire quelque chose, au moment où Cusamano, qu'ils avaient oublié dans son antichambre, leur annonce une visite.

C'est Madame de Clermont et Madame de Bernardet, lui dit Léonard, soudainement ressuscité.

Blériot, qui a déjà donné, aime mieux disparaître sur-le-champ. Il salue néanmoins dans le couloir Philippe Clermont et le petit Bernardet qui se repoudre discrètement devant la glace, alors que Tannenbaum, d'un geste protocolaire, les invite à prendre place autour de lui.

On se croirait à Yalta. Sur la dernière image qu'il emporte d'eux en refermant la porte, Philippe Clermont, goguenard, pose avec son gros havane pendant que Léonard, tassé dans son fauteuil, arbore le sourire déjà lointain de Franklin Roosevelt.

28

Par précaution, il a effacé le message de Nora sur son écran – elle est enfin revenue de Londres – puis il est descendu comme si de rien n'était préparer ses toasts et lire le journal de la veille, l'air imperturbable.

Il n'empêche qu'il lui faut ensuite presque une demi-heure avant de pouvoir ouvrir la bouche et de s'inquiéter à travers la porte de la salle de bains des projets de sa femme.

Elle doit repartir cet après-midi à Marseille.

Son déjeuner avalé, Blériot se garde bien de montrer la moindre impatience, de peur d'éveiller les soupçons de Sabine et de prêter le flanc à ses commentaires, et passe le reste de la matinée à taper sur son ordinateur et à faire dix fois le tour de son bureau dans une sorte de transe émotionnelle.

Il est probable que si un artiste avait voulu peindre une allégorie de la Tranquillité, il ne l'aurait pas pris pour modèle.

De temps en temps, pour se calmer et occuper ses neurones oisifs, il espionne par la fenêtre l'appartement de sa voisine octogénaire, qui dort en robe de chambre devant sa télévision comme à l'accoutumée.

Moins on vit, plus longtemps on vit, philosophe-t-il tout en guettant le départ de sa femme.

Tu peux m'appeler un taxi, lui crie-t-elle dans l'escalier, il est deux heures et demie et je suis déjà en retard. Tu peux aussi m'aider à descendre la petite valise bleue?

Va pour la petite valise bleue. Blériot pousse la sollicitude jusqu'à porter pour le même prix son gros sac en cuir noir. Ensuite, il attend qu'elle soit montée dans son taxi avant d'aller se préparer dans la salle de bains, priant pour qu'elle n'ait rien oublié.

Une fois douché et rasé de près, il noue sa cravate de bluesman, enfile ses vieilles santiags et se sent immédiatement opérationnel.

Dans sa précipitation, il claque la porte en oubliant sa carte d'identité et ses papiers à l'intérieur – c'est le refoulé – et dévale les marches quatre à quatre. Puis il ouvre précautionneusement la porte d'en bas, n'aperçoit pas sa femme, et le voilà dehors, courant encore une fois vers Les Lilas comme si le temps n'en finissait pas de repartir en arrière.

Les volets sont ouverts, le portail entrebâillé. Pendant qu'il traverse le jardin envahi par les herbes folles, il a l'impression un instant de flotter, libéré de la pesanteur. Il pousse d'un coup la porte d'entrée.

C'est moi, s'annonce-t-il les mains en porte-voix.

193

En la voyant en haut de l'escalier dans sa petite robe et ses collants, Blériot – on ne le changera jamais – sent soudain comme un froid se diffuser jusqu'à ses extrémités.

Here you are, dit Nora en lui renvoyant son sourire. Mais sans bouger, comme si elle appréhendait sa réaction.

Je peux monter? lui demande-t-il le plus doucement possible.

Ils sont en train de se déshabiller dans la chambre, lui de manière un peu précipitée, tout à l'émotion de se mettre au lit au milieu de l'après-midi, elle avec plus de circonspection, prenant manifestement son temps – elle en est encore à détacher la ceinture de sa robe –, comme quelqu'un qui aurait décidé de faire la grève du zèle.

Mais sur le moment il y prête à peine attention. Il sait d'expérience que toutes ces séparations et ces trop longues intermittences, qui leur gâchent la vie, les déshabituent à chaque fois l'un de l'autre et qu'il leur faut donc être patients.

Quand arrive enfin ce moment attendu avec une si ardente nostalgie, où il est serré contre le corps de Nora, débarrassée de sa robe et de ses collants, il la soulève tout à coup à bout de bras telle une jeune mariée mise à nu qu'il promène à travers la chambre, pendant qu'elle rit aux éclats en lui donnant des coups de pied.

Louis, stop it, please!

Malheureusement cet instant de bonheur, cette pauvre minute de gloire, cesse aussitôt qu'ils sont ensemble sur le lit – il est déjà dans les draps – et qu'elle le repousse sans ménagement contre le mur.

Je n'aime pas que tu te conduises comme ça, lui déclare-t-elle, en croisant les jambes, j'ai l'impression de faire une passe.

Blériot, un peu penaud, reste quelques secondes adossé au mur, les mains cachées sous les draps, tandis qu'elle se tient recroquevillée sur le bord du matelas, prête à sortir du lit s'il fait mine de recommencer.

Dis, Neville, à quoi tu joues ? lui demande-t-il à la fin en se penchant pour lui attraper les jambes. Parce qu'il se sent désespéré et excité en même temps.

À rien. C'est comme ça, réplique-t-elle en serrant ses jambes et en lui coinçant la main.

À sa nervosité, à son air buté, au tremblement de sa lèvre, Blériot devine tout de suite qu'elle n'est pas disposée à changer d'avis et qu'il ferait mieux de ne pas insister. Visiblement, tous les signaux sont au rouge.

Je suppose, dit-il, réussissant à garder le contrôle de lui-même, que c'est ton voyage à Londres qui t'a mise dans cet état.

Peut-être bien, dit-elle assise sur le lit, les bras verrouillés autour de ses genoux.

Ses conjectures devenant des anxiétés, Blériot lui demande alors de sa voix la plus douce, la plus persuasive, de lui raconter point par point ce qui s'est passé à Londres, tandis que de son côté elle allume une cigarette comme un transfuge au moment de son débriefing.

Elle a d'ailleurs la même manière de jouer la montre, en se perdant dans un long historique de ses rapports avec son ex-fiancé. Le tout entrecoupé d'une série de parenthèses à propos de sa sœur et de sa cousine, visiblement destinées à l'embrouiller un peu plus.

Jusqu'à ce qu'il la prie fermement de revenir à ses moutons et de lui dire ce qu'elle a fait avec Murphy. Puisqu'il a désormais un nom.

Très bien, dit-elle, battant subitement des paupières à un rythme affolé, sans pouvoir se contrôler.

Elle lui raconte donc mécaniquement, les yeux fixés sur un prompteur imaginaire, qu'au lieu d'aller à l'hôtel comme elle en avait l'intention – elle avait réservé une chambre à Camden – elle a accepté son invitation à s'installer chez lui, parce qu'il lui paraissait vraiment très malheureux et qu'elle avait envie de passer quelques jours avec lui.

Je dormais sur le canapé du bureau, précise-t-elle, comme si ça changeait quelque chose.

J'espère au moins que tu l'as gâté, ce pauvre Murphy, s'amuse-t-il à la taquiner, tout en évitant de lui poser des questions trop explicites pour faire l'économie d'une souffrance inutile.

Pas du tout. C'est le même tarif pour tout le monde, lui répond-elle en cherchant ses vêtements sur le lit.

De toute façon, je savais que tu ne me croirais pas.

196

Mais si, Nora, je te crois tout à fait, insiste-t-il pendant qu'il se promet intérieurement de recouper un jour toutes ces informations et d'en extraire la vérité. Comme s'il s'agissait d'une racine carrée.

Moi, je ne te pose pas de questions sur ta femme, alors fiche-moi la paix, Louis. Je suis libre de faire ce que je veux avec qui je veux.

Voilà au moins une déclaration franche, convient Blériot qui s'avise pour la première fois que garce est l'anagramme de grâce, à l'accent près.

À cet instant, plutôt que de faire un geste irréparable, Blériot choisit d'aller à la fenêtre et d'allumer à son tour une cigarette, car il pressent qu'ils sont arrivés à un moment décisif.

Mais décisif en quel sens ?

En tout cas, lui fait-il remarquer en expédiant sa fumée en direction de l'averse, on peut pronostiquer qu'après sa liaison avec un trader américain, elle a de fortes chances, statistiquement parlant, de terminer sa carrière dans les bras d'un oligarque russe ou d'un émir saoudien.

Tu n'as pas le droit de me parler comme ça ! crie-t-elle brusquement en lui lançant ses collants à la figure. How dare you ?

How dare you, répète-t-elle, tapant du pied et envoyant tout valdinguer autour d'elle.

Pour la sérénité des débats on pourra repasser.

197

Blériot, qui est très rarement à la hauteur des situations extrêmes, a cette fois-ci la présence d'esprit de ne pas en rajouter et de savoir s'arrêter à temps, à l'instar du pilote qui redresse son looping in extremis, juste avant de couper le câble du téléphérique en face de lui.

C'est bon, Neville, je retire tout ce que j'ai dit et on fait la paix, lui propose-t-il soudain en tentant un atterrissage en douceur.

D'abord il ne se passe rien.

Le visage de Nora reste collé si près du sien qu'il voit le grain de sa peau et les cernes bistre autour de ses yeux, pendant qu'ils respirent en silence comme s'ils écoutaient le bruit de la rue, puis la tension décroît petit à petit, la folie s'éloigne.

J'aimerais bien qu'on prenne un verre de blanc et qu'on aille ensuite dîner quelque part, dit-il une fois calmé, tout en évitant de lui faire la grande scène de la réconciliation.

À cause de la pluie battante, ils vont dîner au chinois du coin.

Tu ne devineras jamais qui j'ai revu, à deux rues d'ici, lui annonce-t-elle : l'homme au chapeau. Celui qui t'espionnait, d'après toi.

C'était lui ou son sosie ?

Lui, j'en suis quasi sûre. En fait, c'est un homeless, un pauvre type qui dort dans une voiture garée à côté du stade.

C'est fou, les histoires que la peur peut nous inspirer, remarque-t-il après un temps de réflexion.

La peur ou la culpabilité, Louis Blériot-Ringuet. Je suis convaincue qu'il y a autant d'hommes au chapeau que de maris infidèles.

Tu ne trouves pas ça drôle ?

Non, je trouve ça plutôt déprimant, dit-il en payant l'addition.

Ensuite, ils reviennent de bonne heure par les rues vides, serrés sous leur parapluie.

La nuit, tandis que Nora dort tranquillement enroulée dans sa couverture, Blériot, qui repense à Murphy et à elle et n'arrive pas à trouver le sommeil, a soudain la sensation de marcher en grelottant dans ces galeries profondes où le chagrin des hommes trompés – de tous les hommes trompés depuis la nuit des temps – s'est congloméré en roche.

Et plus il avance dans cette obscurité en tâtonnant le long des parois, plus il oublie bien entendu le chemin du retour. Parce qu'il existe des chagrins dont on ne revient pas.

29

Nora s'est réveillée au milieu de la nuit – il a cru voir de la lumière dans l'escalier – puis elle est remontée sans rien dire et s'est rendormie, oubliant son bras sur lui.

Quand il se réveille à son tour, Blériot se trouve bien embarrassé de ce bras posé en travers de sa poitrine qui l'empêche de bouger.

Toutes proportions gardées, il se fait l'effet d'être un homme coincé sous une poutre et dont le corps insensiblement commence à s'engourdir. Car son bras pèse des kilos de sommeil.

Faute de pouvoir le soulever sans la réveiller ni lui démettre l'épaule, il entreprend donc de le faire glisser, centimètre par centimètre, jusqu'à le ramener le long de son corps, où il gît bizarrement, la main retournée.

Il s'occupera de la main plus tard. Pour l'instant il se dépêche de rassembler ses affaires et de s'habiller sans faire de bruit, avant d'ouvrir la porte d'entrée et de filer dans les rues à la recherche d'un café ouvert.

Lorsqu'il revient une heure plus tard, avec ses croissants et ses journaux anglais, Nora a encore les yeux fermés et tout paraît dormir autour d'elle comme par contagion, les ombres, les rideaux, les traînées de pluie, les vêtements, le téléphone.

Pendant ce temps-là, Blériot, qui peut avoir la patience d'un brahmane, est tranquillement assis sur le bord du lit, en train de grignoter un croissant, son quotidien ouvert sur les genoux.

De temps à autre, fatigué d'éplucher les résultats des clubs anglais, il se penche discrètement au-dessus d'elle pour caresser ses épaules et son dos cambré dans l'espoir de susciter une réaction, un petit tressaillement, mais rien n'y fait.

Elle reste toujours aussi inanimée.

Inquiet d'une telle léthargie, il se décide enfin à l'appeler : Nora, Nora, lui chuchote-t-il à l'oreille tout en déplaçant précautionneusement ses doigts sur sa peau, tel un voleur cherchant la combinaison du coffre.

Nora, darling, continue-t-il sans se décourager, tandis qu'avec sa main gauche – il est gaucher – il presse doucement ses fesses.

Louis, tu es vraiment pénible, réagit-elle tout à coup en se retournant et en retirant sa main. Je t'ai déjà dit que je n'en avais pas envie.

Mais c'était hier, se défend-il.

Je t'assure qu'en ce moment ça ne m'intéresse pas

beaucoup, ajoute-t-elle aussi sérieusement que s'il s'agissait d'une césure historique.

À l'entendre parler de ça, on croirait même qu'un matin, en écoutant les titres des informations, elle a découvert que le sexe était aussi passé dc mode que les jupes vichy ou les pantalons pattes d'éléphant.

Je te promets que je ne t'embêterai plus, dit Blériot, conciliant.

Quand bien même il devine dans ses propos et dans son attitude l'influence d'un agent nouveau, d'un élément chimique inconnu qui ne laisse pas de l'inquiéter.

Tu es sûre que ce Murphy n'est pour rien dans ton indifférence à mon égard? lui demande-t-il alors, se souvenant de la scène la veille.

Absolument sûre, dit-elle, le menton posé sur les genoux.

Moi, je pense au contraire que tu es légèrement déprimée et que tu regrettes déjà son amour.

Tu ne comprends rien, dit-elle en le repoussant. Je regrette son innocence, mais cela, tu ne peux même pas le concevoir.

Dans son regard un peu fixe, Blériot voit tout à coup passer comme la nostalgie d'un amour immaculé, libéré des réalités sensorielles.

Il en plaisanterait presque, mais elle le regarde d'une telle façon à cet instant, avec une telle gravité enfantine, qu'il se sent déshabillé de son ironie, sans plus rien sur lui.

Tout ce qu'il trouve à lui répondre, c'est que si le sexe dans certains cas peut être une forme de pesanteur, la solitude à son avis est certainement une pesanteur encore plus grande.

Mais il préfère s'arrêter là, de peur que la moindre pression additionnelle ne provoque une nouvelle crise.

Je ne t'ai jamais parlé de solitude, le reprend-elle soudain en se redressant et en l'embrassant sur les lèvres, comme pour lui prouver qu'entre des mystères douloureux peuvent toujours surgir des événements joyeux.

Ils restent donc un moment sur le lit, elle continuant à l'embrasser et lui à la caresser maladroitement, mais sans aller plus loin, dans une bizarre suspension de leur élan qui les fait encore vibrer une fois qu'ils sont dans la rue.

J'ai une idée, lui dit-elle en mordant dans son croissant. Comme il s'est mis à faire beau, j'aimerais qu'on prenne un taxi et qu'on aille claquer de l'argent quelque part.

À moins de passer pour un rabat-joie, il ne peut évidemment pas dire non.

C'est mon doping, mon énergie à moi, lui explique-t-elle dans la voiture. Dès que j'ai trois sous, il faut que j'en dépense dix.

Blériot, qui sent le contact de ses genoux contre les siens, lui fait remarquer que c'est en général ainsi qu'on finit ruiné.

Mais comme il est sous tous rapports un adulte en perpétuel rajeunissement, qui n'aime rien tant que les femmes adolescentes, aussi immatures et irresponsables que lui, il peut difficilement lui jeter la pierre.

L'économie n'étant pas non plus sa première vertu.

Quant à la punition subséquente – carte bleue confisquée, interdiction bancaire et autres désagréments –, il sait déjà qu'au lieu de l'assagir elle l'obligera tout au plus à trouver d'autres expédients, puisqu'il a toujours la ressource de faire les poches de sa femme ou celles de Léonard.

Sauf qu'en ce moment, la prévient-il tout de même, il est complètement raide. Mais il paraît qu'avec ce qu'elle a gagné dans son hôtel, elle a de quoi assurer.

Il ne demande qu'à y croire.

À cause de leur compulsion à la répétition, ils se retrouvent une nouvelle fois du côté de la rue du Bac et du boulevard Saint-Germain, dans ces magasins luxueux et austères où les vendeuses entre deux âges ont un goût prononcé pour les jeunes couples dépensiers.

Sans doute pour le dédommager de ses peines, Nora lui achète alors un lot de cravates et une écharpe en soie, qu'il n'ose bien sûr pas refuser parce qu'il devine qu'elle en serait blessée.

J'aimerais être très, très riche juste pour t'offrir des trucs, lui dit-elle pendant qu'ils marchent ensemble au soleil et que son beau sourire défile sur les murs à la manière d'une frise du Parthénon.

Moi, c'est plus égoïste, j'aimerais être une espèce de gigolo de luxe qui se promènerait dans une immense limousine et boirait du Cristal en regardant les filles. Sans plus penser à rien.

Si, tu penserais à moi, lui dit-elle, et tu serais très malheureux.

Après – signe qu'elle ne lui en veut pas du tout –, Nora l'emmène dans un restaurant de la rue de l'Université, où ils déjeunent à l'intérieur d'une salle vide d'un étrange poisson en gelée, avec sa garniture d'agrumes, et d'un gâteau au chocolat.

Dans ces moments-là, quand ils sont seuls assis l'un en face de l'autre et qu'elle pose ses grands yeux bruns sur lui, l'équation de leurs rapports lui paraît simple, presque naturelle : il l'aime et elle le trompe. C'est comme ça. Il s'y fera comme d'autres s'y sont faits.

Étant entendu naturellement que sa persévérance sera la plus forte, et qu'aussi loin qu'elle ira dans la trahison, son amour la rattrapera toujours.

À cette condition, il a l'impression qu'il pourrait signer des deux mains.

Mais il faut dire à sa décharge qu'il est déjà plus qu'alcoolisé.

La prochaine fois ce sera mon tour, lui promet Blériot en sortant du restaurant – le temps a viré à la pluie –, parce que, quoi qu'il prétende, il est quand même gêné aux entournures de profiter ainsi de ses libéralités ou de celles de son amant.

Ne t'en fais pas, lui crie-t-elle à travers la bourrasque tandis que les stores et les volets claquent au-dessus d'eux et que leur parapluie menace de s'envoler.

Surpris par les trombes d'eau, ils se réfugient dans le premier cinéma venu et passent la plus grande partie du film – il y a Tokyo dans le titre – à dormir tête contre tête.

La fin m'a beaucoup plu, dit néanmoins Nora une fois dehors.

Il est déjà presque cinq heures, remarque-t-il mélancoliquement. Tu veux qu'on rentre?

Plus tard, en attendant le taxi – c'est toujours elle qui invite –, Blériot prétendra qu'à l'époque où il était étudiant et déjà insomniaque, il ne pouvait trouver le sommeil que dans les salles de cinéma, avec une prédilection pour celles qui projetaient des films indiens des années soixante-dix.

C'est classe, reconnaît Nora en se serrant contre lui sur la banquette du taxi, au moment où le chauffeur, flanqué d'une chienne larmoyante, les avertit que le périphérique est fermé à cause des chutes d'arbres et que les voies sur berges sont inondées.

Ils relèvent un instant la tête, le temps d'assimiler l'information, puis se remettent à s'embrasser. Mais très, très légèrement, comme des gens soucieux de ne pas toucher à l'équilibre de la planète.

30

Nora, d'une démarche chaloupée, est en train de défiler sur le lit dans une espèce de robe à volants à moitié transparente pendant que Blériot, assis sur le parquet de la chambre, consulte ses messages : sa femme le prévient depuis son hôtel marseillais qu'elle a déjà cherché à le joindre deux fois à la maison.

Tu trouves qu'elle me va bien ? lui demande-t-elle en se regardant de profil dans la glace. J'ai peur qu'elle me grossisse.

Blériot lui fait signe que non, tout en continuant à écouter la voix de sa femme à laquelle il ne peut s'empêcher de trouver une tonalité légèrement tendue.

Mais tu préfères celle-là ou la robe charleston serrée aux genoux ? insiste-t-elle parce qu'elle doit faire une séance de photos demain matin.

Ni l'une ni l'autre, et je n'aime pas beaucoup les photographes, dit-il en éteignant son téléphone.

Arrête de me parler comme mon père et dis-moi ce que tu penses.

Je ne te parle pas comme ton père, je te dis simplement qu'une fois de plus, Neville, et peut-être une fois de trop, tu vas au-devant d'une grosse désillusion.

Le Seigneur est mon berger, chantonne-t-elle en lui montrant ses jambes, rien ne saurait manquer où il me conduit.

De découragement, il est venu s'étendre sur le lit et ne dit plus rien.

Lesquelles tu aimes mieux, celles de ta femme ou les miennes ? lui demande-t-elle en faisant tourner les pans de sa robe à la manière de l'actrice des *Contrebandiers de Moonfleet*.

Mais Blériot n'a pas envie de parler de sa femme.

Il regarde ses jambes pendant un moment sans dire un mot, puis tourne la tête sur le côté comme un enfant rassasié, les yeux grands ouverts sur ce crépuscule précoce et ces gouttes de pluie sur les vitres.

Le temps qu'elle change de robe et qu'elle aille chercher à boire, il allume une cigarette et revient s'installer sur les draps avec un cendrier, un bras passé sous sa tête.

Même si en termes mathématiques il n'y a aucun privilège d'un instant sur l'autre, que chacun est équidistant à l'autre, il n'empêche que ces moments de respiration sont sans doute les seuls qui le rendent complètement heureux.

Nora, qui n'en saura jamais rien, revient dans une robe noire en crêpe de Chine fendue sur le côté, qu'elle a empruntée à sa cousine, et lui demande gentiment de faire un peu de place sur le lit.

Je t'ai apporté des chips et des bières anglaises, lui dit-elle, son plateau posé sur le plancher. Tu veux que je te montre comment elle me va ?

Bien entendu, sans chaussures, ça ne fera pas le même effet, l'avertit-elle, dressée sur la pointe des pieds.

Elle ne paraît pas remarquer que Blériot, couché en travers du lit, à la manière d'un insecte renversé sur le dos, a déjà commencé d'explorer le haut de ses jambes à l'aide de ses antennes tactiles.

Franchement, je la trouve très bien, même sans chaussures, lui promet-il en effleurant ses cuisses toutes lisses et en marquant un temps d'arrêt.

À cet instant, son système hédonique s'en trouve en effet si brutalement activé qu'il est obligé de bloquer sa respiration pour garder la maîtrise de soi.

Nora en a bien entendu profité pour se réfugier à l'autre bout du lit.

Finalement, on devrait faire des essayages plus souvent, je trouve ça assez drôle, pas toi ? dit-il sur le ton d'un homme qui procéderait à un sondage qualitatif, afin de décider dès à présent s'il doit infléchir son comportement ou bien persister dans ses intentions.

Je ne suis pas convaincue qu'on ait la même conception des essayages, répond-elle, au moment où Blériot lui attrape la cheville pour la faire basculer sur le lit, avec l'assurance de celui qui sait jusqu'où on peut aller trop loin avec les essayeuses.

Après, pour lui enlever sa robe, c'est évidemment la corrida.

Louis, tu es vraiment pénible, se plaint-elle encore une fois, et j'en ai par-dessus la tête. Tu deviens de plus en plus lourd.

Tu ne peux pas penser à autre chose ? lui crie-t-elle à la figure avant de se jeter sur lui et de le frapper à coups de poings tandis qu'il se protège avec les oreillers.

Heureusement, au bout de quelques minutes, elle abandonne le combat, peut-être par lassitude ou parce qu'elle est tout simplement pressée que ce soit terminé.

Elle demeure alors allongée sur le lit, les bras en croix, et, à part sa culotte anglaise, elle est tout à fait nue.

Il y a des corps à corps qui se terminent plus mal.

Blériot se dévêt ensuite calmement en lui tournant le dos, comme on fait dans les trains couchettes, interroge à nouveau sa messagerie, avant de s'éclipser discrètement dans la salle de bains.

Seulement, lorsqu'il revient, il s'aperçoit qu'il y a loin de la coupe aux lèvres.

Nora, qui doit être une championne de transformisme, apparaît maintenant assise sur une chaise cannée, jambes croisées, vêtue d'un jean bleu et d'un T-shirt blanc à l'effigie de John Lennon.

Et moi, qu'est-ce que je suis censé faire pendant ce temps-là ? lui demande-t-il en la regardant en train de poser sur sa chaise, avec son magazine de mode sur les genoux.

Juste le haut, répond-elle comme si c'était une recommandation tantrique de son magazine.

Le haut? dit-il, incrédule.

Le haut, répète-t-elle en découvrant ses aréoles sombres, couleur de mûre, et en attirant ses mains sur elles.

Pendant ce temps-là, ses longs pieds osseux restent posés sur le parquet, le droit frottant distraitement le gauche avec l'orteil, parce qu'ils doivent obéir à un autre circuit de pensée absolument pas affecté par ce qui se passe en haut.

Tu es quand même une fille incroyable, dit Blériot, sans pouvoir se souvenir où il a lu que les jolies filles ont presque toujours les pieds trop grands.

À cet instant, elle a les doigts serrés autour de sa nuque et la bouche collée si près de son oreille qu'il distingue tout à coup, grâce à son expérience de sexe-détective, le changement de sa respiration.

Comme si après une longue absence elle retrouvait enfin le fil de son désir.

De crainte qu'elle le perde à nouveau, il évite de lui parler ou de faire le moindre geste précipité.

Ils restent donc tous les deux aux aguets, tendus, haletants, tandis que l'obscurité se répand jusqu'au fond de la chambre.

À un moment donné, sans qu'ils aient prononcé une parole – le cérémonial est parfaitement rodé – il passe doucement son bras sous ses jambes et elle se laisse soulever et transporter dans les airs jusqu'à son lit.

Attends, Louis, dit-elle subitement en s'échappant de ses bras, attends-moi une seconde.

Il la regarde tranquillement filer vers la salle de bains : spectre menu, fesses blanches, rire de gamine dans la pénombre.

Si jeune que Blériot se sent soudainement vieux et contemplatif.

Beaucoup plus tard, à force d'insistance, Nora s'allonge docilement sur le dos, les bras le long du corps, accueillant son désir, mais sans le réclamer.

Et d'un seul coup le silence se fait, la mécanique se met en place, elle soulevée sur les coudes, lui la bouche appliquée sur sa peau, descendant le long de son corps avec la lenteur d'un ballet aquatique, les jambes déjà sorties du lit, sentant le froid de la chambre.

Puis il remonte.

Pendant que dehors les bourrasques de pluie battent les vitres, le temps paraît suspendu.

La culmination toujours retenue.

Bizarrement, à la fin elle se relève toute contente et lui plutôt déçu. Ce qui tendrait à prouver que la chimie humaine ne se soucie pas de récompense dans la rétribution des plaisirs.

Pour le consoler, elle croit bon de lui expliquer une fois de plus, en grignotant ses chips, que pour elle tout cela n'est vraiment pas important. En tout cas pas plus important que de manger une glace ou de se promener à vélo dans Paris. Elle ne fait aucune hiérarchie.

Tu n'es pas d'accord ? dit-elle en lui tendant une bière éventée.

Mais Blériot en a assez entendu pour aujourd'hui. Ils regardent un moment la télévision, terminent une bouteille de vin dans la cuisine, avant de se recoucher avec leur fatigue commune et leurs désirs dissociés.

Je t'aime, lui dit-elle en éteignant. Je sais, dit-il.

Quelquefois, je voudrais qu'on soit chastes comme des enfants, Louis.

Est-ce que tu te souviens de la lettre qu'écrit Mellors à Lady Chatterley?

Non, dit-il, en attendant la suite.

Now is the time to be chaste, lui récite-t-elle dans l'obscurité, it is so good to be chaste, like a river of cool water in my soul.

Tu ne trouves pas que c'est magnifique?

Si, dit-il d'une voix faible.

Il voudrait lui dire autre chose à propos de la chasteté, mais ce n'est plus le moment et il se sent trop découragé.

Il lui prend alors la main et ils demeurent silencieux, pelotonnés en boule dans les draps, genoux contre genoux, nez contre nez comme des Esquimaux tristes.

31

Entre-temps Blériot est rentré rue de Belleville, il a pris son courrier, s'est changé, a déjeuné frugalement d'un œuf au plat et d'un yoghourt, avant de s'endormir sur le canapé en écoutant la radio.

Maintenant il est cinq heures du soir, il téléphone à Nora appuyé au montant de la fenêtre tandis qu'il aperçoit dans le lointain, par-dessus le zinc des toits parisiens, un grand ciel rouge du XIXe siècle.

J'ai souvent l'impression d'être un homme très ancien et très déphasé, lui confie-t-il. Je crois qu'en fait je n'aime pas tellement notre époque.

Tu n'es pas le seul, Louis. Moi, je suis une jeune fille russe du temps de Tchekhov, dit-elle en faisant couler son bain à gros bouillons. Est-ce que tu es libre ce soir, vers dix heures ?

En principe, dit-il après un temps d'hésitation. Après Marseille, Sabine doit normalement se rendre à Barcelone pour son travail.

Madame et lui vivent ainsi, lui explique-t-il en faisant le pitre. Madame voyage, négocie, fréquente le beau monde et paie l'impôt sur la fortune, pendant que lui, à Paris, se consacre à ses traductions à trois sous et vit de la charité de Madame.

Et de l'amour de sa belle Anglaise, intervient-elle.

Et de l'amour de sa belle Anglaise, si tu veux. On fait en tout cas une belle paire d'inadaptés tous les deux.

On n'est peut-être doués que pour le sexe, remarque-t-il. Ce qui n'est déjà pas si mal.

Arrête, tu ne vas pas recommencer avec ça, proteste-t-elle dans sa baignoire.

C'est juste un constat, dit-il en se retournant et en réalisant tout à coup à un certain bruit d'étoffe, à un grincement du plancher, qu'il y a quelqu'un dans l'appartement et que ce quelqu'un est probablement sa femme.

Deux minutes plus tard, à la vue de la petite valise bleue posée dans l'entrée, son sang se porte si violemment à son cœur qu'il est obligé de se retenir à la porte.

Pourquoi tu ne dis plus rien ? dit Nora au moment où il raccroche. À cet instant, il donnerait dix ans de sa vie pour pouvoir effacer tout ce qu'il vient de lui dire.

Dans son affolement, il a tout de même le réflexe, avant d'aller l'accueillir, de se composer un visage présentable, mi-souriant mi-étonné par ce retour précipité.

Je suis dans la chambre, lui dit-elle sèchement.

Je ne t'avais pas entendue, s'excuse Blériot, qui pour le coup ne sait plus quoi faire de son visage.

215

Elle l'attend campée devant la porte de la chambre, encore vêtue de son manteau de voyage. La prochaine fois je sonnerai, observe-t-elle, dirigeant sur lui un faisceau de rayons noirs qui lui rappellent soudain sa mère.

Sans qu'il y ait apparemment de rapport avec ce qui précède, Blériot, pris de faiblesse, a commencé à fléchir les genoux et à se pencher en avant, bras écartés, à la manière d'un nageur fixant le vide depuis son plot de départ.

Il aperçoit ses pieds, ses socquettes grises, son pantalon froissé, tandis que les battements de son cœur s'accélèrent et que le bord de sa vision périphérique s'obscurcit comme s'il allait avoir un malaise et tomber la tête la première sur le plancher. Avant de quitter la scène.

Mais il est toujours là.

Il a dû se redresser en s'appuyant au mur. Elle continue de le considérer avec un calme hypnotique, le dos calé contre la porte, sans rien dire.

N'importe quelle femme à sa place exigerait sur-le-champ des explications ou lui enverrait une chaise à la figure, mais il faut croire que Sabine n'est pas n'importe quelle femme. C'est là leur problème.

À cause de ce silence qui n'en finit pas, on croirait qu'il y a quelque chose de presque palpable, une angoisse magnétique dans l'air qui les paralyse tous les deux.

Pendant quelques minutes, ils se tiennent aussi immobiles que ces personnages des fresques de Pompéi qui restent en suspens, les yeux tournés vers les coulisses, en direction d'une chose qu'on ne voit pas et qu'ils sont les seuls à deviner.

Peut-être la fin du monde.

Blériot devine maintenant qu'elle sait tout. Elle sait tout depuis le début. Il s'attend presque à ce qu'elle lui dise de faire sa valise, de ranger son bureau et de quitter les lieux séance tenante. Mais non.

Qu'est-ce que tu voulais me dire? lui demande-t-il avec la sensation d'être dans une scène paranormale.

Au lieu de lui répondre, sa femme pose son manteau sur le lit, enlève ses chaussures et s'en va se préparer un café dans la cuisine comme s'il était devenu transparent.

Quand il la rejoint ensuite pour lui parler, elle prend sa tasse à la main en se tournant brusquement vers la fenêtre comme pour couper toute communication avec lui.

Sabine, est-ce que tu peux m'expliquer ce qui se passe exactement? dit-il en s'adressant à son dos.

Pour preuve de ses bonnes dispositions, Blériot lui propose même, au cas où elle ne supporterait plus de l'avoir en face d'elle, d'aller habiter chez Léonard et de se faire oublier pendant quelque temps.

Aucune réaction. Pourtant il sait que l'explosion est imminente. Depuis des années, elle a le doigt posé sur le bouton rouge.

Ce sont tes mensonges que je ne supporte plus, commence-t-elle en se levant de sa chaise de manière théâtrale et en avançant vers lui.

À cet instant le corps de sa femme paraît d'un seul coup augmenter de volume et devenir surpuissant, menaçant, au point que Blériot, débordé, ne peut retenir un mouvement de recul comme s'il essayait de s'enfoncer dans le mur.

Je suppose d'ailleurs, puisque tu mens comme tu respires, que tu lui mens à elle autant qu'à moi, continue-t-elle, profitant de son avantage, et que tu vas lui gâcher la vie autant que tu as gâché la mienne.

Blériot aimerait bien lui retourner le compliment, mais comme d'habitude il a un temps de retard.

Malgré tout, perdu pour perdu, il tient quand même, lui dit-il en sortant de son mur, à faire une petite mise au point et à lui rappeler que s'il a pu lui arriver de mentir en raison de telle ou telle circonstance, c'étaient des mensonges par omission inspirés par le souci qu'il avait d'elle et par l'amour qu'il lui porte. Même si ça la fait sourire.

En réalité, elle ne sourit pas du tout. Elle l'écoute en silence, bras croisés, avec dans le regard quelque chose de sombre et de convulsif qu'il juge très angoissant.

S'ensuit alors une pause électrique pendant laquelle il a l'impression de s'entendre respirer.

Parlons-en, de ton « amour », réagit-elle en le regardant dans les yeux et en faisant d'elle-même le geste de mettre les guillemets. De ton amour à Nice, par exemple, lorsque tu me laissais seule sur le trottoir, devant une affiche de cinéma, et que tu disparaissais dans la nature.

Coulé, se dit Blériot comme s'il s'agissait d'une bataille navale.

Et de ton amour à Anvers, quand j'étais malade avec quarante de fièvre et que tu téléphonais des heures et des heures à ton Anglaise dans la cour de l'hôtel.

Encore coulé.

Il se souvient d'ailleurs si peu être allé avec elle à Anvers que, pendant quelques fractions de seconde, il la soupçonne de lui instiller de faux souvenirs pour mieux le manipuler.

De toute façon, il ne se rappelle plus rien.

Il a la sensation, depuis qu'elle est rentrée par surprise, d'être à court de pensée, comme on se découvre à court d'argent. Si bien que lorsque sa femme le met en demeure de faire un choix – sinon, elle en tirera les conséquences qui s'imposent – il met un certain temps à comprendre de quel choix il s'agit et ce qu'elle attend de lui.

On dirait que sa colère, sa pâleur, ses beaux yeux pénétrants exercent sur lui une sorte d'ascendant sexuel qui l'engourdit.

Sabine, dis-moi toi-même ce que tu veux que je fasse, lui demande-t-il, abattu par son sentiment d'infériorité.

Je viens de te l'expliquer, tu commences d'abord par cesser de me mentir et de me tromper et ensuite on verra.

Car on ne peut pas continuer ainsi, tu le sais bien, Louis, insiste-t-elle en adoucissant légèrement sa voix. Il faut que tu prennes une décision une bonne fois pour toutes.

Une bonne fois pour toutes, répète-t-il, frappé d'écholalie.

Pour toutes, lui confirme-t-elle.

Là-dessus, survient une nouvelle pause que Blériot cherche à mettre à profit – il fixe désespérément les fenêtres de l'immeuble d'en face – pour activer son dispositif de protection mentale. Mais la présence de sa femme l'empêche de se concentrer.

Alors d'accord, conclut-elle bizarrement en quittant la pièce, sans qu'il sache après coup si c'était une approbation ou un simple accusé de réception.

Une heure plus tard – il est dans les rayons d'un supermarché, avec ses écouteurs sur les oreilles –, sa femme l'appelle sur le portable pour le prévenir que ses anciens collègues, Marie-Laure et Carlo Simoni, les invitent à dîner.

Je reviens dès que j'ai terminé, lui promet-il, prenant soudainement conscience qu'un jour elle ne l'appellera plus et qu'ils n'iront plus jamais dîner chez personne.

32

Voici l'hiver, dit Max Barney, l'hiver de notre mécontentement.

Et tout me porte à croire que ce sera aussi l'hiver de mon licenciement, ajoute-t-il, les mains toujours collées à la vitre.

Murphy, assis derrière lui, ne répond rien, l'esprit préoccupé par les signaux dépressifs que lui envoie Max depuis quelque temps – il vient de se trouver un glaucome et deux ulcères imaginaires.

S'il n'y avait pas Borowitz, je pense que je ne resterais pas non plus dans cette agence, finit-il par lui dire en observant le ciel gelé.

Le petit groupe morose qu'ils forment tous les trois avec Kate Meellow se tient comme à l'accoutumée à distance respectable de leurs collègues, séparés d'eux par une frontière invisible qui traverse la cafétéria dans sa largeur et la divise en deux microclimats opposés.

De l'autre côté de cette ligne de démarcation, les jeunes femmes de l'agence sont à cet instant rassemblées autour de la machine à café sous l'autorité d'un nouveau mâle dominant, du nom de Paul Burton, qui prend bien soin au demeurant d'en décourager certaines, en leur tournant le dos de manière ostensible – il n'y a pas d'émulation sans sélection –, tout en encourageant les autres d'une plaisanterie ou d'une petite attention qui ne lui coûte pas grand-chose. On sent des années d'expérience.

À ce propos, Kate leur raconte à voix basse une histoire un peu longuette au sujet d'une maîtresse de Burton, que Murphy, pourtant peu enclin aux commérages, se surprend à écouter patiemment comme si son propre désœuvrement intérieur le réconciliait avec la vacuité des autres.

Au bout d'un moment, il finit néanmoins par perdre le fil de l'histoire et s'assoupit doucement tout en continuant d'écouter les voix de Kate et de Barney.

L'arrivée de la bande des analystes met un terme à sa tranquillité.

Tout en se frottant les yeux, Murphy se demande d'ailleurs en les voyant vibrionner dans la salle, avec une ubiquité infatigable, ce qui le destinait lui aussi à s'occuper de marchés à terme ou de fonds spéculatifs, alors qu'il aurait été nettement plus convaincant en universitaire, voire en prédicateur.

Mais il faut croire qu'il était déjà l'homme des contre-emplois.

Tout s'est malheureusement fait sans qu'il ait son mot à dire.

Pendant des années, des années radieuses et immobiles, il a étudié à Boston les idéalités mathématiques et les théories économiques de Keynes, jusqu'au jour où, nécessité faisant loi – son père s'était ruiné au jeu –, il a dû prendre la décision de quitter son empyrée, de s'établir sur terre et de gagner consciencieusement sa vie.

Maintenant il a tout, sauf la vie.

Il s'est tassé, il a vieilli, et même s'il parvient encore à sauver les apparences, intérieurement il s'est changé en statue de sel. Comme un homme asséché par la nostalgie.

Depuis le soir où Nora est repartie à Paris et a disparu de son radar, les pensées de Murphy Blomdale, qu'il le veuille ou pas, n'ont cessé de revenir vers elle comme sous l'action d'une force physique invariable.

Tu te souviens de ce que je t'ai proposé hier ? lui dit tout à coup Kate, qui ferait un bon commissaire de la pensée.

Non, avoue-t-il en se tournant de son côté – il redoute toujours un peu ses états d'excitation.

Je t'ai dit que j'avais invité des amis, d'anciens collègues de la Barclays et que je comptais sur toi.

Murphy a la gentillesse de ne pas faire de commentaires. Elle a sans doute cru lui faire plaisir. Tandis qu'il échange encore quelques mots avec Max Barney, elle continue d'attendre son consentement, assise sur sa chaise, le regardant avec cette piété, cette tendresse gentiment obtuse, qui le désarme complètement.

Si je viens ce soir, Kate, je ne resterai pas longtemps, la prévient-il dans un réflexe d'autodéfense, avant de se lever pour aller fumer sur la terrasse.

Murphy aimerait parfois qu'on lui explique par quel dévoiement de la morale on en est venu à se convaincre qu'une personne qui nous aime possède automatiquement des droits imprescriptibles sur nous.

Tout en essayant de téléphoner à Vicky Laumett, appuyé à la rambarde, il observe au loin les ponts et les mouettes criardes qui tournent tout autour, angoissées par la faim.

Pronto! fait une voix d'homme endormi – il y a des jours où la vie ressemble à un malentendu planétaire. Pronto?

Kate habite du côté de la gare d'Euston – pas très loin de chez lui – un petit appartement sombre avec des doubles rideaux de velours et des housses sur les meubles qui lui donnent quelque chose de confiné et de funèbre. Dehors, on entend par instants le bruit des trains.

Tu peux te servir tout seul, lui dit-elle avant de filer téléphoner dans sa chambre. J'en ai pour une minute.

Sans savoir pourquoi, Murphy est convaincu qu'elle appelle sa mère à Baltimore. Sa mère dévoratrice qui la surveille à des milliers de kilomètres, exigeant qu'elle lui fasse un compte rendu détaillé de ses journées. Ce doit être l'heure de leur rendez-vous quotidien.

En attendant la fin de la conversation, il a écarté les rideaux et regarde par la fenêtre les premiers flocons voleter au-dessus des voies ferrées, sentant petit à petit, comme si la neige battait la mesure du temps, la tension de ses nerfs se relâcher sous l'effet d'un narcotique.

Sa pensée, sans qu'il s'en rende compte, est déjà revenue à Nora. À leur premier hiver ensemble.

À ce dimanche précis où ils descendent une rue enneigée sur les hauteurs de Hampstead en marchant précautionneusement, les pointes de pieds écartées, dans la pénombre et dans le silence.

Il doit être sept ou huit heures du soir et tous les magasins sont fermés. Ils ne voudraient surtout pas manquer leur bus. Pourtant, ils continuent malgré eux d'avancer très, très lentement en se tenant par la main, peut-être à cause des plaques de verglas qu'ils sentent sous leurs pieds ou peut-être tout simplement parce qu'on marche plus lentement dans le passé que dans le présent.

Les autres vont bientôt être là, lui dit Kate, qu'il n'a pas entendue sortir de sa chambre.

Tu crois ? dit-il en frissonnant.

Il s'est écarté de la fenêtre pour l'aider à déplacer les chaises et à transporter les tasses et les verres dans le salon, pendant que Kate lui raconte ses démêlés avec sa sœur, qui vit aux frais de ses parents dans un magnifique cinq-pièces à Newport et ne communique plus avec elle que par avocats interposés.

Tout en l'écoutant, Murphy est de plus en plus convaincu qu'il ferait bien de trouver une échappatoire avant que les autres n'arrivent. Mais en même temps il n'ose pas. Car il a tout lieu de penser que Kate le prendrait très mal.

Il y aura qui parmi tes amis ? lui demande-t-il finalement avec un semblant d'entrain.

Charles Grocius, dont je t'ai déjà parlé, Quentin Bilt, commence-t-elle en s'interrompant une seconde pour laisser passer le grondement d'un train, Édouard, Franca Lippi, Carol Kussli – qui est une fille assez étonnante –, plus une dizaine de personnes que tu auras tout le temps de découvrir.

Sans se départir de sa bonhomie et de son sourire un peu stéréotypé, Murphy fait donc d'abord la connaissance de Quentin Bilt, aussi austère dans son costume anthracite qu'un étudiant en théologie – c'est apparemment un crack en informatique – mais avec quelque chose de frais et de candide qui frappe son attention, puis des dénommés Mike et Édouard, qui se révèlent être deux célibataires corpulents et cancaniers, passionnés par les chamailleries de la famille royale – comparés à Quentin Bilt, c'est Simplet et Piplet.

Quant à Carol Kussli, avec son sac à dos et ses snow-boots, elle a tout l'air de la vieille fille sportive de quarante ans, tout en mollets, gentille, dotée d'un joli sourire alpestre, mais qui au deuxième ou troisième verre de vin blanc s'en va offrir à chacun sa solitude tragique.

On a apparemment du mal à trouver un volontaire.

En tout cas ce ne sera pas Murphy, qui s'est désisté pour aller aux toilettes.

Il y a quelqu'un, crie une voix d'homme. Par déduction, il doit s'agir de Charles Grocius, encore que Bertrand Russell aurait pu dire la même chose.

226

Murphy s'est plusieurs fois fait la réflexion que la vie en société ressemble à un voyage mal organisé, avec des attentes interminables, des conversations assommantes, des gens sans-gêne et des toilettes toujours occupées.

Ce qui est sûr, c'est qu'on ne l'y reprendra pas. La prochaine fois, il passera sa soirée chez lui à lire l'Épître aux Romains. Reste maintenant – toujours ses éternels scrupules – à se retirer discrètement sans offenser personne.

Par bonheur, Kate est accaparée dans le salon par Franca Lippi, une grande brune en tailleur qui est en train de lui révéler qu'après vingt ans passés sans ouvrir un livre, elle lit maintenant deux romans par jour comme si elle avait été transplantée.

C'est dingue, dit Kate au moment où Murphy lui fait un petit signe par-dessus l'épaule de Franca.

Dans la rue on n'entend aucun bruit, la neige s'est épaissie sur les trottoirs. Les flocons en suspension semblent tourbillonner à la manière de papillons nocturnes dans la lumière des lampadaires.

Après un temps d'hésitation, Murphy, tout au contentement d'être libre, se met alors à courir dans la neige comme s'il espérait toujours attraper le bus de Hampstead.

33

Pendant quelques dixièmes de seconde – ce doit être le rêve le plus court de l'histoire des rêves –, une jeune femme poursuivie par trois amants (tous les trois interprétés par Blériot) se réfugie sur le toit d'un immeuble où elle se tient en équilibre, le corps penché au-dessus de la rue, une jambe déjà engagée dans le vide.

En reconnaissant Nora, Blériot se réveille d'un seul coup en nage.

Il ouvre un œil, entrevoit ses vêtements jetés sur la chaise – ils font maintenant chambre à part avec sa femme –, son ordinateur éteint, ses papiers en désordre, ses reliefs de repas sur le plateau.

Dehors, il neige à moitié. C'est un jour à rester sous les couvertures et à lire un livre sur la retraite de Russie.

Au bruit des portes, il devine que sa femme est déjà prête et qu'elle l'attend en bas.

Depuis l'épisode du coup de téléphone, il est contraint de supporter ses sautes d'humeur, ses larmes, ses silences, ses reproches, ses crises d'autorité, au point que sa vie ressemble de plus en plus à une épreuve d'endurance.

Une fois levé et débarrassé des fils de son rêve, comme un promeneur qui s'ébroue au sortir d'un sous-bois, il écoute un peu de musique, puis commence ses allées et venues dans le demi-jour de la chambre à la recherche d'une chaussette introuvable.

Quand il passe en slip devant la glace de la salle de bains, il se fait à chaque fois l'impression d'être un yogi.

Il ne s'en rase pas moins méticuleusement, passe une lotion hydratante sur ses joues, avant de se masser longuement les tempes. Autant de gestes qui lui ont été recommandés par un médecin naturopathe afin de combattre son anxiété persistante.

Il descend ensuite l'escalier, l'âme sombre et les nerfs tendus, en appréhendant comme à chaque fois la réaction de sa femme. Car il ne sait jamais dans quelle disposition il va la trouver.

Guten Morgen, s'annonce-t-il en entendant sa voix détonner dans le silence congelé de l'appartement.

Elle a le dos tourné, occupée à enfiler ses bottes.

Tu pourras vider le lave-vaisselle ? lui demande-t-elle pendant qu'ils échangent un baiser asexué sur le seuil de la cuisine. Je suis déjà très en retard.

Blériot, qui sent d'un seul coup fondre son anxiété, lui promet qu'il fera le nécessaire.

À propos, ajoute-t-elle incidemment au moment d'ouvrir la porte, est-ce que par hasard tu voudrais m'accompagner à Turin ? Je suis invitée à la rétrospective Pistoletto le mois prochain.

Pistoletto ? répète Blériot dont les fonctions cognitives sont momentanément paralysées.

Après s'être ressaisi, il est obligé d'invoquer comme pour Milan une série de traductions en cours afin de ne faire surtout aucune promesse. Car la proposition lui paraît plutôt incongrue, vu les circonstances.

Mais il préfère garder ses impressions pour lui et la laisser partir à son travail.

Maintenant, en y pensant bien, il est persuadé qu'il s'agit d'un nouveau stratagème de sa femme destiné à le maintenir sous sa coupe jusqu'à la fin de sa pénitence.

À cause de cette tristesse qu'elle transvase quotidiennement dans son cerveau, Blériot espère chaque matin que Sabine va lui proposer de faire sa valise et chaque matin elle reconduit sa punition. Afin de le faire mariner un peu plus longtemps dans ses remords.

Et le fait est qu'à trop réfléchir à leur histoire et à passer durant toute la journée au tamis de sa conscience les gaffes, les indélicatesses et les multiples relâchements qu'il s'est autorisés, Blériot a fini par se convaincre – ce doit être le syndrome de Stockholm – qu'il n'a que ce qu'il mérite.

À charge pour lui à présent, en réparation de tout le mal qu'il a fait, et dans une complète reddition de sa volonté, de se mettre au travail et de vider le lave-vaisselle, en veillant à ne pas mélanger les couverts en argent et les couverts en inox, de récurer l'évier et les sanitaires – c'est fou ce que la culpabilité nous rend servile – avant de nettoyer les sols, de shampouiner la moquette et d'épousseter les meubles, jusqu'à ce que leur appartement devienne un modèle de confort et de quiétude familiale.

À midi, les carrelages de la cuisine et de la salle de bains brillent autant dans la lumière matinale que s'ils avaient été peints par un Hollandais.

Car Blériot fait tout très bien, moulé dans la même docilité, la même soumission névrotique à sa femme que son père à sa propre femme – ce doit être le karma des hommes de cette famille –, avec la même rancune impuissante et les mêmes gestes d'autopunition.

Dans ces moments-là, quand il s'agite d'une pièce à l'autre avec son seau et sa wassingue, chaussé de ses vieilles espadrilles, on croirait d'ailleurs voir un détenu condamné à une peine de sûreté – Sisyphe devait ressembler à ça.

Une heure ou deux plus tard, Blériot débarrassé de son déguisement prend une douche brûlante et téléphone à Nora pour lui raconter son rêve étrange.

Elle est déjà en ligne. Je te rappellerai plus tard, lui dit-elle.

En attendant, il fait réchauffer quelques restes de la veille qu'il mange le plus lentement possible parce qu'il s'est mis en tête – c'est une de ses nouvelles excentricités – que la meilleure parade à son agitation serait de ralentir sa manducation et de fractionner minutieusement chacune de ses actions en une succession d'instants égaux.

Tout à ses calculs, il écoute d'une oreille distraite le bruit de la circulation et des machines pneumatiques en bas de la rue qui lui font presque regretter l'énergie de la vie extérieure.

Parfois, à force d'explorer chaque centimètre de son micro-espace sédentaire, il lui prend comme une envie furieuse de sauter à pieds joints en dehors du cercle de son existence et de tout recommencer à zéro. Ailleurs, n'importe où.

Mais sans Sabine et sans Nora – qui par parenthèse ne le rappelle pas.

Après avoir rangé la cuisine, Blériot, revenu à des projets plus raisonnables, a regagné docilement son bureau et ouvert ses écrans.

En plus d'un article sur les troubles de la parole, il a dû se résoudre à accepter, tant son dénuement est grand et désespérant, la traduction du mode d'emploi d'une nouvelle gamme de rasoirs électriques. À ce train-là, il traduira bientôt des dépliants touristiques.

Notre rasoir électrique, traduit-il donc pendant qu'il continue de neiger à gros flocons derrière la fenêtre, n'est pas destiné à être utilisé par des personnes ne possédant pas l'expérience nécessaire pour le manipuler, ni par des personnes présentant des facultés sensorielles ou mentales réduites – c'est mot pour mot ce qui est écrit : reduced sensory or mental capabilities –, sauf si une personne responsable de leur sécurité les surveille et leur indique comment utiliser correctement l'appareil.

En cas d'irrégularités patentes lors de son fonctionnement, continue-t-il imperturbablement, il convient de renvoyer l'appareil à notre service technique accompagné de votre ticket de caisse – with the receipt of purchase.

Il faut le traduire pour le croire.

En guise de consolation, il peut quand même se dire que sa journée a été plutôt productive, puisqu'en plus de ses travaux ménagers il a pratiquement bouclé sa traduction – il ne lui reste plus que deux ou trois feuillets.

Quand il relève enfin la tête de son travail, Blériot s'aperçoit à l'horloge qu'il n'est que quatre heures et demie et se sent tout à coup désorienté par l'immensité de cet après-midi.

Pendant un moment, il fait les cent pas dans sa chambre, saisi de la même manie ambulatoire que sa mère, jusqu'à ce que la sonnerie de son portable vienne opportunément interrompre son va-et-vient en lui signalant qu'il a un message.

C'est un texto de Nora : I miss you more and more. Your girl.

Comment peut-on être à la fois effondré et heureux ? s'étonne-t-il sur le moment en tendant le visage à la fenêtre pour sentir l'humidité des flocons et se laver de sa fatigue.

Lorsque sa femme est rentrée vers six heures, elle l'a trouvé exactement à la même place, les cheveux trempés, la tête un peu penchée sur le côté comme un cheval qui dort debout.

233

34

Le lendemain, il a suffi que Nora le rappelle enfin au téléphone, en le sommant une bonne fois pour toutes d'arrêter de faire le ménage et de sortir avec elle – c'était son seul jour de congé à Roissy CDG –, pour qu'il décide tout à trac que sa pénitence avait assez duré et qu'il accoure sur-le-champ. Comme si elle n'avait qu'à claquer du doigt.

Et tout a recommencé, cet affolement, ces mensonges, ces rendez-vous cachés, ces rencontres à la va-vite, cet amour insensé et irrévocable.

En général, ils ne se voient pas plus d'une heure ou deux, de préférence en terrain neutre, sur les boulevards extérieurs ou parfois carrément en grande banlieue, s'ils veulent avoir encore moins de risques d'être identifiés.

Ensuite, à la façon d'un agent secret rompu à tous les subterfuges de la clandestinité, chacun retourne se fondre dans le tissu de sa vie quotidienne, elle à l'accueil de son hôtel, lui au domicile conjugal où il attend l'air détaché – rien dans les mains, rien dans les poches – le retour de sa femme.

Quitte à sursauter une heure plus tard à chaque question qu'elle lui pose comme s'il était grillé.

Quelque chose lui dit à ce propos qu'il a intérêt à bien peser ses mots, car il est tout de même multirécidiviste.

Instruit par ses expériences précédentes, Blériot sait d'ailleurs qu'il lui faut faire attention à tout, aux coups de téléphone, aux messages, aux notes de restaurant qui traînent dans ses poches, aux retraits qu'il effectue à sa banque, bref, à tout ce qui pourrait un jour servir d'élément à charge.

De sorte que sa vie est devenue d'une précision millimétrique.

Mais quelque part il aime ça. Parce qu'en dehors même de son goût pour les cachotteries, il aime l'idée de faire partie d'une organisation secrète avec Nora et de former à eux deux une cellule dormante, capable de s'activer et de se désactiver en fonction des circonstances.

Ce matin-là, alors qu'un grand soleil d'Austerlitz s'est levé sur la banlieue, Blériot, subitement rajeuni – ça tient du dédoublement –, est monté dans un train, puis dans un bus, pour brouiller les pistes, avant de se diriger à pied dans les rues enneigées d'une commune pavillonnaire, en tâchant naturellement de se faire aussi discret que possible.

Arrivé à la hauteur d'une école, il longe les palissades ajourées d'un chantier, puis s'engage, le col relevé, dans une rue en escalier bordée de maisons en brique et de jardinets encore gelés, sans personne en vue. On se croirait dans un angle mort du temps.

En bas, à deux pas de la gare, il aperçoit le bar-tabac dont Nora lui a parlé.

Hormis le patron et deux vieux habitués qui discutent à voix basse, tout en suivant sur le moniteur au-dessus du comptoir la présentation des trotteurs à Vincennes, la salle est absolument déserte. Blériot alors commande un verre de bourgueil et s'assoit près de la porte, jambes étendues, bras croisés. Toutes ses forces d'attention rassemblées dans cet instant vide.

Dans cet état de tension et d'ennui vague, il observe les gens sortir l'un après l'autre de la gare et se diriger jusqu'à l'arrêt du bus, sans jamais parvenir à distinguer la silhouette de Nora.

Au bout d'un moment, il compose son numéro, mais elle est apparemment injoignable. Il est déjà onze heures et elle a presque une heure de retard. Certains jours, il la soupçonne de le faire exprès.

Son exaspération, multipliée par le coefficient de son anxiété, lui donne soudain envie de se lever de sa chaise et de rentrer à Paris.

La sonnerie l'arrête.

Louis, c'est maman, dit une voix de femme si chaleureuse, si empressée, que l'espace de quelques secondes il est convaincu d'avoir affaire à une mystificatrice.

Mais non. Elle est restée à l'hôpital un peu plus d'une semaine.

Deux jours avant de partir, le médecin lui a fait un

cours de chimie sur les protéines et les acides aminés et lui a prescrit un nouvel antidépresseur – le Termex ou le Temlex – qui marche à merveille.

En ce moment, je me promène dans les rues de Nîmes en compagnie de ma copine Jacqueline, la sœur de Jean-Philippe Lamy, celui qui a pris la succession du docteur Bernard. Et toi? lui crie-t-elle dans l'appareil.

Tout va bien. Écoute, je te rappellerai ce soir, s'excuse-t-il précipitamment, reconnaissant à deux pas de la porte la fille coiffée d'un bonnet de laine qui lui sourit en tendant ses petites dents de devant.

C'est le sourire de la neige.

Avec son parquet en bois sombre, sa table basse, son bouquet de fleurs fanées et ses toilettes riquiqui, l'hôtel ressemble vaguement à une auberge orientale qui aurait connu des jours meilleurs. La plomberie fait un bruit d'enfer et les radiateurs sont froids. Mais ils se sentent bien ainsi, tous les deux seuls.

Ils se sont mis à la fenêtre, joue contre joue, fixant au-delà des voies ferrées l'embrouillamini de pavillons et d'entrepôts propre à certains paysages périurbains. Le ciel est bleu clair, presque blanc. La neige un peu partout a commencé à fondre comme le passé et les corbeaux perchés sur leurs fils électriques se laissent tomber en feuille morte sur les pelouses des maisons voisines.

De temps en temps, pendant qu'ils se surprennent à parler pour la première fois d'un futur où ils vivront enfin ensemble, des trains passent dans le lointain, réduits par la distance à des ondes sonores.

Je commence à avoir froid, dit Nora en fermant la fenêtre.

À cet instant, il ne lui a encore rien dit de son voyage à Turin, et une vague intuition le pousserait même – tant il la sait imprévisible et explosive – à s'en tenir prudemment à sa politique de black-out. À moins qu'elle n'aborde d'elle-même le sujet de son avenir avec sa femme.

En attendant, Blériot, qui s'étonne à part soi de sa capacité psychotique à mener cette double vie, s'est prestement déshabillé tandis qu'elle en est encore à s'affairer dans la salle de bains.

Tu viens ? dit-il en regardant la rue derrière la jalousie baissée. Elle ne répond pas.

Une fois allongé dans les draps, il ferme les yeux, les mains croisées derrière la tête, et se sent doucement emporté comme s'il était couché au milieu d'une rivière.

À cet instant, il a le cœur pur, les nerfs à vif, le sexe dressé à la manière d'un adolescent, et il a l'impression que rien ne peut lui arriver.

Nora s'est finalement assise à côté de lui en culotte et soutien-gorge, le menton posé sur les genoux.

Pas maintenant, dit-elle en repoussant sa main. Je t'ai déjà expliqué que je n'aime pas que tu te comportes ainsi. It's bloody annoying, Louis.

Qui ne tente rien n'a rien, observe-t-il.

238

C'est dans Leibniz?

Non, je l'ai trouvé tout seul, figure-toi.

You are such a pain, Louis! Such a pain!

Alors, si ce n'est pas maintenant, ce sera tout à l'heure, conclut-il, habitué à prendre les choses avec patience.

Quelquefois, il se dit qu'il pourrait aussi bien être au lit avec la reine Guenièvre. Et que ce qu'il perdrait sur le plan des sens serait immédiatement converti en gains spirituels.

Il a fini par poser la tête dans son giron et n'a plus bougé pendant un moment, uniquement occupé à respirer le parfum de sa peau (argile blanche et mûrier noir, décide-t-il en fouillant dans sa bibliothèque mémorielle).

C'est drôle, tu parles comme une fille qui aurait quarante ans de vie sexuelle derrière elle, remarque-t-il, avant de se redresser sur les mains et de revenir à sa nuque odorante et à la coquille de ses oreilles comme à un point fixe de son désir.

Tu sais, dit Nora, en s'écartant légèrement, mon contrat à Roissy se termine au mois de mars et je crois que je vais être obligée de retourner à Londres.

C'est une manie, remarque-t-il en souriant faiblement.

Pendant qu'elle lui caresse la joue, il a refermé les yeux, écoutant la vibration lancinante des trains de banlieue.

Je reviendrai à Paris, bien entendu, lui dit-elle en allumant une cigarette, mais là-bas je peux trouver du travail autant que je veux. Ma sœur connaît une foule de gens.

En plus, je suis sûre que même si je prends encore des cours pendant des années, je ne serai jamais Nina Zeretchaïna, ni la jeune fille Violaine, ni personne. Sauf peut-être une soubrette anglaise.

Tu seras mon amoureuse, Nora Neville, mon unique amoureuse, mon amante anglaise.

Peut-être, mais j'ai envie de tout laisser tomber, lui annonce-t-elle d'une voix découragée.

Aussi découragée que si en quelques mois elle avait fait le tour de sa vie et en avait tiré la leçon.

Il paraît qu'elle n'a même plus de quoi payer ses cours de théâtre.

S'il ne s'agit que de ça, j'ai tout ce qu'il te faut, répond Blériot attrapant sa veste sur la chaise et tirant d'une de ses poches comme par enchantement une jolie liasse de billets de vingt qu'il déploie en éventail sur le lit à la façon d'une donne de poker.

Tout est pour toi, insiste-t-il en les poussant vers elle.

Même s'il sait que par définition on ne peut pas acheter ce qui n'est pas monnayable, il augmente peut-être ses chances de reculer son départ d'un ou deux mois.

Je te les rendrai bientôt, lui promet-elle après un léger temps d'hésitation. Tu veux qu'on aille dîner quelque part?

Ce serait ballot, dit Blériot qui s'est mis sur le ventre pour attraper sa montre sur la table de chevet. Ce soir Sabine est à un vernissage, on peut donc encore profiter de la chambre.

C'est à tes risques et périls, le prévient-elle pendant qu'elle cherche à ouvrir le cadenas du bar encastré, avant d'abandonner et de venir s'allonger toute nue sur lui.

Tu connais le jeu de l'ascenseur? lui demande-t-elle en se métamorphosant d'un seul coup en une partenaire si docile, si habile, qu'on dirait une jeune call-girl du KGB dans les bras d'un fonctionnaire international.

Visiblement, la comparaison lui plaît à moitié.

En réalité, c'est peut-être toi l'espion pervers et moi la petite fonctionnaire amoureuse, lui dit-elle au moment où le téléphone sonne. C'est ton portable.

Blériot, qui aime faire une chose à la fois, lui recommande de ne surtout pas bouger.

Ils laissent donc l'appareil sonner dans le vide pendant qu'elle reste soulevée sur ses avant-bras, immobilisée dans une sorte de stase douloureuse qui blanchit ses lèvres entrouvertes.

Ensuite ils prennent une douche et se rhabillent en deux temps, trois mouvements. Il est presque neuf heures.

Dehors il fait nuit noire, le quartier est complètement silencieux. Ils marchent côte à côte dans la neige fondue en toussant comme des renards.

Arrivés sur le quai de la gare, le téléphone de Blériot sonne à nouveau. C'est ta femme? s'inquiète-t-elle.

Ma mère, dit-il, fataliste. Je la rappellerai demain.

35

Avec une heure de décalage, la même obscurité humide est tombée sur Londres tandis que Murphy et Vicky Laumett sont assis l'un en face de l'autre à l'intérieur d'un bar de Blackfriars.

Elle, tout de blanc vêtue comme à leur premier rendez-vous, lui, nettement plus austère, dans son costume sombre d'opérateur de marché, sa sacoche noire posée sur la banquette.

Murphy Blomdale a beau parfois paraître résigné et mener depuis des mois une vie terne et autarcique, le temps n'a pu supprimer son besoin de revoir Vicky, parce qu'elle demeure son unique lien avec Nora.

Au point que ce soir on pourrait croire à les voir chuchoter qu'ils sont les deux dernières personnes à parler une langue disparue.

Vous aviez vos habitudes dans ce bar ? lui demande-t-elle.

Elle venait souvent m'attendre ici, quand je sortais du travail et qu'on avait décidé d'aller dîner quelque part.

À présent, il n'y retourne plus que le week-end, presque toujours en solitaire, lui confie-t-il. D'abord parce qu'il n'a pas beaucoup d'amis à Londres, ensuite parce qu'il a aussi envie d'y être seul pour le cas très improbable où Nora reviendrait et pousserait la porte d'entrée.

Je suis resté romantique, s'amuse Murphy en la regardant, émerveillé par la beauté et la plénitude de ses formes, mais sans trouble, en tout cas sans aucune excitation.

Confidence pour confidence, Vicky lui avoue que de son côté elle continue de sursauter à la moindre sonnerie de téléphone, convaincue d'entendre enfin la voix de Nora.

Je ne sais pas si tu te souviens, lui dit-elle, de ce personnage de Bradbury, dans les *Chroniques martiennes*, qui a la particularité de changer de sexe et d'identité dès qu'il rencontre quelqu'un.

Je n'ai jamais lu Bradbury.

En fait, sans le vouloir, il prend à chaque fois le visage de celui ou de celle que l'autre attendait depuis des années. Comme s'il devenait la projection de son désir.

À la fin, tout le monde lui donne la chasse et il n'est plus qu'une silhouette galopante, épouvantablement malheureux.

Murphy doit convenir que ce pourrait être une bonne définition de Nora.

Si le cœur t'en dit, ajoute-t-elle malicieusement au moment de se lever, tu peux toujours tenter ta chance dans quelques mois, puisque d'après sa sœur Dorothée il est question qu'elle revienne à Londres.

Le problème, c'est qu'il n'est pas sûr d'être encore là.

L'agence, lui explique-t-il, a déjà licencié une dizaine de personnes et il se pourrait bien qu'il fasse partie de la prochaine charrette et soit obligé de retourner aux États-Unis.

Ce qui pour le coup serait une double malchance, remarque-t-il en l'aidant à enfiler son imperméable. Bien qu'il sache très bien au fond de lui que, le temps passant, leur relation aurait de toute façon fini par s'éteindre de mort naturelle.

Une fois en vue de Holborn – elle a pris un taxi pour rentrer chez elle – Murphy, protégé par son parapluie, continue de marcher vers Islington, ruminant ses échecs et se trompant trente-six fois de chemin quand un chien aussi seul que lui, un chien paria avec une patte cassée et une oreille à moitié pendante, se met à lui emboîter le pas, en se faisant tout petit dans l'espoir de se faire oublier.

Ce doit être le frère de l'autre.

Murphy cette fois-ci décide d'employer tout de suite les grands moyens et de lui faire comprendre de manière ferme et définitive – comme de chien à chien – qu'il n'a rien à lui proposer et qu'il vaudrait donc mieux qu'il aille voir ailleurs.

Peine perdue. L'autre se contente de faire un écart, attendant qu'il se remette en marche, puis revient aussitôt sur ses talons. Suivi par un deuxième, qui ne paie pas plus de mine.

Murphy à cet instant en vient à penser qu'il doit avoir l'air si comique et si désemparé sous son parapluie que les chiens, qui n'ont pas souvent l'occasion de rigoler, veulent tous lui faire un bout de conduite.

Arrivé dans le quartier de Clerkenwell, Murphy, à bout d'arguments, se résigne donc à pousser un peu plus loin, passant de biais au milieu de la foule, tel saint Roch suivi par deux chiens, et ne comptant plus que sur l'arrivée d'un bus pour leur fausser compagnie.

Chez elle, Vicky s'est déshabillée et s'est mise au lit sans dîner, à moitié nauséeuse. David n'est toujours pas rentré. C'est presque devenu une habitude désormais.

Comme souvent lorsqu'elle est reprise par ses angoisses et par l'angoisse de ses crises d'angoisse, elle se met sur le côté, les genoux ramenés sur le corps, et presse ses yeux avec ses mains comme font les enfants pour retrouver l'image de Nora.

Pas la Nora de Paris, la première Nora, celle de Coventry, quand elles étaient encore gauches, timides et innocemment dépravées et que malgré toutes leurs précautions leur amour se voyait comme le nez au milieu de la figure.

La Nora qui disparaissait pendant des jours et réapparaissait à n'importe quelle heure, le visage ravagé et heureux, en lui disant : Tu m'as attendue ?

D'après elle ?

Celle qui lui envoyait une carte postale d'un musée français, avec des Amours et des guirlandes de fleurs :

Je t'aime aujourd'hui, lui écrivait-elle de sa petite écriture appliquée, en soulignant aujourd'hui.

Celle qu'elle a attendue une fois pratiquement toute une matinée au pied d'un escalier.

Au point que ce soir elle a la sensation de l'attendre encore – l'image est revenue –, les mains enfoncées dans ses poches de son imperméable. À chaque fois que la porte de l'immeuble s'ouvre derrière son dos, à cause d'un courant d'air, elle entend le crépitement d'une pluie d'été dans la cour.

Le plus étrange, c'est qu'elle ne se souvient plus du reste de l'immeuble, ni du quartier – pourtant, elles habitaient encore toutes les deux à Coventry –, uniquement de cet escalier sombre avec sa rampe en bois, comme si sa mémoire était devenue un escalier en hélice.

Un escalier dont elle monte les marches à tâtons jusqu'au troisième ou au quatrième, les derniers étages ayant disparu, mangés par l'oubli.

Arrivée en haut, Vicky se voit faire le geste de sonner à la porte.

Tu dors déjà, s'étonne son mari en allumant soudain la petite lampe qui lui sert de veilleuse.

Non, je réfléchis.

Perdue dans ses rêveries mnémoniques, elle ne l'a pas entendu rentrer.

Tu peux me laisser, David ? lui dit-elle, car elle est pressée de retourner dans son escalier.

L'air un peu contrarié, il enlève ses chaussures et disparaît dans la salle de bains sans faire de commentaires.

Elle sonne donc encore une fois, redescend, puis remonte, entendant toujours le bruit de la pluie dans la cour.

C'est toi ? Qu'est-ce qui t'arrive ? demande tout à coup Nora dans l'entrebâillement de la porte. (Sur la focale de sa mémoire, elle apparaît beaucoup plus petite que dans la réalité, vêtue d'une chemise qui lui arrive aux genoux.)

Je t'attendais en bas. Tu m'avais dit à neuf heures.

Je ne peux pas. Je ne suis pas seule, lui souffle-t-elle en faisant un geste avec le pouce comme pour désigner quelqu'un derrière son épaule.

Elle se sent stupide. Elle n'avait pas compris, s'excuse-t-elle. De toute façon, elle n'a pas l'intention de s'imposer plus longtemps.

Mais non, dit Nora en lui pressant les doigts dans les siens, reviens quand tu veux, je t'expliquerai tout.

À partir de cet instant, elle ne se souvient plus des paroles. On dirait qu'on a coupé le son.

Elle se revoit seulement descendre les marches quatre à quatre, dans un tel état, une telle angoisse d'abandon, qu'elle est prise d'un hoquet.

Elle ne se rappelle même plus les explications que Nora lui a données le lendemain. Juste de l'escalier et des yeux brouillés de sommeil de Nora.

247

Peut-être que les souvenirs sont beaux à cause de cela. Parce qu'avec le temps, le filtre des années, ils deviennent comme des produits purifiés, débarrassés des scories du chagrin et de la peur.

Maintenant, j'ai le droit de me coucher ? demande son mari, qui a l'air d'attendre son tour en pyjama, le visage ni gai ni triste.

36

La nuit est haute et claire. Ils ont éteint la lumière et sont sortis pieds nus sur le balcon.

Ils regardent tout en bas les rues désertes avec leurs enfilades d'arcades et leurs fenêtres orangées par l'éclairage des réverbères – leur hôtel se trouve au bout de la place Vittorio.

Blériot, cessant alors de tergiverser, s'est penché vers sa femme et s'est mis à lui mordiller doucement les épaules tout en soulevant le bas de sa chemise de nuit, comme s'il s'agissait d'un geste rituel de repentir et de pardon. Elle s'est cambrée contre sa main, sans rien dire.

Manifestement, il est pardonné.

Ils restent encore un moment appuyés à la balustrade, sans se parler, perdus dans l'espace et la clarté du ciel. De temps en temps passent très haut, à peine perceptibles, des filaments nuageux aussi blancs qu'un liquide séminal – c'est une vision de Blériot – qui se dissipent presque immédiatement au-dessus des montagnes environnantes.

Je suis contente que tu sois venu à Turin, lui dit Sabine en prenant une chaise et en posant ses pieds sur la balustrade.

Moi aussi, je suis content d'être là, dit-il.

Blériot, qui a toujours été secrètement cyclothymique – il est actuellement en phase d'excitation –, s'est remis aussitôt à l'embrasser et à presser sa taille avec son bras gauche – il est assis à sa droite –, jusqu'au moment où tous les deux conviennent tacitement de rentrer dans leur chambre. Lui libérant alors ses longs seins basanés de sous sa chemise de nuit, et elle les regardant comme si elle les voyait pour la première fois.

Ce qui tendrait à prouver, accessoirement, que malgré la tension exténuante dans laquelle ils vivent depuis des semaines, tout n'est donc pas terminé entre eux.

Une fois déshabillés et allongés sur le lit, les choses de fait recommencent exactement comme avant, comme si rien ne s'était jamais passé.

Ils retrouvent spontanément les mêmes mots, les mêmes gestes, les mêmes procédures intimes à des années de distance – peut-être parce que le sexe est la réminiscence du sexe –, avant de desserrer soudain leur étreinte et de rouler chacun de leur côté, le corps en nage.

Maintenant ils n'ont plus ni l'un ni l'autre la force de se relever. Ce qui ne leur était pas arrivé depuis très longtemps, remarque sa femme.

C'est qui ce Michelangelo Pistoletto? demande Blériot pour changer de sujet.

Il paraît que ce serait trop long à lui expliquer, mais que l'exposition était parfaite, avec des œuvres qu'elle n'avait jamais vues.

Blériot reconnaît qu'il aurait pu faire un effort. Tu me montreras le catalogue que tu as rapporté?

Je ne sais pas si le catalogue te sera d'une très grande utilité, dit-elle au bout d'un moment.

À mesure que la nuit avance, leurs voix deviennent de plus en plus intermittentes, comme portées par un faible courant électrique.

Il doit être presque une heure. Un courant d'air fait battre le vantail de la fenêtre.

Tous les deux restent étendus sur les draps, jambes emmêlées, respirant la fraîcheur de l'air de la rue, tandis que les bruits de Turin la nuit vont et viennent dans leur conscience en train de se dissoudre.

Le matin, ils sont réveillés par le téléphone. Allô? dit quelqu'un.

Oui? dit-il sans reconnaître la voix dans l'appareil, ni le numéro affiché sur son écran.

Allô, allô? répète l'autre comme une espèce d'oiseau mécanique.

Blériot a raccroché, saisi d'un mauvais pressentiment.

C'était qui? demande sa femme, qui flâne toujours au lit.

Aucune idée, lui répond-il en sautant par-dessus les valises pour attraper ses affaires.

Suite à un mystérieux transfert d'énergie pendant la nuit, il s'est réveillé revigoré, légèrement survolté, tandis que sa femme a l'air d'une semi-convalescente sur son oreiller, les traits tirés, les yeux gonflés.

Tu es sûr que ce n'était personne que tu connaissais? insiste-t-elle en faisant l'effort de se redresser sur les coudes.

Sûr et certain. Il ne sait pas ce qu'elle essaie d'insinuer, mais il n'a aucune envie de se laisser entraîner dans cette conversation.

Parfois il la soupçonne d'ailleurs d'avoir conservé sous une allure avantageuse – sociabilité, confiance en soi –, un fond neurasthénique.

La colazione arrive à point.

Il s'est fait couler un bain et reste un long moment immergé jusqu'aux épaules, jambes pliées, sa toison de faune flottant dans l'eau mousseuse, tandis qu'il écoute les pigeons roucouler sur les toits.

Le crissement de leurs pattes sur les tuiles brûlantes.

Il sort de son bain maigre et nu comme il le sera à son dernier jour et se dépêche d'avaler une autre tasse de café avant d'aller lire le journal au soleil. Sa femme le retrouvera sur la place.

À deux heures, ils déjeunent dans un restaurant, près des bords du Pô, où une dizaine de personnes assises à

252

contre-jour semblent somnoler sur leur chaise. Personnellement, il aime bien le calme écrasant des dimanches après-midi.

Ils aperçoivent derrière la vitre des tramways orange, parfois orange et blanc, qui traversent le pont en direction des collines.

Tu penses à quelqu'un ? lui demande sa femme en le voyant un peu absent.

À ta petite Anglaise ? dit-elle au hasard.

Visiblement, elle y pense plus que lui. Non, répond-il, je ne pense à personne.

Blériot a renoncé à lui expliquer qu'on n'aime jamais assez et qu'il a besoin des deux – il a besoin d'elle et de Nora –, et que si par malheur il devait sacrifier l'une, il perdrait aussitôt l'autre. Comme ça se passe dans les légendes.

À l'intérieur de sa double vie, une sorte de relation barométrique a dû s'installer entre les pressions que chacune d'elles exerce sur lui, grâce à laquelle il a fini par trouver un semblant d'équilibre.

C'est une théorie, tout compte fait, qui en vaut une autre.

En se forçant un peu, Blériot serait même prêt à soutenir que tous ceux qui n'ont jamais aimé deux femmes à la fois sont condamnés à rester des hommes incomplets.

Comme si lui ne l'était pas.

C'est moi qui t'invite, dit-il en s'emparant de la note pour lui montrer au passage qu'il n'est peut-être pas le profiteur qu'elle croit.

Ils marchent ensuite au milieu des collines en suivant le soleil, dans la fraîcheur des jardins et le silence du vent.

De loin, ils aperçoivent la cime des montagnes encore encapées de neige qui leur ramènent le souvenir de leur premier séjour en Italie, il y a cinq ou six ans, et des longues pistes de Cortina.

Si on revient à Turin une autre fois, j'aimerais bien qu'on loue une voiture et qu'on aille skier où tu voudras, lui dit Sabine, qui a subitement retrouvé sa douceur, son indulgence et son dynamisme naturel – ses trois vertus cardinales.

Sans doute parce que les quelques moments de plaisir volé lors de la nuit dernière ont été aussi bénéfiques pour elle que pour lui.

Reste à espérer qu'il y aura une autre fois.

Ils traversent un village sombre, puis un autre, sans jamais rencontrer personne, ni s'en soucier vraiment. Ils continuent à marcher du même pas, épaule contre épaule, concentrés, silencieux, à la manière de ces couples filmés de dos par Mikio Naruse, puis redescendent sans but précis en direction des berges du Pô.

À la hauteur du jardin botanique, ils achètent des glaces et s'assoient un instant dans l'herbe pour regarder les rameurs rougis par leurs coups de soleil.

Je n'ai pas très envie de rentrer tout de suite à Paris, lui confie-t-il en jetant son cornet dans l'eau. On ne pourrait pas rester une ou deux nuits de plus ?

Mais c'est apparemment compliqué. Leur chambre est réservée pour une nuit seulement.

Ils peuvent toujours tenter de négocier à l'hôtel, suggère-t-il.

Je suis désolé, mais il fallait vous réveiller plus tôt, leur fait aigrement remarquer le réceptionniste italo-libanais — la pénurie d'amour est partout — en les dévisageant par-dessous sa mèche.

Pour tout arranger, Sabine n'est même pas sûre que leurs billets d'avion soient échangeables. Tout ce qu'elle sait, c'est que le départ est entre dix et onze heures.

On dirait qu'ils ont tout à coup trop de temps devant eux et pas assez, comme à chaque fois qu'ils sont ensemble.

Les rayons obliques en fin d'après-midi pénètrent sous les arcades de la place, illuminant la terrasse vieillotte où ils boivent des vermouths, lui feuilletant un journal, elle somnolant à moitié sur sa chaise, jambes allongées au soleil.

Profitant de cette immobilité, Blériot dissimulé derrière ses lunettes teintées la photographie longuement du regard — il a pris la précaution d'arrêter le temps en retenant son souffle — pendant qu'elle rêvasse, la tête penchée sur le côté, avec ses beaux cheveux blonds ramassés en chignon sur sa nuque et son collier noir qu'elle enroule pensivement autour de son doigt.

Ensuite, il relâche d'un coup sa respiration et le temps recommence à couler, purifié, régulier, tandis que la rumeur des rues de Turin emplit à nouveau ses oreilles.

Bon, qu'est-ce qu'on fait maintenant? lui demande sa femme en s'étirant.

À cet instant, tel un homme qui pivoterait sur lui-même, Blériot pense aussi fort qu'il est possible de penser qu'il ne la quittera jamais.

On n'a qu'à essayer d'abord de trouver un autre hôtel, lui propose-t-il.

37

Il se réveille tout à coup avec la sensation que Nora est couchée à côté de lui, roulée en boule. La chambre est toujours dans l'obscurité. Murphy Blomdale tend alors son bras en travers du lit, à la manière d'un amputé cherchant son membre fantôme, sans rien rencontrer d'autre que des draps froids.

Pourtant, l'impression de sa présence persiste encore quelques secondes telle une illusion sensorielle dont il ne parvient pas à se défaire.

Les visitations de Nora ont recommencé il y a quelques semaines, toujours à la même heure matinale, entre cinq et six, accompagnées de la même décharge d'émotion, du même emballement cardiaque – preuve que nous sommes des machines électrochimiques –, et suivies à chaque fois de la même décélération brutale et déprimante.

Lui qui se croyait déjà désintoxiqué d'elle.

Une fois debout, il a du mal à mettre un pied devant l'autre. Il réussit quand même à ouvrir les volets et à se diriger à tâtons vers la salle de bains afin d'allumer le chauf-

257

fage et de faire couler l'eau, redécouvrant avec une certaine satisfaction l'apesanteur de ses habitudes.

Bien qu'il ne soit guère porté à l'introspection, Murphy se rend très bien compte – peut-être parce qu'il n'a plus touché une femme depuis des mois – qu'il suffit à présent d'un rêve, d'une simple perturbation, d'une petite confusion d'esprit le matin pour qu'il ait aussitôt le sentiment de s'effriter comme si la solitude l'avait rendu poreux.

S'il existe vraiment pour chacun de nous un moi profond, réfléchit-il en s'habillant, un moi aussi inépuisable que ces sources cachées qui ne tarissent jamais, même en été, force lui est de constater que le sien est bien enfoui. Et qu'il n'est pas sûr de pouvoir un jour le retrouver.

Alors qu'il scrute mentalement l'avenir, Murphy penché à sa fenêtre a soudain l'impression étrange, presque heureuse, d'être un minuscule détail dans le paysage urbain, imperceptible à l'œil nu.

Maintenant, le jour est levé. Les merles poussent leurs trilles de fin d'hiver, pendant qu'une lumière jaune citron s'infiltre dans Liverpool Road par les rues transversales, éblouissant les premiers passants.

Avant de se rendre à son bureau, il fait comme à son habitude une trentaine de longueurs à la piscine, entrecoupées de quelques plongeons, puis sort du bassin.

En homme chaste et taciturne, Murphy évite de lorgner les rares nageuses qui s'ébattent encore dans l'eau et qui de toute façon ne se soucient aucunement de lui. Il se rhabille donc dare-dare et quitte la piscine, pas trop mécontent finalement de retrouver sa sacoche de travail, son costume trois-pièces – il a opté pour un tissu à chevron – et son austérité bostonienne, comme autant de petits débris de son identité.

Les bureaux et les couloirs de l'agence, ce matin-là, semblent aussi vides que s'il y avait une alerte incendie.

Après avoir vérifié à sa montre qu'il ne s'est pas trompé et qu'il est bien neuf heures, Murphy, légèrement désorienté, remonte dans l'ascenseur et s'installe à l'intérieur de la cafétéria dans l'espoir que quelqu'un viendra le chercher, inquiet de ne pas le voir.

En attendant, il prend une brioche au distributeur et se met à feuilleter les journaux tout en se demandant, en garçon normalement paranoïaque, si ses collègues n'ont pas décidé de le mettre en quarantaine.

Au bout d'un moment – il en est à sa deuxième brioche –, Mlle Anderson, tout embarrassée par sa matérialité corporelle, arrive en projetant son buste en avant pour l'avertir que la réunion est commencée et que cette fois-ci on compte impérativement sur lui.

Vous venez ou vous ne venez pas ? s'impatiente-t-elle.

Comme s'il avait le choix.

Ils sont tous là : les opérateurs de marché, les cambistes, les courtiers, les commissionnaires, les juristes, les analystes – deux cents têtes d'employés de banque blafards –, alignés sagement sur leurs chaises en plastique moulé, tandis que les chiffres des pertes de ces deux derniers mois défilent sur l'écran – neuf millions, douze millions, vingt-deux millions et demi – comme une avalanche au ralenti.

John Borowitz, perché sur l'estrade, commente les résultats en secouant ses mèches argentées à la manière d'un chef d'orchestre dirigeant une répétition du *Vaisseau fantôme.*

On s'aperçoit en particulier qu'entre le 8 et le 25 de ce mois, dix millions de fonds alternatifs sont partis en fumée, continue-t-il dans son micro pendant que dans la salle silencieuse les visages se défont insensiblement, parce que tout le monde est en train de comprendre que les jeux sont faits.

Les plus découragés ont déjà quitté la salle.

Si vous en êtes d'accord, on vous exfiltrera au mois de septembre ou d'octobre à Philadelphie, lui glisse ensuite Borowitz entre deux portes. Je garde ma confiance en vous.

Murphy est resté coi.

Professionnellement, il ne perd pas au change. Sauf qu'il y a d'autres facteurs, plus personnels, dont il lui est assez difficile de faire état, vu les circonstances.

La cafétéria, qui est habituellement le centre névralgique des tuyaux à un million de dollars et des tours de passe-passe plus ou moins recommandables, s'est tout à coup remplie en fin de matinée de gens hagards qui tournent en rond avec leur gobelet à la main.

Murphy, habitué à faire bande à part, commande deux cafés et se sert un grand verre d'eau à la fontaine en refrénant son envie d'alcool, avant d'aller consoler Kate qui vient d'apprendre son licenciement.

C'était bien la peine de travailler autant et de te lever à quatre heures du matin, la plaisante-t-il gentiment.

Mais apparemment elle s'est fait une raison. Il paraît que ces derniers temps – en plus du climat détestable de l'agence – les conversations de ses collègues l'ennuyaient tellement qu'elle en était arrivée à s'intéresser à l'astrologie et aux princesses de magazines comme si elle devenait à moitié gâteuse.

Tout en fixant distraitement les traits sans charme de Kate, Murphy ne peut s'empêcher de réfléchir à la proposition de son patron, sans savoir quelle décision prendre au sujet de Nora.

On dirait qu'à la seule mention d'un retour aux États-Unis l'angoisse est entrée par une petite porte de son cerveau et a commencé à tisser sa toile paralysante.

Il se voit si peu vivre et travailler à Philadelphie.

En tout cas, s'il doit quitter la place de Londres, il pourra toujours dire comme saint Paul qu'il n'a ruiné personne, n'a exploité personne ni fait de tort à personne.

C'est dans la deuxième épître aux Corinthiens.

Les gens le croient bigot, alors que l'attente est sans doute devenue sa seule religion.

J'espère qu'on se reverra avant ton départ, lui dit Kate avec son pauvre sourire d'antihéroïne.

Je ne suis pas encore parti, lui fait-il remarquer tout en regrettant à part soi de ne pas avoir pris un petit verre d'alcool.

Il sent que ses mains en auraient tremblé de bonheur.

38

On est maintenant le lundi 11 avril. Au lieu de se mettre en veilleuse et de tâcher de surveiller sa conduite pendant quelques jours, le temps d'endormir la méfiance de sa femme, Blériot, à peine revenu de Turin, s'est mis en tête d'aller rendre une visite à Nora.

Preuve de sa capacité intacte de dédoublement, il a déjà oublié toutes les résolutions qu'il a prises là-bas.

Sans vouloir écouter la voix de la raison, ni se poser plus de questions, il a donc composé son numéro et s'est invité aux Lilas pour le mardi et le mercredi, puisque Sabine doit être à Strasbourg.

À ce stade, on peut sans doute parler de polygamie caractérielle.

Il est en train de traverser le jardin, son allée détrempée et ses herbes hautes qui signalent le printemps, quand elle apparaît sur le seuil de la porte, le teint étonnamment pâle dans sa minirobe noire, son portable appuyé à l'oreille.

I won't be a minute, lui crie-t-elle en lui faisant signe d'entrer.

La lumière rouge de sept heures du soir éclaire en enfilade les pièces de la maison, jusqu'à la cage d'escalier. Blériot s'assoit un instant sur la banquette du salon, son regard tourné vers la fenêtre comme vers un tableau monochrome, attendant que Nora ait terminé.

D'après ce qu'il peut entendre de sa conversation, il a l'impression qu'elle téléphone à sa sœur à Londres.

Elle revient dix minutes plus tard dans la pièce, visiblement à cran, avec un étrange sourire nerveux qui semble flotter devant elle, à quelques centimètres de son visage.

Je suppose que ton voyage en Italie s'est bien passé, remarque-t-elle d'emblée en lui servant un verre de vin.

À cause de ses appendices sensoriels, Blériot devine tout de suite qu'elle a envie d'en découdre et se surprend à appréhender la suite – il sent d'ailleurs comme des sortes de fourmis dans son dos.

Il connaît trop bien en effet sa disposition aux emportements et son goût pénible du psychodrame pour ne pas souhaiter que les choses se mettent à dégénérer. D'autant qu'il la soupçonne d'être déjà dans un léger état d'imprégnation alcoolique.

Dans sa hâte à lever la séance, il lui propose alors de reporter leur discussion à plus tard et d'aller se promener dans le quartier afin de profiter du soleil à une terrasse.

Mais elle n'a pas envie de se promener.

Tu ne m'as toujours pas parlé de ton voyage, insiste-t-elle en lui jetant un regard homicide qu'il fait semblant de ne pas remarquer.

Il n'y a rien de particulier à raconter, c'était un voyage comme un autre, répond-il, l'œil fixé sur l'étiquette de la bouteille de riesling.

S'ensuit un long silence pendant lequel ils se tiennent l'un en face de l'autre, profilés contre la fenêtre, leur verre de vin blanc à la main, dans un calme photographique qui semble précéder l'orage.

Dans le but de se donner une contenance, Blériot s'emploie en attendant à régler l'image de la télévision du salon – il reconnaît le jeune Ricky Nelson sur son cheval pommelé – parce qu'il la trouve à son goût légèrement trop contrastée.

Tu peux éteindre, lui commande-t-elle en écrasant sa cigarette dans le fond du cendrier comme s'il s'agissait d'un cafard, avant de se resservir en vin et de se planter devant lui, toute chargée d'électricité négative.

Décidément, réfléchit-il – il s'est reculé par prudence vers la porte –, il est dit que quoi qu'il fasse, quoi qu'il accepte de lui concéder, ils ne parviendront jamais à s'installer dans une existence normale, une existence tranquille, sans crise, sans angoisse, sans folie.

Vous deviez soi-disant passer une ou deux nuits à Turin, commence-t-elle, et vous êtes restés quatre jours, peut-être même cinq. C'était quoi, mon chéri? Une nouvelle lune de miel?

Il a l'impression que l'alcool lui est monté directement au cerveau.

D'abord ils sont restés trois jours et il ne voit pas en quoi, même s'ils étaient restés un jour de plus, elle devrait en être froissée, remarque-t-il, puisqu'il s'agissait principalement d'un voyage de travail.

De travail, s'étouffe-t-elle pendant que la colère renfrogne subitement ses traits et que ses lèvres se mettent à trembler, sa voix à glapir.

You are such a bastard, such a bastard !

Blériot, qui était pourtant préparé à ce qui allait arriver, la regarde tout à coup aussi effrayé que si des crapauds lui sortaient de la bouche.

Il veut bien prendre sur lui et faire l'effort de l'écouter, lui répond-il calmement, si elle a quelque chose de sensé à lui dire, mais dans ce cas il la prie de baisser d'abord sa voix de deux octaves car en ce moment tout le voisinage doit en profiter.

Ce qu'il voudrait pour sa part lui expliquer, continue-t-il, à condition qu'elle soit un tout petit peu attentive, c'est qu'il est déjà suffisamment malheureux avec sa femme, suffisamment fatigué de tous les mensonges qu'il est obligé de lui raconter, sans avoir besoin qu'elle se mêle de leur vie conjugale. Alors que ce n'est pas son histoire.

Ce n'est pas mon histoire, le reprend-elle, et qu'est-ce que je fais avec toi ? Qu'est-ce qu'on fait ensemble ?

Pourquoi d'après toi je suis revenue à Paris ? Pour trouver un job d'étudiante ? Pour visiter les musées ?

Et elle continue comme ça en débitant ses questions à la vitesse d'une sulfateuse et en lui répétant pour la troisième ou la quatrième fois – ce qui ne laisse pas de l'inquiéter – que quoi qu'il arrive ils sont liés à la vie et à la mort.

Il ne s'agit pas de dramatiser inutilement, intervient Blériot qui guette depuis un moment l'occasion de pouvoir placer une parole.

Je te parle simplement de mes relations avec Sabine et du voyage que j'ai fait avec elle parce que je ne pouvais pas ne pas le faire.

Si, tu pouvais, s'entête-t-elle.

Soit, il pouvait, admet-il. Mais il peut aussi se taire, si elle le souhaite, et passer à autre chose, sachant que de toute façon elle ne supporte pas de ne pas avoir le dernier mot.

Il est allé dans la cuisine chercher une autre bouteille de vin et prendre deux comprimés d'aspirine avec un café noir, parce que des élancements migraineux commencent à obscurcir sa vision des choses.

À l'intérieur du frigo, il découvre incidemment des tomates et des courgettes moisies, des saucisses Knaki périmées et une côtelette de porc froide comme la mort.

Comme son mal de crâne continue de battre aussi fort entre les deux yeux, Blériot se met un instant à la fenêtre pour regarder, tête renversée, les plages de nuages lumineux qui défilent au-dessus des toits, et s'absenter par la même occasion de sa propre vie.

Mais il a beau bloquer sa respiration et faire le vide en se concentrant au maximum sur les limites de son champ de vision, son pouvoir cette fois-ci n'agit pas – ce n'est pas la première fois. La tête passée par la fenêtre, il entend toujours derrière lui la voix de Nora qui continue de l'agonir dans la pièce d'à côté.

En attendant qu'elle se calme, il s'attarde encore un moment dans la cuisine comme un boxeur récupérant entre deux rounds, assis sur son tabouret.

C'est incroyable, constate-t-il, à quel point cette fille peut l'abîmer. On dirait qu'elle agit sur lui à la manière de ces substances hallucinogènes qui dilatent nos perceptions tout en détruisant nos cellules nerveuses.

Et en même temps, il sait qu'il est incapable de renoncer à elle et de partir en claquant la porte.

Il sait par conséquent qu'il devra continuer à supporter ses cris, ses récriminations et ses scènes de jalousie à répétition, et que tout cela durera encore probablement des mois, des années, jusqu'à ce qu'il ne leur reste plus un souffle d'amour.

Il sait et il ne sait plus.

En fait, il ne sait plus du tout ce qu'il doit faire.

Le temps qu'il lui tourne le dos à la recherche de son téléphone – il a dû le laisser dans la poche de sa veste –, elle a pratiquement vidé la moitié de la bouteille à elle toute seule.

Je suppose que c'était ta mère, dit-elle. Non, ma femme, répond-il en lui retirant son verre.

Même s'il est mal placé pour lui faire la morale, il se permet quand même de lui faire observer qu'elle boit beaucoup trop et que ça ne facilite assurément pas la conversation.

Tu cesses de coucher avec ta femme et je cesse de boire. C'est du donnant, donnant, dit-elle en prenant un autre verre avec un petit sourire malin.

Le problème, c'est que jusqu'à preuve du contraire lui et Sabine sont toujours officiellement mari et femme et donc, lui rappelle-t-il, tenus de vivre comme tels.

Alors, tu fais en sorte qu'elle ne soit plus ta femme et tu viens vivre chez moi.

Ce n'est pas la place qui manque.

Tiens donc, s'amuse-t-il, je n'y aurais jamais pensé. En tout cas, Neville, ça ressemble beaucoup à un ultimatum.

C'en est un, lui confirme-t-elle.

À cause de ses émotions différées, Blériot met un certain temps à réagir et à lui dire ce qu'il pense de son procédé.

Parce qu'il est tout de même en droit de s'étonner qu'une fille aussi émancipée qu'elle, qui a un amant à Londres et un autre à Paris, et qui s'est apparemment donnée à un grand nombre de garçons – en général, plutôt deux fois qu'une –, puisse à présent lui reprocher de vivre maritalement avec sa femme.

Tu m'écœures, Louis, tu m'écœures à un point que tu n'imagines même pas, répond-elle lentement, presque rêveusement, pendant qu'il prend peu à peu la mesure du désastre.

Ce n'est pas ce qu'il voulait dire, dit-il.

Tu me fais gerber, Louis, you make me sick, continue-t-elle, toujours aussi lentement, avant d'exploser soudain comme sous l'action d'une chaudière émotionnelle et de se mettre à crier en se jetant sur lui.

Il s'est reculé trop tard.

Il s'aperçoit brusquement qu'il saigne du nez et qu'il n'a même pas de mouchoir sur lui.

Submergée par une bouffée de haine, une envie de le tuer ou de le défigurer, elle se déplace autour de la pièce à une vitesse effrayante, le bras tendu comme un sabre.

Elle est en train de complètement dévisser, se dit-il, tout en s'efforçant de se protéger comme il peut.

Louis, you make me sick, recommence-t-elle après, en cherchant son souffle, appuyée à la table tandis qu'il s'éponge le nez avec une serviette. Tu n'as rien compris.

Mû par une sorte de curiosité clinique, Blériot s'est approché d'elle pour observer son visage déformé, à demi révulsé, qui lui évoque soudain celui d'une entité infantile, sournoise et détraquée.

Mais qu'est-ce qui t'arrive ? lui demande-t-il, de plus en plus inquiet, au moment exact où elle s'empare du téléphone pour le frapper en pleine figure.

Maintenant il saigne de la bouche.

Avant que les choses ne dégénèrent totalement, Blériot lui a attrapé le bras pour lui faire une clé derrière le dos et l'immobiliser contre le mur.

Elle se laisse alors glisser sur le sol et il a la sensation navrante en la voyant ainsi désarticulée par terre d'avoir tiré sur une biche.

Il l'a soulevée dans ses bras. Elle a fini par s'affaisser sur la banquette, sans doute assommée par l'alcool, et s'est blottie contre lui, appliquant son visage contre le sien et laissant couler tellement de larmes sur lui qu'on croirait qu'ils pleurent ensemble.

Tu es complètement folle, lui dit-il doucement pendant qu'il caresse ses cheveux et qu'elle continue de pleurer, la mâchoire pendante, comme si elle disait oui.

Dans un esprit de réconciliation, il s'est relevé pour aller dans la salle de bains lui chercher un tranquillisant avec un grand verre d'eau qu'elle a avalé sans ciller. Puis ils se sont mis à la fenêtre.

Un instant de répit, un pauvre et fragile instant de répit, s'est donc intercalé dans le continuum de leur souffrance, pendant lequel tous les deux retiennent leur souffle.

Ils sont à nouveau assis côte à côte sur la banquette du salon, tout à fait silencieux, saisis par une appréhension vague, télépathique, qu'il soit déjà trop tard parce que cette fois-ci ils sont allés trop loin.

C'est de ma faute, lui dit finalement Nora en enfonçant ses poings dans ses joues, dans un geste d'auto-mortification.

Je n'ai pas le droit de te traiter comme ça, ajoute-t-elle, that's not a way to behave, avant de se remettre à pleurer et à s'accuser, en hoquetant comme une gamine, d'être menteuse, égoïste, possessive, destructive – surtout destructive – et perversive.

Perversive est un défaut qui n'existe pas en français, la rassure-t-il en retournant chercher un autre verre d'eau et une serviette éponge afin d'essuyer son visage noyé de larmes et de lui frictionner le front et les tempes avec une lotion analgésique.

Maintenant calme-toi et essaie de dormir un peu, lui conseille-t-il, sans pouvoir s'empêcher – en fait, il est aussi malade qu'elle – d'observer ses petits seins pantelants, qui montent et descendent sous l'étoffe de sa robe.

Tu as toujours envie de moi ? lui dit-elle tout à coup en tournant vers lui ses yeux noisette très clairs, d'une clarté sans issue qui lui fait peur.

Je ne sais pas pourquoi tu me demandes ça, se défend-il, acculé au mur avec une érection de pendu.

Parce que je me pose la question.

Il l'emmène dans la chambre et l'allonge sur le lit en enlevant sa petite robe – elle se débat mollement avec ses jambes –, conscient que ce n'est pas du tout ce qu'il devrait faire, que ce n'est pas la réponse appropriée et qu'elle risque au contraire d'être encore plus perdue qu'avant.

Mais il est si perdu lui-même qu'il ne voit pas ce qu'il pourrait faire d'autre à cet instant.

Plus tard, au milieu de la nuit, Blériot s'est tourné vers elle et lui a soufflé dans le creux de l'oreille : Je te quitte ! comme une balle tirée à bout portant – bang ! – qui traverse son cerveau endormi.

39

Murphy n'a rien dit. Il s'est contenté de la regarder pencher la tête en chipant des cerises dans un plat en grès blanc posé sur la table du jardin. Les autres, lui semble-t-il, parlaient autour d'eux de la récente conversion de Tony Blair à la sainte Église catholique romaine.

Vous en voulez une ? lui a-t-elle proposé en lui montrant le plat. Elles sont parfaites.

Il a donc tendu la main pour attraper une poignée de cerises noires, et son bras droit par inadvertance a effleuré le sien.

C'était trois fois rien, pourtant, aujourd'hui encore – c'est son côté hypermnésique –, Murphy se souvient très exactement de cet instant. En particulier du duvet doré de son bras et du léger picotement qu'il a ressenti à son contact, semblable à un petit signal électrique.

Comme elle essayait d'écouter la conversation sur Tony Blair et qu'il détestait Tony Blair, même en néo-catholique, il lui a fait remarquer que sa robe bleue avait des nuances aussi changeantes que la robe du Temps que portait Peau d'Âne, et elle est tout de suite rentrée dans sa coquille.

Il lui a dit aussi, sans se laisser démonter – il a du mal à se reconnaître –, qu'il adorait depuis toujours les films de Jacques Demy, tout en ignorant au demeurant si les Français prononcent demi ou daimi.

Demi, a-t-elle dit en crachant un noyau de cerise dans sa main.

Avec son long cou et ses yeux bruns, elle avait manifestement ce genre de beauté – mais cela, il ne le lui a pas dit – qui instille dans le cœur des hommes le regret des vies qu'ils ne vivront jamais.

Il savait donc à quoi s'en tenir.

Il n'empêche que lorsque les autres se sont levés pour aller se promener jusqu'à l'étang et qu'elle a fait mine de les suivre, il lui a aussitôt emboîté le pas, assoiffé par sa fraîcheur. Comme s'il était lui-même un été torride et mélancolique.

Ils marchaient par groupes de deux ou trois – Tyron et ses enfants en tête – dans la paix lyrique d'un après-midi anglais, au milieu des chants d'oiseaux et des bourdonnements d'insectes.

Dans sa mémoire toute subjective, il lui semble que ce jour-là l'air était extraordinairement léger, les arbres lumineux, les courants rapides.

Il a fini par apprendre – elle n'était pas précisément du genre loquace – qu'elle s'appelait Nora Neville et qu'elle était la sœur de Dorothée, la meilleure amie de Tyron.

Je crois qu'elle travaille dans la même boîte que lui, a-t-elle ajouté en désignant une petite brune devant eux qui portait une robe à fleurs et une sorte de canotier rose.

Et vous, vous venez d'arriver à Londres ? lui a-t-elle demandé par pure politesse.

Il ne sait plus ce qu'il lui a répondu.

À cette époque, il vivait depuis presque un an à Londres avec Elisabeth Carlo, et il imagine qu'il a dû rester assez évasif.

Il se souvient en revanche très bien que, sans rien avoir prémédité, ils se sont retrouvés distancés du groupe de tête tandis que ceux qui fermaient la marche avec Max Barney avaient dû rebrousser chemin ou couper à travers champs.

À un moment donné, ils se sont arrêtés devant une clôture électrique, frappés par le silence qui régnait à cet endroit.

Une troupe de biches couchées en haut du pré les observaient passionnément par-dessus la pointe des herbes, entourées de cinq ou six lièvres gris et d'un cheval noir aux sabots barbus, comme si toutes les bêtes des champs et des bois retenaient leur souffle au passage de cette fille, qu'elles prenaient peut-être pour Julie Andrews.

J'ai peur que les autres ne soient en train de nous attendre, lui a-t-elle dit à voix basse comme pour ne pas les effaroucher.

D'après lui, il devait rester au maximum un ou deux kilomètres pour arriver jusqu'à l'étang.

Chemin faisant – ils traversaient de biais une prairie verte, avec des courbes aussi douces qu'un terrain de golf –, elle lui a quand même raconté qu'il n'y a pas si longtemps elle était partie vivre en France, un peu comme on part à la recherche de soi – elle avait des ancêtres français –, et qu'après huit mois passés à Paris elle n'était pas plus avancée. Elle ne savait toujours pas qui elle était, ni ce qu'elle voulait vraiment.

Et qu'est-ce que vous faisiez toute seule à Paris? lui a-t-il demandé innocemment, avant de se rendre compte que – timidité ou stratégie d'évitement – elle avait la manie curieuse de ne jamais répondre directement à ses questions et de ne pas terminer ses phrases.

Quoi qu'il en soit, question après question, comme dans ces jeux où on relie des points numérotés pour former un dessin complet, Murphy a vu apparaître l'image d'une fille étrange, assez instable, à la fois délurée et bizarrement taciturne – elle venait apparemment de quitter un garçon –, affectée d'un coefficient narcissique très élevé.

Alors, pourquoi n'a-t-il pas fait machine arrière? Qu'est-ce qui n'a pas fonctionné dans son système de détection?

Pourquoi aucune sonnerie d'alarme ne s'est-elle déclenchée pour le prévenir qu'il allait autant souffrir?

À cet instant – ils avaient rejoint Tyron et son groupe au bord de l'étang –, le contraste entre les banalités qu'ils étaient tous les deux obligés d'échanger avec les autres et

275

leur intimité silencieuse était sans doute trop nouveau, trop excitant pour qu'il ait envie de se projeter plus loin.

La seule chose dont il était sûr, c'est qu'il vivait sans doute ses derniers jours avec Elisabeth Carlo.

Je savais que je vous trouverais là, lui dit Borowitz, qui vient d'apparaître sur la terrasse. On réfléchit toujours mieux à l'air libre.

Je ne sais pas, dit Murphy, encore perdu dans sa transe de souvenirs.

En tout cas, j'espère que vous allez prendre la bonne décision et que je pourrai compter sur vous en septembre.

J'imagine que oui, répond-il en jetant un regard circulaire sur les toits des immeubles – le ciel est d'un bleu océanique – et les façades en verre alignées le long des quais.

À l'est, du côté de Canary Wharf, les chiffres des cotations boursières continuent de défiler sur la tour de l'agence Reuters comme si de rien n'était.

Alors, je vous quitte rassuré. Je suis convaincu qu'on se retrouvera tous les deux à Philadelphie, lui dit Borowitz en lui broyant la main d'émotion.

En bas, ses collègues expédient les affaires courantes et commencent à faire leurs cartons tels des fonctionnaires démissionnés. La cafétéria est quasi déserte.

Depuis que Mlle Anderson a été hospitalisée – on parle d'une embolie –, son petit bureau ressemble à un musée où tout a été soigneusement gardé en l'état, son ordinateur, ses crayons, son agenda, sa cartouche de Lucky Strike et la photo de son chat Pigalle.

On dirait que le vide s'ajoute au vide.

Murphy passe le reste de l'après-midi, tendu et esseulé, à trier des dossiers sur son écran, jusqu'à ce que Kate Meellow débarque par surprise.

Officiellement, et pour dix-huit jours encore, j'appartiens toujours à cette maison, lui fait-elle remarquer en s'asseyant sur un coin de son bureau et en exigeant qu'il lui raconte par le menu les derniers événements le concernant.

Je crois que je vais aller à Philadelphie, lui dit-il d'un air sombre pendant qu'il range ses affaires dans sa sacoche.

Naturellement, c'est toi qui décides, mais j'ai lu qu'à New York les anciens traders en sont réduits à vendre des chemises chez Bergdorf Goodman.

Alors, je vendrai des chemises, dit-il une fois dans la rue en s'apercevant qu'il a un texto de Nora (Murphy, I need you urgently).

Elle est donc bien à Londres comme l'avait prédit Vicky.

De retour chez lui, Murphy, repris par ses supputations analytiques, se demande si Nora essaie de lui faire entendre qu'elle a besoin de lui en personne, ou si c'est juste une façon malicieuse de faire appel à sa charité et de lui réclamer deux ou trois mille dollars.

Si c'est le cas, comme il le pense malheureusement, il ajoutera mille dollars de bonus, afin qu'elle comprenne que la charité est toujours plus forte que la malice et la vénalité.

Ensuite, libre à elle de s'entêter à penser le contraire.

Il lui aura donné tout ce qu'il pouvait lui donner.

40

Il lui a téléphoné toute la journée, puis s'est résigné à laisser un message sur son répondeur. Le lendemain matin, il a recommencé dès neuf heures, sans trop y croire, appelant cette fois-ci le numéro de la maison.

Raymond speaking, a répondu soudain une voix d'homme d'un ton fatigué, avant de raccrocher, croyant sans doute à une erreur.

Blériot est resté un moment le bras tendu, son téléphone changé en bloc de glace, puis il s'est dépêché de se préparer et s'est rendu au pas de course aux Lilas, avec le sentiment de vivre dans une récapitulation continuelle.

Une grosse voiture noire est garée, portières ouvertes, devant l'entrée de la maison, tandis qu'un homme en pantalon de velours est enfoncé jusqu'à mi-corps à l'intérieur du coffre.

De l'autre côté de la voiture, les bras chargés de paquets de vêtements, une grande blonde à lunettes le regarde approcher d'un œil soupçonneux.

Nora n'est pas là? lui demande-t-il en se présentant.

Je pense qu'elle a dû filer avant-hier matin à l'heure du laitier. Quand on est arrivés, la maison était vide et la cuisine dans un état abominable, lui raconte-t-elle avec un petit rire sardonique qu'il trouve déplaisant.

Je suis sa cousine Barbara, précise-t-elle. C'est bien ce qu'il pensait.

Par-dessus la haie – les roses sont fanées – il aperçoit sur la pelouse des cadavres de bouteilles dépassant d'une caisse en bois, à côté de piles de livres et de revues laissées à même le sol.

À l'arrière-plan, une chaise longue qu'il n'avait jamais remarquée est restée posée au milieu du jardin.

Raymond Hemling, dit l'homme en sortant du coffre.

Vous avez une idée de l'endroit où elle est allée ? leur demande Blériot tout en continuant d'observer la chaise vide.

(Il l'imagine en train de lui dire : De quoi te plains-tu, Louis ? Tu as eu ce que tu voulais.)

L'homme et la femme se concertent un instant du regard, avant de hausser les épaules comme pour lui signifier qu'à présent c'est franchement le cadet de leurs soucis.

En toute logique, elle devrait être retournée à Londres squatter l'appartement de sa sœur ou d'un de ses petits amis, pronostique la cousine Barbara en lui jetant un regard inquisiteur.

Mais il n'a pas bronché.

Il est au contraire plutôt détaché, presque fanfaron, appuyé au capot de la voiture, son petit cigare au coin des lèvres, pendant que Raymond transpire à grosses gouttes en se coltinant les cartons.

Il sait pourtant parfaitement – mais ailleurs, dans un autre circuit de sa conscience – qu'il est très probable qu'il ne reverra plus Nora aux Lilas, et que, les lois de la probabilité n'étant pas plus négociables que celles de la gravité, il ne lui restera bientôt plus que les yeux pour pleurer.

Tandis qu'il les observe en train de vider la maison – qu'est-ce qu'ils veulent en faire ? –, Blériot sent d'un seul coup jaillir sa souffrance comme d'une artère sectionnée.

Ensuite, elle coule à jet continu.

Il a juste le temps de s'éloigner de quelques pas et de se plier en deux pour retrouver sa respiration.

Allez, bonne chance, mon vieux, lui crie Barbara en lui décochant le coup de pied de l'âne au moment de monter en voiture.

Le soir, Blériot est assis dans une chambre d'hôtel en face de la télévision, les jambes étendues sur son lit, la télécommande à la main, aussi privé de réaction qu'un homme en état de mort cérébrale.

Il a marché en état de choc jusqu'aux Buttes-Chaumont – Léonard était absent ou endormi – puis il a continué tout droit et il est entré dans le premier hôtel qu'il a trouvé.

Maintenant, il boit sa bière au goulot en regardant des images de l'espace extra-atmosphérique.

Au moment de remonter dans leurs fusées, les deux astronautes tournent sur eux-mêmes en apesanteur et s'observent très longuement – une lumière rouge cobalt éblouit un instant leurs visières –, puis ils se font un tout petit signe de la main et chacun regagne alors lentement son vaisseau spatial, conscient qu'ils ne se reverront plus.

Blériot a éteint la télévision avant de jeter ses chaussures sur le parquet et de s'allonger, la tête renversée dans l'obscurité, pour rêver à son malheur.

Les yeux fixés sur la fenêtre blanche, il reste éveillé sur le lit, les bras le long du corps, en proie à cette pensée lancinante, aussi régulière qu'une goutte d'eau tombant dans un seau : Nora est partie et il va vivre sans elle.

Il a le pressentiment qu'il n'y arrivera pas. Il fera trop froid.

L'obscurité tombera à midi et le vent arctique soufflera dans les rues désertées. Les canalisations éclateront, l'herbe poussera dans les craquelures du ciment, les gens boucheront toutes les issues avec des matelas et, à la fin, les animaux transis se coucheront pour mourir, sans avoir connu Nora.

Le monde sans elle ressemblera à ça.

Dans cet état quasi hallucinatoire, il trouve la force de se redresser pour aller à la fenêtre aspirer un peu d'air frais – le chagrin lui donne la nausée –, tandis que de l'autre côté du boulevard, dans le monde endormi, le métro aérien éclaire les frondaisons des arbres jusqu'à Stalingrad.

Ses yeux filtrant l'obscurité, Blériot remarque alors la présence d'un taxi garé en bas de la rue, sa veilleuse allumée, sa portière avant entrouverte, pendant que le moteur continue de tourner.

Elle l'attend peut-être à l'intérieur.

Il faudrait que j'y aille, se dit-il à retardement au moment où la voiture démarre – la nuit se refermant derrière elle.

Parce que le désespoir a son accélération propre, Blériot tombe ensuite dans une sorte de stupeur, couché en travers du lit, pendant que ses dents se mettent à claquer comme s'il riait.

01 : 07 indique à cet instant l'écran numérique.

Le pic de la crise doit être passé. Des gens regagnent leur chambre. Il entend par intervalles le bruit de l'ascenseur qui monte et descend dans sa cage vitrée comme un pendule hypnotique.

Sans s'en rendre compte, il s'est retourné sur le ventre, les deux bras tendus devant lui, de part et d'autre de son oreiller, tel un nageur équipé d'un tuba fendant avec un discret battement de pieds des eaux noires et silencieuses, avant de s'enfoncer palier par palier dans des fosses pélagiques.

Il se réveille au lever du jour, les muscles raidis à cause de ses prouesses natatoires, et compose immédiatement le numéro de sa femme – puisqu'il est encore marié – de peur qu'elle ne soit partie à sa recherche. Elle a dû éteindre son portable.

En attendant de la rappeler, Blériot regarde le lit vide avec la forme de son corps dessinée au creux des draps comme s'il prenait une empreinte de sa disparition, puis se rendort sur sa chaise.

41

Quand il rentre chez lui et qu'il se retrouve en face de sa femme dans le salon, il a la sensation étrange, glaçante par sa précision d'arriver trop tard.

Tout en échangeant une accolade un peu raide, Blériot lit sur son visage une expression de tristesse et de solennité qui lui fait peur.

Elle est assise de guingois sur le bord de la banquette, les mains posées à plat sur ses genoux, les yeux cachés derrière ses lunettes noires, et elle attend manifestement qu'il lui fournisse des explications.

À son silence, Blériot devine qu'il va passer un mauvais quart d'heure et que cette fois-ci il n'y aura pas d'échappatoire.

Hier soir, commence-t-il en s'éclaircissant la voix, je me suis senti très mal et j'ai préféré ne pas rentrer. J'ai pris une chambre d'hôtel dans le quartier de Stalingrad. En réalité, j'étais complètement perdu.

Qui a deux maisons perd la raison, lui rappelle-t-elle, presque égayée.

Je suppose que ta belle Anglaise était avec toi.

Il fait non de la tête tandis que quelque chose de sombre et de froid le traverse comme un souvenir désolant.

Justement, se défend-il dans une sorte de sursaut, à propos de Nora, il lui en a sans doute trop dit ou pas assez.

En fait, ils se sont définitivement séparés et c'est la raison pour laquelle – pour une fois au moins, il ne lui ment pas – il n'a pas eu la force de rentrer hier soir.

Je suis censée te consoler? lui demande-t-elle en se levant pour attraper son paquet de cigarettes.

Blériot fait à nouveau non de la tête, conscient qu'il n'y aura plus de consolation pour personne.

Depuis tout à l'heure, il a d'ailleurs le sentiment qu'un climat de détresse généralisée flotte au-dessus d'eux.

Tu sais, Louis, en t'attendant cette nuit j'ai pris une décision, lui dit-elle alors, sur un ton si grave qu'il a la gorge qui se noue.

Une décision difficile, parfaitement unilatérale et dont la responsabilité m'incombe entièrement, reconnaît-elle, mais j'en ai trop supporté et j'ai désormais envie d'être tranquille.

Pendant qu'elle esquisse un bilan sommaire de leur vie de couple et de la faillite qui en a résulté, Blériot l'écoute sans bouger, appuyé à la cloison, les muscles paralysés, sentant le sang passer goutte à goutte dans ses veines.

Il compte les secondes.

Pour être tout à fait franche, lui dit-elle, à une époque j'ai regretté de ne pas avoir eu d'enfant avec toi, mais à présent je ne le regrette plus, je pense que tu aurais été un père lamentable.

Sabine, tu ne sais plus ce que tu dis.

C'est vrai, je ne sais plus ce que je dis.

En tout cas, conclut-elle, j'ai décidé qu'à mon retour de chez mes parents – je dois y passer deux ou trois jours – tu aurais plié bagages et quitté l'appartement.

C'est la solution qui me semble sincèrement la plus raisonnable pour nous deux, ajoute-t-elle en détachant chaque syllabe.

Deux ou trois jours, répète-t-il, collé au mur par la douleur à la manière d'un papillon brûlé.

Et après ?

Ils seront restés ensemble dix ans, moins deux ou trois jours.

Si tu veux du café, il est sur la table, lui dit-elle.

Depuis longtemps évidemment l'événement menaçant projetait son ombre sur eux, mais Blériot faisait à chaque fois semblant de ne pas la voir.

Malgré son pessimisme ou son cynisme, il ne pouvait pas réellement croire qu'ils se sépareraient un jour et qu'ils n'échapperaient pas eux non plus à la banalité désolante de cette fin.

Tout compte fait, on n'est pas plus malins que les autres, lui fait-il observer pour la détourner un instant de ses projets et entamer un débat dépassionné sur les incertitudes de la vie conjugale.

Je n'ai pas prétendu que nous étions plus malins que les autres, lui répond-elle pendant qu'elle se recoiffe devant la glace de la salle de bains.

Nous étions seulement plus malheureux. C'est d'ailleurs la raison pour laquelle on ne recevait jamais personne. Tu t'en souviens?

Il s'en souvient.

Ce qu'il trouve absurde et injuste, lui dit-il, en parlant à son tour avec une lenteur intentionnelle, c'est qu'ils vont se quitter au moment précis où il est guéri, repenti, et où ils pourraient tout recommencer ensemble, ici ou ailleurs, à l'étranger.

Mais on a passé notre vie à recommencer, l'interrompt-elle, et tu sais très bien que ce sont des mots.

Je me trompe ou je ne me trompe pas?

Blériot est derrière son dos, assis sur le rebord de la baignoire, et tous les deux à cet instant s'observent dans le miroir. Chacun fixant le reflet de l'autre comme s'il s'adressait à son double, à celui qu'il a aimé et perdu et dont il cherche le regard dans la profondeur de la glace.

Tu as encore quelque chose à me dire? lui demande-t-elle d'une voix neutre.

Non, reconnaît-il, avec l'impression d'entendre ce petit déclic qui signale que le présent vient de se changer en passé.

288

Juste un mot, réagit-il au dernier moment.

Il voudrait s'excuser, avant qu'elle parte, de l'avoir tellement mal aimée et lui promettre qu'il l'attendra aussi longtemps qu'il pourra, pendant des années s'il le faut.

Mais tu m'as déjà promis tout ça des dizaines de fois et, de toute façon, je n'ai plus aucune envie d'être attendue, lui confie-t-elle en s'écartant.

C'est quand même dur pour un seul homme, remarque-t-il avec un sourire forcé, d'être à la fois licencié et frappé d'expulsion.

C'est comme ça, fait-elle en le regardant tout à coup, sans colère, sans reproches, mais sans vouloir qu'il ajoute un mot de plus.

Alors il ne dit plus rien.

Bon, il faut que je me dépêche, lui annonce-t-elle comme si la cause était entendue et qu'elle avait autre chose à faire.

Dehors, les rafales de pluie et la lumière plombée au-dessus de la rue de Belleville ajoutent à présent à l'atmosphère de débâcle qui règne dans tout l'appartement.

Blériot, qui se tient à la fenêtre, sans savoir quoi faire de sa personne, est encore tenté de l'arrêter, de la saisir à bras-le-corps pour l'embrasser, mais entre la lenteur de sa réaction et la hâte qu'elle met à boucler son sac de voyage, il est manifeste que le temps se meut maintenant à deux vitesses différentes et qu'il a peu de chances de la rattraper.

Sabine, reviens ! crie-t-il bêtement dans l'escalier. À son air étonné quand elle tourne la tête, il comprend subitement qu'il n'existe plus pour personne.

À la fin – son taxi est parti sous la pluie –, il se retrouve courbé en deux dans les toilettes, pantalon baissé, la langue arrachée comme un chien.

En fin d'après-midi, il a cessé de pleuvoir. Son immense voisin africain et un de ses amis ont passé la tête par l'ouverture du toit à la manière de deux astrologues.

Heureux, les astrologues.

Blériot pendant ce temps-là contemple les affaires de sa femme étalées autour de lui, ses sacs, ses chaussures, ses piles de dossiers, ses boîtes de photos, son catalogue Pistoletto, avec le sentiment d'un gâchis effarant.

Bientôt il quittera l'appartement sur la pointe des pieds, en lui laissant un mot d'adieu sur son bureau et en remettant les clefs à la concierge, et ensuite il ne restera plus rien de leur vie commune, absolument plus rien, comme si la rencontre de leurs deux trajectoires n'avait été qu'une illusion d'optique.

Seul leur malheur subsistera peut-être après eux, à la façon d'un corps en suspension dans l'air des pièces.

En attendant de décider où il ira, Blériot, qui n'a pas envie de rester une minute de plus dans cet appartement, empile ses maigres possessions dans une valise, plus quelques effets personnels, un ordinateur et deux dictionnaires qu'il garde avec lui – elle se débrouillera du reste – avant de déposer la valise dans le coffre de la voiture et de faire demi-tour.

Quand il sort du garage, le chagrin lui tombe dessus comme une lame de lumière. Il l'avait presque oublié.

Le ciel est à nouveau bleu, l'air printanier.

Il s'arrête un instant place de la République, le temps de reprendre ses esprits et d'ajuster ses écouteurs – il lui reste tout de même Massenet –, puis se dirige à pas lents, circonspects, vers les Grands Boulevards tout en regardant son image disparaître dans l'ombre des vitrines.

42

Entre deux engagements, j'irai peut-être te voir à Philadelphie, lui dit-elle en lui prenant la main.

Murphy a ouvert la bouche pour parler, puis s'est tu, déconcerté.

Elle lui paraît si méconnaissable, si différente en tout cas d'il y a quelques mois, qu'il est obligé de faire en hâte toute une série de réglages et de transpositions afin de retrouver le fil de leur histoire.

Ils marchent côte à côte dans les allées de Hyde Park, au milieu des pelouses remplies de jonquilles et de crocus, tandis qu'en contrebas des couples matinaux canotent sur la Serpentine.

Visiblement, Nora y prête à peine attention.

Depuis tout à l'heure elle lui parle de ses projets d'actrice – elle est juste venue faire un saut à Londres – et des personnalités qu'elle fréquente dans le monde du théâtre et avec lesquelles elle est paraît-il à tu et à toi.

Ta patience va être enfin récompensée, la félicite-t-il en s'efforçant de lui sourire gentiment.

Robert Wilson, lui confie-t-elle alors avec des airs de conspiratrice, lui a téléphoné de New York pour lui annoncer qu'il voulait à tout prix qu'elle joue le rôle d'Anne-Marie Stretter cet automne.

C'est sans doute condamnable, mais je ne sais absolument pas qui est Anne-Marie Stretter, ni Robert Wilson, s'excuse Murphy.

Ensuite, si tout se passe comme prévu, continue-t-elle sans l'écouter, elle sera la jeune fille Violaine à l'Odéon.

La jeune fille Violaine à l'Odéon, répète-t-il en écho, en ayant l'impression de sentir la rotation glaciale de la terre sous ses pieds.

La voix de Nora, son excitation, son débit inquiétant, lui rappellent soudain une certaine époque de leur vie, où ses maussaderies et ses moments d'abattement étaient régulièrement suivis d'accès de gaieté un peu exaltée qui le mettaient déjà au supplice.

Rétrospectivement, Murphy se rend compte qu'en fait il l'a toujours trouvée préoccupante.

Sans parvenir à décider à cet instant, à cause de son mélange habituel d'incertitude et de temporisation, s'il doit lui dire la vérité avec amour, comme le recommandait saint Paul, ou la laisser à ses divagations, en espérant qu'un reste de bon sens la ramène un jour à la réalité.

Nora, j'ai un peu peur pour toi, lui dit-il finalement. Peur pour moi? s'étonne-t-elle. Pourquoi tu dis ça?

Je ne sais pas, une intuition, dit-il en renonçant à s'expliquer, pendant qu'ils continuent à marcher côte à côte sur les pelouses.

Pour la première fois depuis qu'il la connaît, Murphy n'éprouve plus rien en sa présence qu'un sentiment de pitié et de découragement. Malgré sa pâleur d'anorexique, elle a gardé une sorte de beauté poignante qui le dévaste.

Il aimerait pouvoir se dire qu'elle a fait de sa vie ce qu'elle a voulu et que ce n'est plus son problème.

Elle est en train de lui raconter – c'est sans doute pour cette raison qu'elle voulait le revoir – une histoire confuse à propos d'un cachet qu'elle n'a toujours pas touché et d'un loyer qu'elle doit impérativement régler sous peine de perdre son appartement.

C'est une grosse somme ? l'interrompt-il, pressé d'abréger leur tête-à-tête, tout en essayant de lui faire entendre que lui non plus ne mène pas la vie de château.

Deux mille cinq cents, dit-elle en baissant la voix.

Si tu veux, je peux te donner un peu plus, lui propose-t-il en sortant son carnet de chèques.

Pendant deux secondes, deux petites secondes de consolation, il aperçoit sur ses lèvres l'irradiation de son sourire.

Puis c'est terminé.

Leur histoire est derrière eux.

Après l'avoir gratifié d'un baiser de pure forme, Nora est partie et Murphy avec un serrement de cœur la regarde longuement marcher à travers le parc, tournant la tête dans tous les sens comme une corneille désorientée.

Son sac à dos suspendu à l'épaule, il longe les grilles du parc en sentant le vent humide s'enrouler autour de ses jambes. Hormis quelques promeneurs matinaux, les Buttes-Chaumont sont vides, les balançoires bâchées, les jardiniers occupés à leurs plantations.

Il est un peu plus de neuf heures. Tannenbaum l'attend sur le palier en robe de chambre, le corps penché par-dessus la rampe.

Blériot, mon mignon, je me faisais du souci pour toi. Pourquoi tu n'es pas venu hier soir ? Tu sais que je dois partir.

Je t'expliquerai tout à l'heure.

Les bagages sont empilés dans le couloir, les clefs accrochées bien en évidence derrière la porte, avec le mode d'emploi des appareils et les numéros d'appel en cas d'urgence.

J'ai prévenu la gardienne, elle t'apportera le courrier. Maintenant tu es chez toi, lui dit paternellement Léonard en se laissant tomber dans un fauteuil avec une petite grimace de douleur.

Blériot remarque ses jambes enflées, son cou de roseau, ses grandes oreilles transparentes comme des oreilles en cire, mais sans faire de commentaires, ni chercher à le persuader de remettre son voyage à plus tard quand il ira mieux.

Car il sait qu'il n'ira pas mieux.

Parle-moi plutôt de tes déboires amoureux, lui dit Léonard, qui est en train de deviner ses pensées.

Tu te souviens que je suis ton directeur de conscience attitré.

Sauf que le matin, comme ça, au saut du lit, avec son sac et ses dictionnaires sur les bras, il n'a pas franchement envie d'aller à confesse.

J'aimerais que tu me fasses d'abord un café, Léo.

Alors ? dit son directeur. Tu sais que je suis curieux et que je ne te lâcherai pas comme ça.

C'est une histoire épuisante, lui dit Blériot, qui préfère commencer directement par la fin : il est donc désormais un homme seul, plaqué par sa maîtresse et expulsé de son domicile par sa femme – il savait depuis toujours que la revanche de l'une entraînerait celle de l'autre –, et il a pour la première fois l'impression d'avoir atteint le trente-sixième dessous.

Ce qui est une expérience difficile, mais instructive, reconnaît-il.

Tu vois, mon joli, j'ai peur de ne pas très bien comprendre ta mélancolie hétérosexuelle, dit Léonard. Je dois décidément appartenir à une autre espèce animale, avec d'autres plaisirs et d'autres manières de souffrir.

En plus, reprend Blériot, qui n'en croit pas un mot, je me retrouve à présent avec, en tout et pour tout, deux chemises, une paire de chaussures et cinquante-sept euros sur mon compte en banque.

Je t'ai laissé quelques billets dans le tiroir de la commode, mais si ça ne te suffit pas, tu peux me demander ce que tu veux, lui fait observer Léonard, qui a l'air persuadé qu'il s'agit chez lui d'une monomanie.

Cinq cents, ce serait trop ? demande Blériot, au moment précis où dans un parc de Londres Nora est en train de faire les poches de Murphy – on dirait un couple de tapeurs professionnels en action.

Blériot, tout comme sa complice, empoche sans broncher le chèque de cinq cents, dont il distrait déjà mentalement la moitié pour parer au plus pressé, tout en écoutant Léonard lui raconter en s'habillant les détails de sa nouvelle idylle – c'est son côté cœur d'artichaut – avec Omar et Samir.

Il s'agit apparemment de deux cousins à la mode de Bretagne, officiellement étudiants, vaguement footballeurs, qui lui ont proposé de l'accueillir dans leur maison de Casablanca.

En dehors du temps que je consacre à ces garçons, ma vie me paraît nulle, lui avoue Léonard devant son air sceptique.

C'est toi le seul juge, mais je te conseillerais quand même, vu ton état, d'être prudent.

J'y ai pensé, figure-toi

Il va me falloir te quitter, mon tendre et faible ami, lui dit alors Léonard, redevenu très grand siècle, et les périls où nous sommes tous les deux rendent cette séparation bien contrariante.

Je suis convaincu que tout se passera bien, le rassure Blériot en transportant ses affaires sur le palier, pendant que Léonard, qui se croit obligé de voyager déguisé comme le Chat botté, met sa pèlerine et son grand chapeau.

297

Tu sais, mon beau, lui dit-il en l'embrassant, j'aurais aimé finir ma vie avec toi.

Ne dis pas ça.

J'avais envie de te le dire. Et de toute façon ça ne fait pas mourir, que je sache.

Non, dit Blériot.

Quelques minutes plus tard, il se retrouve seul, assis sur une chaise du salon, les yeux perdus dans la lumière aquatique de la matinée.

43

Il dort sans arrêt. Certains jours, il dort douze à quinze heures de rang, recroquevillé sur le lit, les cheveux collés par la transpiration, en proie à une léthargie glaciale. On dirait qu'en même temps qu'il refuse de se réveiller, sa température intérieure ne cesse de descendre degré par degré et ses extrémités de se refroidir.

Ce sont probablement quelques-unes des conséquences psychophysiologiques – mais il se sent trop fatigué pour y réfléchir – causées à son organisme par le chagrin.

Depuis des jours les rideaux sont tirés, la porte fermée, l'interphone débranché. La chambre où il dort dans le fond de l'appartement est aussi hermétique et silencieuse qu'un caisson de privation sensorielle.

Un réveil digital projette l'heure au plafond (02 : 13… 11 : 03… 17 : 12… 04 : 21.) comme s'il tournait en orbite autour de la Terre à la place de la chienne Laïka.

De temps à autre, quand la sonnerie du téléphone parvient à le réveiller – ce n'est jamais pour lui –, Blériot se lève en grelottant pour faire quelques pas dans l'appartement et reste un moment posté à la fenêtre tel un spationaute embusqué derrière son hublot. Dehors, il pleut sans discontinuer.

Après avoir bu une tasse de thé, il retourne aussitôt se coucher, pelotonné dans ses draps chiffonnés, fermant les yeux et poussant avec les pieds pour s'enfouir à nouveau dans la tiédeur amniotique du sommeil, jusqu'à ce qu'il se sente peu à peu basculer dans les spirales d'un entonnoir obscur.

Et il repart pour une révolution supplémentaire.

Parfois, il se réveille de lui-même au beau milieu de la journée, tourmenté par un mal de crâne qui lui donne tout à coup la sensation de penser avec un seul hémisphère. Il se résout à absorber deux ou trois aspirines et à prendre une douche brûlante.

Quand la souffrance a disparu, beaucoup plus tard, il lui arrive alors de se brosser les dents – il a les incisives jaunies comme celles d'un animal – puis de se raser, fenêtre ouverte, dans la rumeur de l'après-midi, avec le calme et la lenteur d'un opiomane.

Il en profite au passage pour explorer l'armoire à pharmacie de Léonard et lui dérober un peu de valium.

En attendant de se rendormir, Blériot retourne s'étendre sur le lit, les mains jointes sous la nuque, saisi épisodiquement d'un désir sexuel sans objet comme quand il avait treize ou quatorze ans.

Au train où il régresse, il n'est d'ailleurs pas impossible qu'il finisse bientôt grabataire, abandonné de tous, le corps et l'âme sclérosés, et l'esprit envahi de préoccupations libidinales primaires.

Et, en tout état de cause, il sait qu'il l'aura bien cherché.

Un jour, il ne dort plus. Il a épuisé son compte de sommeil.

Il reste encore allongé sur les draps, détaché, un peu dolent, le regard tourné vers l'interstice entre les volets qui laisse passer un mince rectangle de lumière grise.

Par instants, il entend un rire de fillette au troisième ou au quatrième, qu'il écoute tinter – la netteté de ses perceptions le rassure sur son état mental – à la façon d'une petite clochette secouée par le vent.

Dehors, il pleut si légèrement, si imperceptiblement, qu'il est obligé de tendre le bras pour s'en convaincre, tout en s'aérant le visage.

On dirait que depuis qu'il n'espère plus rien et n'attend plus personne, le monde lui est enfin rendu dans son objectivité, avec ses rues vides, ses chiens mouillés, ses couples inconnus, ses arbres en fleurs, et que son champ de conscience s'en trouve subitement élargi.

S'il ne passait pas ses journées à se demander à quoi il va bien pouvoir occuper son temps, il serait presque heureux.

Il fait parfois quelques courses à la supérette du coin, au bas de la rue de Meaux, de préférence en fin de matinée, parce c'est l'heure des paresseux, des désœuvrés, des asociaux, et que, l'un dans l'autre, il se sent un peu appartenir à la même famille.

Comme eux du reste il a une prédilection pour ces interminables séries américaines qu'il regarde en boucle à la télévision, en se disant que tant qu'il ne saura pas le mot de la fin – ce qui n'est pas pour demain – il ne pourra rien lui arriver de grave.

Les rares jours ou il ne pleut pas, il se surprend au beau milieu de l'après-midi à retourner à pied aux Lilas, en empruntant exactement le même parcours qu'autrefois, en s'arrêtant aux mêmes endroits, comme s'il souffrait d'un ritualisme sans contenu.

Il demeure planté devant le portail de la maison, le front appuyé contre la grille – la pelouse est envahie d'herbes folles et de graminées –, tandis qu'il se souvient de ces soirs où Nora apparaissait dans l'encadrement de la porte, avec sa chemise deux fois trop longue ou son fichu sur la tête, à la manière d'une jeune paysanne russe filmée par Eisenstein.

Autour, le quartier n'a pas bougé, et il se fait quelquefois la réflexion qu'il n'a finalement aucune photo, aucune preuve qu'il n'a pas rêvé, et que s'il sonnait chez les voisins, on lui répondrait peut-être que la maison est inhabitée depuis des années.

Les jours passant, Blériot, grâce à son étrange capacité à rebondir, est finalement sorti de cette crise post separationem assez abattu mais intact, en préservant l'intégralité de ses moyens.

Comme il se sent depuis quelque temps un peu plus vigoureux, en tout cas plus proche de son état normal, il a même rallumé son ordinateur.

Il traduit à raison de trois ou quatre heures par jour une communication américaine sur certaines dégénérescences de l'appareil neurovégétatif – on croirait que c'est écrit pour lui – remplie de termes aussi ésotériques que les procédés de neurochimiotactisme ou les microtubules colloïdaux, qu'il aligne tranquillement sans se poser de questions.

Pour se donner un peu de cœur à l'ouvrage et stimuler son propre système moteur, il fume et boit à peu près sans discontinuer tout en écoutant en fond sonore Duke Ellington et son grand orchestre.

Quand il relève par instants les yeux de son travail, il aperçoit, venue des allées des Buttes-Chaumont, la lumière assourdie, élégiaque, des fins de journée, et ces quelques minutes de beauté volées au temps social suffisent alors à son contentement.

Au milieu de cette vie terne, purgée des passions et disciplinée par le travail, il lui arrive même de se dire qu'il était né pour vivre seul et traduire des pages d'anglais, aussi sûrement que les martinets perchés dans les arbres du parc sont nés pour gober des insectes.

Le soir, il fume paisiblement à la fenêtre en même temps que les gens assis aux terrasses ou sur les bancs de la rue Manin – c'est une vraie petite société –, chacun tirant sur sa cigarette comme s'ils communiquaient dans la pénombre par signaux lumineux.

Jusqu'à cette nuit de juin, où l'idée qu'il lui faut absolument aller à Londres pour retrouver Nora – idée qui devait être enfouie depuis des semaines dans les lobes obscurs de son cerveau – lui traverse l'esprit à la vitesse d'une étoile filante au moment où il referme la fenêtre.

44

Le lendemain – au commencement était l'action –, il a réservé une place pour Londres sur une compagnie low cost, écrit un mot de remerciement pour Léonard, arrosé ses plantes en pot et nettoyé de fond en comble son appartement en ouvrant toutes les fenêtres en grand.

Une fois les pièces aérées, exorcisées, Blériot rassemble alors ses petites affaires et file jusqu'au garage de la rue de Belleville – en principe, sa femme est en Allemagne – afin d'y déposer ses biens et de récupérer sa valise dans le coffre de la voiture.

Tout à son désir de régénération, il s'accorde même un déjeuner copieux dans une brasserie et se dépêche ensuite de prendre le métro pour rejoindre Roissy CDG.

Quitter la France ressemble subitement à un acquittement, à une libération ou, pour le moins, à un allégement de peine. La preuve en est que sous ses airs de semi-dépressif, Blériot une fois à l'intérieur de l'aéroport se sent de nouveau quasi insouciant.

Dans l'avion, il dodeline de la tête appuyé au hublot

comme s'il était repris par son hypersomnie, tandis que la mémoire de Nora cachée au fond de lui à la manière d'une puce électronique diffuse devant ses yeux des images des jours heureux, des jours où elle était encore mutine et drôle, tout le temps qu'il survole la mer.

Le retour à la réalité n'en est que plus saisissant. Le froid sur la passerelle télescopique, le ciel pluvieux, les files d'attente, les chicaneries policières et les haies de visages anonymes dans la zone d'arrivée le ramènent sur-le-champ au sentiment de sa fragilité et de son abandon.

Sentiment qui se matérialisera plus tard dans la salle des bagages de British Airways – après une heure et demie d'attente – lorsque sa petite valise noire apparaîtra la dernière, tournant toute seule sur le tapis roulant.

Ce soir-là, dans son hôtel de Barbican, Blériot, découragé par l'orage et les trombes d'eau qui inondent les rues de Londres, reste calfeutré dans la chambre, allongé devant l'écran de la télévision – un jour, il votera pour Big Brother – tandis qu'il vide l'une après l'autre les mignonnettes du minibar en attendant patiemment le marchand de sable.

Le matin, il se souvient en marchant que Nora lui a parlé plusieurs fois d'un café dans Islington où elle avait ses habitudes, le Bertino ou le Bernini – finalement, c'est le Bernardino's –, que quelqu'un lui indique au bout d'Upper Street, dans la direction de l'ancien stade de Highbury.

306

Il s'installe un moment à l'intérieur de la salle, sans reconnaître personne, écoutant distraitement, rencogné contre la vitre, les voix des étudiants derrière lui – particules de sons et poussières volantes – tout en buvant à petites gorgées son premier martini de la journée.

La serveuse est nouvelle et ne connaît aucune Nora. Mais elle lui promet d'en toucher un mot au patron.

Blériot commande alors un second martini – il paraît que l'alcool aiguise le sens métaphysique – et sort avec son verre à la main profiter d'un rayon de soleil à la terrasse.

Tout au plaisir de rêvasser, il n'a strictement envie de parler à personne à cet instant. Il regarde les gens aller et venir dans la rue dans une sorte d'attention flottante, la tête légèrement inclinée, les yeux clignotant comme s'il essayait de photographier le hasard.

Le patron, un petit homme sombre avec une cravate à rayures, lui déclare en se présentant qu'il a gardé une image très précise de Nora, bien qu'il ne l'ait pas revue depuis longtemps.

C'était une jeune femme sympathique, mais un peu curieuse et fantaisiste, se rappelle-t-il en employant un passé nécrologique qui ne manque pas de troubler son interlocuteur, jusqu'à ce qu'un petit détail – les jumeaux qu'elle promenait quelquefois dans le quartier – ne dissipe enfin le malentendu : ils ne parlent apparemment pas de la même Nora.

Sans céder au découragement, Blériot, d'un coup de taxi, se rend alors à Camden, où elle a suivi des cours de théâtre, puis à Earl's Court, où vit sa meilleure amie, dont il a oublié le nom, avant de traverser la Tamise toujours en taxi et de prendre la direction de Greenwich, où sa sœur est censée posséder une maison ou un appartement.

Avec une ténacité dont il ne se serait jamais cru capable, eu égard à son caractère plutôt velléitaire, Blériot interroge à chaque fois les gens susceptibles de l'avoir fréquentée ou seulement entraperçue ici ou là – à commencer par le personnel des bars –, mais personne ne se souvient jamais d'elle. À croire qu'elle était transparente.

Il continue pourtant de la chercher le lendemain et le surlendemain, remontant les rues de Londres à contre-vent, avec le regret continuel de leur assuétude amoureuse, et se retrouve par moments sous une pluie battante dans des endroits aussi improbables que Lillie Road, Maida Vale ou Egypt Lane – où il n'aperçoit au lieu de pyramides qu'un alignement d'épiceries indiennes –, sans jamais renoncer ni cesser de la poursuivre de rue en rue comme on poursuit une sensation pure.

Au point que, la fatigue et la faiblesse aidant, des doubles de Nora se mettent soudain à surgir d'un peu partout : une fleuriste, une secrétaire à talons aiguilles, une femme d'affaires aux yeux bruns, une étudiante en trench-coat et même une lycéenne insensée qui semble marcher sans toucher terre – cette dernière poursuivie par Blériot à travers tout Holland Park, jusqu'à ce que la nostalgie lui coupe les jambes.

Lorsqu'il revient au Bernardino's, Blériot, toujours aussi compulsif, s'empresse de commander un alcool et de s'installer à la même place en terrasse afin de profiter de la clarté fluide de la matinée, en attendant que le patron veuille bien lui consacrer quelques minutes de son temps.

Absorbé par sa contemplation, il n'a pas vu l'homme attablé à l'intérieur de la salle – tout à fait de dos par rapport à lui – qui paraît discuter avec la serveuse, tout en ne le quittant pas des yeux.

Au bout d'un moment, l'autre a pris ses affaires et est sorti à son tour sur la terrasse.

Vous permettez que je m'assoie? demande-t-il, surgissant comme une ombre dans le champ visuel de Blériot.

Le temps d'ébaucher un mouvement de recul et de faire un effort d'accommodation optique, ce dernier aperçoit en face de lui une espèce de géant blond en costume trois-pièces, le visage grêlé, les yeux cachés derrière des lunettes bleues.

Je suis Murphy Blomdale, dit-il, vous connaissez peut-être mon nom par Nora. On m'a dit que vous la cherchiez.

Sa voix de basse, un peu nasale, résonne étrangement comme si elle sortait par l'ouverture d'un heaume.

Pendant quelques dixièmes de seconde, Blériot, qui est devenu très pâle comme s'il savait que c'était l'instant fatal, l'instant tant redouté, le regarde les yeux écarquillés, avant de réaliser qu'il n'a d'autre ressource que de lui tendre la main.

Louis, dit-il, Louis Blériot-Ringuet.

Pour un peu, dans son saisissement, il lui toucherait aussi le bras et l'épaule pour vérifier qu'il ne s'agit pas d'une apparition.

Deux doubles scotches, commande alors Murphy Blomdale à la serveuse comme pour fêter l'événement.

Blériot remarque à cet instant un chien noir couché à ses pieds, le museau posé sur ses pattes, l'air craintif, son vieux poil ébouriffé par le vent.

C'est le vôtre ? demande-t-il en flattant la bête de la main afin de se donner une contenance.

Pas le moins du monde, répond son vis-à-vis, les chiens me courent après dès que je sors de chez moi. Je les aime bien et je pense qu'ils le savent.

Les chiens ont une capacité de bonheur qui m'émeut, explique-t-il en retirant ses lunettes et en fixant sur lui de grands yeux très pâles comme ceux d'un nouveau-né.

Blériot, qui ne sait pas quoi dire – il a horreur des chiens –, distingue en même temps dans son regard une zone de malaise qu'il n'arrive pas à circonscrire tout à fait, parce que la petite brillance de la douleur n'arrête pas de se montrer et de s'effacer.

Je suis content que vous soyez venu, lui dit subitement Murphy en se cachant à nouveau derrière ses verres teintés.

En réalité, je ne sais pas trop bien ce que je fais à Londres, lui avoue Blériot, j'ai l'impression d'être venu à un rendez-vous où personne ne m'attend.

Nora a beaucoup changé depuis son retour de Paris, lui déclare l'autre avec son calme étrange. Elle vit en recluse chez sa sœur Dorothée et j'ose croire que votre visite lui fera du bien, car elle est actuellement très démoralisée.

Je m'en doutais un peu, dit Blériot, qui se souvient encore de leur dernière séance aux Lilas.

Tous les deux restent ensuite silencieux, l'air prostrés, pareils à deux veufs assis sur le banc d'un jardin public, chacun conscient d'être le protagoniste d'une histoire qui a mal tourné en partie par sa faute.

Je suppose qu'il faut essayer de réparer ce qui est encore réparable, remarque-t-il. Vous croyez que sa sœur acceptera de me recevoir?

Je n'en ai pas la moindre idée, elle m'a autorisé une seule fois à la voir.

Le mieux, à mon avis, serait d'aller à Greenwich – vous avez son adresse sur cette carte – sans vous annoncer, lui conseille finalement Murphy en se levant comme s'il en avait assez dit pour aujourd'hui.

J'espère aussi avoir le plaisir de vous revoir, ajoute-t-il, de sa voix amortie par l'alcool.

45

Le moment venu, son courage l'abandonne et il a envie de faire demi-tour. Son taxi ayant disparu, il reste de longues minutes au pied de l'immeuble, fumant une cigarette après l'autre, sans savoir à quoi se résoudre. Une fois dans l'escalier, l'anxiété lui tétanise les muscles.

D'après la plaque, ils habitent au troisième.

Est-ce qu'il me serait possible de voir Nora ? s'entend-il demander à une petite femme brune, au visage un peu maussade, qu'il imagine être Dorothée. Je m'appelle Louis.

Je ne suis pas sûr que ce soit une très bonne idée ! crie derrière eux une voix d'homme. Ta sœur n'est même pas prévenue.

S'ensuit un silence embarrassé que Blériot met à profit pour se glisser dans l'entrebâillement de la porte.

Entrez un instant, lui dit-elle finalement d'un ton rétif tandis que son mari reste planté au fond du couloir, les bras croisés, comme pour manifester sa désapprobation, alors qu'il était personnellement partisan de reporter cette rencontre sine die.

À cause de sa taille plutôt modeste, de son collier de barbe et de son cigare, il a quelque chose de Sigmund Freud, mais visiblement en moins profond.

Dans le salon, une grande femme rousse – qui ne semble pas avoir d'avis sur la question – est en train de trier des comprimés avec les gestes professionnels d'une infirmière.

Vous savez peut-être que Nora va mal, commence sa sœur en le priant de s'asseoir. Le médecin, qui se refuse d'ailleurs à tout pronostic, parle d'un épuisement psychologique qui serait la conséquence d'une situation insoluble, lui apprend-elle en le fixant du regard.

De sorte qu'on peut essayer de traiter le symptôme, mais pas la cause. Vous me comprenez ? Pas la cause.

Blériot, qui a de plus en plus l'impression d'être traduit en justice, l'écoute la nuque et les épaules raidies à force de concentration, tout en se tortillant par intermittence sur sa chaise dans l'appréhension de ce qu'elle va lui annoncer.

En tout cas, mon vieux, vous pouvez être fier de vous, vous avez fait du beau travail, conclut pour sa part le mari de Dorothée, avant de claquer la porte de son bureau pour bien montrer qu'il s'en lave les mains.

Passé un moment de surprise, Blériot tient tout de même à protester auprès de Dorothée contre toutes ces allégations concernant les mauvais traitements qu'il aurait pu faire subir à sa sœur.

Je l'ai aimée comme je n'ai jamais aimé personne, lui avoue-t-il tout bas, à cause de l'infirmière.

Je vais voir si elle ne dort pas, mais ce sera probablement la dernière visite que vous lui rendrez, le prévient-elle en le précédant dans le couloir.

Lorsqu'il pousse à son tour la porte de la chambre plongée dans la pénombre – une chambre toute nue et carcérale –, Blériot a la sensation de recevoir une décharge de défibrillateur qui le fait reculer de deux mètres.

Il aperçoit devant lui une forme humaine accroupie au bout du lit. Une forme qui respire bruyamment.

Comme elle est cachée sous son drap comme sous une tente de camping, il distingue seulement à travers le tissu la forme de sa tête et d'une de ses jambes.

Je n'ai pas envie de te voir, lui déclare-t-elle.

Dans sa consternation, il demeure un moment figé au milieu de cette chambre, qui sent le renfermé et le désinfectant, avant de penser à refermer la porte de peur que les autres n'assistent à la scène.

Tu m'as entendue ? dit-elle.

Poussé par un besoin de l'aider, de la guérir, de réveiller son envie de vivre et de sortir de ce cachot, il s'est approché tout doucement du lit.

Nora, écoute-moi, je suis venu te chercher, je veux te ramener à Paris, lui chuchote-t-il en risquant un œil sous le drap et en découvrant un bras livide et une main si faible, si indifférente, qu'il en reste interdit, juste au moment où elle lui décoche une ruade.

Va-t'en, Louis, ta femme t'attend, lui commande-t-elle avec son étrange voix monocorde, un peu bourdonnante, pendant qu'elle se serre à nouveau sous son abri.

Blériot, sous le coup de l'accablement, s'écarte alors du lit et s'en va s'asseoir sur une chaise près de la fenêtre, résigné à lui laisser ouvrir les vannes de sa jalousie. Mais elle ne dit rien.

Comme rassurée, elle s'est remise à haleter doucement sous le drap tandis que, perdu dans ses pensées, il regarde la Tamise grise de l'autre côté de la rue, absorbé par le spectacle des bateaux et des oiseaux de mer.

C'est la chambre de *La Mouette*, remarque-t-il. Sans qu'elle réponde.

Qu'est-ce qu'il peut faire pour elle ?

Elle était toujours tellement excitée, tellement instable, qu'il savait depuis longtemps que tout cela devait arriver.

À présent, elle ressemble à quelqu'un qui, à force de faire le grand écart entre la normalité et l'anormalité, s'est fendu en deux par le milieu.

Lorsqu'il quitte la fenêtre, Nora est assise de trois quarts, sans son drap, les cuisses ramenées contre la poitrine.

Elle l'observe bizarrement, en tournant la tête tantôt vers le mur, tantôt vers la fenêtre, avec des yeux sans profondeur, des yeux presque éteints comme s'ils n'étaient plus alimentés que par un courant alternatif.

Tu m'as cherchée longtemps ? lui demande-t-elle.

Je t'ai cherchée partout pendant des jours et des jours. J'ai l'impression de n'avoir rien fait d'autre.

Tu m'as cherchée et tu m'as trouvée, conclut-elle bizarrement.

Tu dois avoir un peu de mal à me reconnaître, lui dit-elle, sans cesser de faire pivoter sa tête. Ma jeunesse est finie, mon printemps terminé.

Comme il ne sait pas quoi répondre, elle se met à pleurer en silence sur son lit, emmaillotée dans un vieux pull, les cheveux à moitié tondus, ses grands pieds maigres serrés l'un contre l'autre.

Viens à côté de moi, lui commande-t-elle tout à coup. Tu ne vas pas rester sur ta chaise toute la journée.

Il est venu s'asseoir comme un automate.

Tu prends cet air calme et patient avec moi parce que tu as peur d'exploser. Je sens que tu as peur de tes émotions, Louis.

C'est vrai, Neville, mais cesse enfin de pleurer.

Pendant qu'il caresse ses cheveux saccagés en l'embrassant le plus miséricordieusement possible – parce que c'est toujours *elle* –, Blériot l'espace de quelques secondes a la sensation de quitter son corps pour le sien, comme dans une expérience d'extracorporalité, et de se sentir lui aussi grelotter et suffoquer sur ce lit.

Tous deux demeurant serrés l'un contre l'autre, main dans la main, dans la clarté blanche de l'absurde.

Maintenant, écoute-moi, lui dit-elle tout bas. Il écoute.

Louis, je t'en supplie, ne reviens plus et ne me téléphone plus, sauf pour me dire que tu veux un enfant.

Tu me fais trop mal, lui souffle-t-elle à l'oreille au
moment où sa sœur ouvre la porte.

46

Dehors l'obscurité commence à tomber. Blériot ravalant ses larmes marche maintenant à pas pressés sur les quais, foudroyé, dénudé, attiré sourdement par les eaux noires du fleuve.

À cet endroit, la Tamise est aussi large qu'un bras de mer et sur la rive d'en face les grandes architectures en verre paraissent bouger avec la marée. Les magasins des docks sont déserts, les terrasses battues par le vent du large.

Il s'arrête par instants pour regarder le courant et s'imagine alors vivant avec Nora au bord de l'eau, l'écoutant tranquillement divaguer et perdre sa vie en songes creux, tandis qu'il la veillerait avec la tendre anxiété d'un fiancé éternellement éconduit. Jusqu'à ce qu'ils soient trop âgés ou trop sourds l'un et l'autre pour continuer leur discussion.

Ce serait une vie douce et un peu crépusculaire. Plus enviable malgré tout que cette vie de catatonique cachée sous un drap de lit.

Lassé des docks, transi de chagrin, il prend le métro sur Jamaica Road, où il laisse passer deux ou trois rames, incertain de sa destination, avant de surgir à Waterloo et d'errer au hasard sur des esplanades sans un chat.

Une fois le pont traversé, l'air paraît plus doux, les cafés et les restaurants sont toujours ouverts, les gens attablés dans la pénombre.

Il faut que je boive quelque chose, pense-t-il, quand il sent tout à coup la vibration de son portable.

Louis, ta mère marche depuis six heures du matin. Elle me rend fou. Elle fait tout tomber.

Tu ne peux pas l'en empêcher ?

Elle s'est enfermée à clef.

Éteins la lumière et couche-toi, lui dit-il. Elle va finir par s'endormir.

Emporté par son entropie personnelle, Blériot se fait alors servir deux martinis – plus une vodka pour le coup de l'étrier. Avant de s'apercevoir à la sortie qu'on l'a estampé d'au moins vingt pour cent sur le prix affiché, comme s'il s'agissait d'une nouvelle taxe sur la détresse des clients.

Il repart à pied dans la direction du centre, saisi d'une envie de se dissoudre dans la foule, et finit par se perdre dans les parages d'une gare, où il n'y a plus de foule du tout – rien que des passerelles et des rues désertes –, avec la sensation soudaine, presque excitante, de marcher dans une ville imaginaire dont il aurait le nom sur le bout de la langue.

Chemin faisant, il se retrouve dans un bar peuplé d'insomniaques, les yeux rougis par le manque de sommeil, et s'offre un daïquiri banane au comptoir, l'oreille tendue vers la voix d'Otis Redding – ce qui ne le rajeunit pas – tandis que sa voisine de droite essaie en vain d'entamer une conversation avec lui.

I can't hear you, s'excuse-t-il en appuyant ses mains sur ses tympans.

Dans la rue d'en face, trois garçons, les jambes écartées, sont en train de compisser de concert un mur d'entrepôt. Leurs trois têtes inclinées sous la lune d'été.

Au moment de la fermeture, tout le monde se sépare par petits groupes, les uns soutenant les autres, pendant que Blériot se remet à marcher droit devant lui, avec ses jambes ankylosées et ses pieds torturés comme ceux de sa mère, à marcher infatigablement toute la nuit – il reconnaît le quartier de Bayswater – comme si on lui avait implanté à lui aussi une minuscule part de l'énergie terrestre.

Un peu avant dix heures, Murphy caché derrière ses lunettes bleues est assis à la terrasse du Bernardino's, deux chiens pelés couchés au pied de la table.

Tu penses vraiment qu'il viendra ? lui demande Vicky Laumett en étendant ses jambes au soleil. Il s'appelle comment déjà ?

Louis Blériot quelque chose. J'oublie toujours son nom.

C'est peut-être le fantôme de l'aviateur.

En principe, il devrait déjà être là, reprend-il d'une voix imperturbable. Je n'ai malheureusement pas son numéro de téléphone.

Et il t'a paru comment ?

La situation était assez particulière, évidemment, mais je l'ai trouvé bien, admet-il après un temps de réflexion. J'ai d'ailleurs regretté de ne pas lui avoir proposé de venir habiter chez moi, à Islington. J'aurais aimé qu'on parle plus longuement tous les deux et qu'on aille une fois voir Nora ensemble.

Je ne sais plus si je te l'ai déjà raconté, mais Nora, depuis Coventry, a toujours suscité autour d'elle ces rêves de solidarité à la Jules et Jim, chez les filles autant que chez les garçons.

Ce qui est plutôt bizarre, remarque-t-elle en le regardant de biais, avec dans l'expression de son visage quelque chose de doux et d'un peu hagard qui le frappe d'étonnement.

Elle a dû elle aussi payer le prix fort avec Nora, pense-t-il.

Tu sais, je vais sans doute divorcer, lui dit-elle brusquement. Notre histoire avec David ne rime plus à rien. Je crois même que ça fait des mois que je n'ai pas été heureuse un seul jour.

Tu ne dis rien ?

Non, fait-il de la tête.

Le pire, c'est qu'il a l'air tellement effondré dans son coin, tellement infantile, que je n'arrive pas à me séparer de lui.

Murphy ne dit toujours rien.

Comme surgi d'une époque lointaine, aussi morte que Ninive, lui revient l'image de Nora marchant en plein vent sur le quai d'une gare et faisant de grands gestes avec ses manches.

Oh, l'attachement humain, déclame-t-elle en imitant la voix de l'actrice Helen Mirren, le terrible attachement humain, c'est inouï ce qu'il peut nous coûter!

Pourquoi dit-elle ça à cet instant? Et à quel sujet?

C'était une gare au Pays basque, du côté de Saint-Sébastien – ils voyageaient ensemble pour la première fois –, avec des murs chaulés, une petite place déserte et des jardinières de lauriers blancs. Ils attendaient une correspondance en grelottant au soleil, serrés dans leurs manteaux. Ils avaient l'air heureux. Leurs deux ombres avaient l'odeur des débuts de printemps.

Alors pourquoi reste-t-il recroquevillé sur son banc sans rien dire, comme saisi d'un pressentiment?

À propos de l'attachement humain?

Tu lui as donné l'adresse de Nora à Greenwich?

Oui, il m'a dit qu'il irait dans l'après-midi, répond-il avec un temps de retard comme s'il reprenait Vicky sur une autre ligne.

Dorothée prétend qu'elle met deux heures pour aller d'un point à un autre de l'appartement. Je n'ai pas envie de la voir dans cet état, avoue-t-elle.

Vicky, si tu veux consommer quelque chose, l'interrompt-il, je pense qu'il vaudrait mieux qu'on aille se faire servir à l'intérieur.

Tu crois qu'il peut encore venir, ton aviateur? lui demande-t-elle en regardant sa montre.

Non, à présent, je suis convaincu qu'il ne viendra plus, répond-il sans émotion apparente.

47

Depuis des jours il voyage vers Antifolie. Nora à côté de lui dort tranquille, les jambes sur la banquette, la tête appuyée contre la vitre du wagon. Elle est maquillée et porte une perruque blonde, probablement pour cacher les effets de sa maladie. Car elle a vieilli de dix ans d'un coup comme on vieillit dans les contes.

Un matin, ils se réveillent en bordure d'un champ le long de la voie ferrée, avec l'impression d'être tombés du train. Le paysage de prairies et de haies vives est borné au loin par des collines. Des bancs de vapeur commencent à s'élever sur leurs versants exposés au soleil.

L'herbe est haute et ils progressent droit devant eux en levant les pieds, transis dans leurs vêtements d'été – il a mis sans savoir pourquoi une cravate noire –, tandis que tout le long du chemin des peupliers bruissent au vent comme doués de sensations.

Mais Antifolie est un endroit qui existe vraiment ? s'inquiète-t-il depuis un moment.

Don't worry, be happy, lui répond-elle en chantonnant d'une voix bizarre, légèrement désynchronisée.

Blériot, sans rien dire, s'étonne en marchant de la trouver aussi docile et insouciante. Elle ne se tracasse jamais, ne prend rien en mauvaise part et s'en remet entièrement à lui dès qu'il s'agit de prendre une décision.

En fait, il a du mal à la reconnaître.

Elle tombe encore par moments dans de longs silences où son regard s'éteint instantanément, mais comme elle prétend elle-même que c'est une manière de s'économiser, il prend à chaque fois un air entendu.

Ne sois pas si anxieux, le rassure-t-elle, je suis à côté de toi.

Passé un pont, ils arrivent en lisière d'un bois en vue d'un grand jardin desséché par l'été, où une jeune femme tenant un râteau est occupée à brûler des racines et des feuilles mortes.

Son vêtement brodé, son fichu bleu noué sous le menton, leur font penser qu'elle doit être serbe ou bulgare, et ils n'osent pas lui parler.

Qu'est-ce qu'on fait chez ces gens? chuchote-t-il, je ne comprends pas ce que tu manigances.

Ils ont accepté de nous louer la petite maison qui est derrière la leur, pour le jour où on aura un enfant.

Le jour où on aura un enfant?

Louis, tu veux un enfant ou tu n'en veux pas? s'impatiente-t-elle devant son air incrédule.

Je ne sais pas, peut-être que oui, lui dit-il pour ne pas la contrarier.

Pendant qu'ils restent à surveiller le feu – la jeune femme a disparu –, Nora lui dit doucement : Tu vois, Louis, comme la vie peut-être simple et comme on pourrait être heureux ensemble.

C'est vrai, on pourrait être heureux, répète-t-il en s'apercevant qu'il tremble de la tête aux pieds.

À sa descente du train, Blériot reste un instant sur le parvis venté de la gare, avec sa veste sur l'épaule et son bagage à la main, presque étonné de ne pas voir Nora à ses côtés.

Il est là pour faire quelque chose de précis, mais quoi ? À cause de son rêve, il a du mal à s'en rappeler.

La responsable de l'agence de location lui explique patiemment que son Opel noire se trouve à droite en bas du parking, en face de l'hôtel Continental.

N'oubliez surtout pas de faire le plein au retour, lui recommande-t-elle en lui tendant les papiers de la voiture.

Une fois installé au volant, il commence par défaire son col à cause de la touffeur ambiante, puis rabat le pare-soleil et se regarde une seconde dans le miroir, frappé une nouvelle fois par sa ressemblance avec son père.

À la sortie de la ville, juste avant la zone commerciale, il tourne à droite comme indiqué sur le plan, empruntant une rue anonyme bordée d'immeubles bas et de pavillons vieillots.

La clinique se trouve en principe tout au bout, de l'autre côté du rond-point.

Pendant un moment, il attend assis sur une des banquettes du hall d'entrée, péniblement affecté par la vue du lino gris et des traces de doigts sur les vitres.

C'est la chambre 28, deuxième étage, lui dit finalement la fille de l'accueil.

En entrant dans la chambre – les stores ont été à moitié baissés –, il aperçoit d'abord sa mère vêtue d'un corsage clair et d'une jupe noire, qui lui tourne le dos sans paraître l'avoir entendu.

Elle se tient debout au milieu de la pièce, une main accrochée au montant du lit, l'autre levée pressant apparemment un mouchoir contre son visage.

Je suis venu aussi vite que j'ai pu, s'excuse-t-il en l'embrassant.

Puis ses pieds le portent jusqu'au lit.

À cause de son énorme bande de gaze autour de la tête, son père a l'air d'un grand blessé de guerre allongé sous une couverture. Ses joues sont creuses, son nez pincé, ses yeux légèrement charbonneux.

Il semble à la fois très jeune et très lointain, comme s'il avait choisi délibérément de couper toute communication avec eux.

Il a laissé une lettre ? demande Blériot en entendant sa voix résonner dans la chambre.

Rien, même pas un petit mot, répond sa mère, qui se met tout à coup à osciller sur ses pieds à la manière d'un pendule jusqu'à ce qu'il la rattrape in extremis et la persuade de s'asseoir.

Ils ont enlevé le cathéter et débranché la machine un peu avant midi, continue-t-elle, tassée sur sa chaise, pendant qu'il regarde son père en le fixant de toutes ses forces comme pour le réveiller.

Peut-être qu'au moment où il était en train d'enjamber le parapet et de franchir la grille de sécurité, un grand vent d'angoisse a éteint la petite flamme de sa conscience.

Peut-être qu'il a ri. Peut-être qu'il n'était déjà plus personne.

Vous pouvez nous laisser un instant? leur demandent deux aides-soignantes en pénétrant dans la chambre avec leur chariot et en soulevant le mort à bras-le-corps pour le changer de lit.

L'espace de quelques secondes, le temps d'aller jusqu'à la porte et de se retourner, Blériot voit sans le vouloir – il ne voit d'ailleurs plus rien d'autre – ses grosses bourses enflées qui pendent entre ses jambes.

Ensuite, trop tard, il ferme les yeux.

Après une brève crise de nerfs dans les toilettes, il s'asperge le visage et reste longtemps à s'observer dans la glace en creusant ses joues, puis ressort calmé, en tout cas assez maître de lui pour raccompagner sa mère en voiture comme s'il avait déjà oublié sa douleur.

Ce qui n'a rien de choquant – le soleil est maintenant à l'horizontale –, puisque sa douleur ne l'oubliera pas.

Louis, je t'en prie, ne me laisse pas seule.

Je suis là, tu le sais bien, lui dit-il en voyant arriver à sa rencontre un mur de lumière orange, très pure, et en accélérant soudainement.

48

À ceux qui ont l'habitude de le rencontrer dans les rues de Nice, Blériot doit sembler un homme plutôt terne, inexpressif et en tout état de cause curieusement solitaire.

On le voit souvent déjeuner à côté de la place Masséna d'une salade et d'une viande grillée, accompagnées d'une carafe de vin. Il ne parle à personne et paraît manger avec un soin maniaque, la tête dans son assiette, comme quelqu'un qui compterait ses calories.

Il marche ensuite au soleil le long de la promenade d'un pas relativement élastique, vêtu d'une sorte de blouson avec une capuche, qui ne laisse voir que son nez et sa cigarette au coin des lèvres.

Son portable quelquefois se met à sonner dans la poche intérieure de sa veste, sans que la plupart du temps il esquisse le moindre geste pour s'en saisir comme s'il avait fait vœu de silence. Il continue de suivre le bord de mer, replié sur lui-même, croisant des gens qu'il n'a jamais vus nulle part et qu'il ne se soucie aucunement de connaître, pendant que partout autour de lui la fête de l'été bat son plein.

Il habite depuis un an un petit appartement dans une rue retirée, non loin du musée Jules-Chéret, un beau musée inutile et désert tel qu'il les aime, et dans les jardins duquel il passe une partie de l'après-midi à lire les journaux.

En contrebas, il peut apercevoir sous la trame des ombres les filles d'un cours privé qui jouent au volley-ball en short blanc et dossard jaune sur la poitrine comme à l'époque du Pop Art.

Quand la chaleur a diminué, il rentre à la maison et se remet à sa besogne alimentaire, traduisant quelques pages sur les hormones adrénergiques, avant de s'accorder un petit martini précoce, puis de faire des exercices de musculation en attendant l'arrivée d'Helena.

Suite à une série de malentendus, elle a posé ses bagages chez lui il y a à peine deux ou trois mois et décidé unilatéralement qu'ils étaient faits pour vivre ensemble, sans qu'il ose protester, comme si elle était finalement meilleure juge que lui.

Helena est une étudiante en musicologie à l'université de Bucarest, qui ne connaît pas Massenet – c'est sans doute ce qui le navre le plus – mais qui fourmille d'idées sur tout, en particulier sur le développement illimité de la conscience et les diverses formes d'accomplissement transpersonnel.

À part cela, c'est quelqu'un de si réservé sur ses sentiments, de si peu démonstratif, que Blériot a renoncé à comprendre si elle l'aime réellement ou pas. La seule fois où il a essayé d'aborder la question avec elle, elle lui a tout de suite collé la main sur la bouche, et il n'a pas insisté.

Il a d'ailleurs abandonné toute curiosité dans ce domaine comme dans beaucoup d'autres.

Son intérêt dépassionné pour les êtres et les choses pourrait passer pour une sorte de sagesse amère ou de fatigue de vivre, et mériter réflexion, mais il n'a pas envie d'y penser et encore moins d'en discuter avec Helena.

Lorsqu'elle a fini de se doucher et enfilé un peignoir, les cheveux attachés au-dessus de la tête à l'aide d'une grosse pince, il préfère la régaler d'une coupe de champagne sur leur petit balcon. Ils s'installent tous les deux accoudés à la balustrade comme pour porter un toast au soleil couchant et restent ainsi, à bavarder à voix basse, la peau rougie et les sens à vif.

Au sortir du lit, il arrive parfois qu'ils retournent se promener dans Nice sous prétexte de trouver un restaurant ou une terrasse de café accueillante. À cause de la chaleur emmagasinée par la pierre des rues, ils ont tout de suite les jambes en nage et se déplacent avec une sensation d'extrême lenteur à la recherche d'un souffle d'air.

Louis, je n'ai pas le courage de marcher jusqu'au centre, se plaint-elle habituellement. On ferait mieux de s'asseoir ici. En plus, il n'y aura plus de tramway.

C'est comme tu veux, convient-il en allumant une cigarette.

Quand ils reviennent, leurs voisins italiens ont rameuté une fois de plus le ban et l'arrière-ban de leurs amis autour de la piscine et mis la musique à fond.

Afin de ne pas passer pour des rabat-joie, Blériot et sa compagne acceptent en général de partager une coupe ou deux avec eux, avant de monter sagement se coucher – Helena a cours à huit heures, leur dit-il – et de s'endormir tête-bêche sur le lit comme des enfants une nuit de réveillon.

C'est ton portable, lui crie-t-elle depuis la chambre.
Hello, l'aviateur ?
C'est vous, dit Blériot.
Je suis chez des amis au fin fond de Brooklyn, lui annonce Murphy, il est six heures du soir et il fait trente et un degrés Celsius dans le jardin.
Blériot reconnaît sa voix de basse, rapide, nasillarde, très américaine. Il l'imagine assis sur la véranda du jardin, avec ses jambes de géant et ses lunettes teintées, entouré d'une bande de chiens perdus.
Je vous croyais encore à Londres, s'excuse-t-il, je voulais vous téléphoner un jour pour que vous me donniez des nouvelles de Nora.
La dernière fois que je l'ai vue avant mon départ pour Philadelphie, répond-il, elle allait séjourner avec sa sœur dans les Cornouailles. Je l'ai trouvée mieux, en tout cas plus stable, moins excitée. Mais vous, vous êtes où ?
J'ai l'impression d'être nulle part, avoue Blériot. Je suis à Nice, mais je pourrais aussi bien être à Tunis ou à Dakar.
Je suis sûr, reprend-il dans un souffle de sympathie, qu'elle doit vous manquer à vous aussi. Vous lui en voulez quelquefois de ne plus vous donner signe de vie ?

Louis, un jour les âmes se reconnaîtront et tout sera apaisé, dit Murphy en riant pendant qu'on entend un grondement d'avion dans le ciel de Brooklyn.

Vous y croyez?

Bien sûr que j'y crois, dit-il en continuant à rire. Elle avait aussi des motifs de m'en vouloir et je suis persuadé qu'elle les a déjà oubliés.

Vous avez peut-être raison, admet finalement Blériot, conscient que l'autre possède une maturité qu'il n'aura jamais.

Maintenant il est installé sur le balcon, dans l'obscurité complète – Helena a dû se rendormir –, son ordinateur posé sur les genoux. Il s'efforce de travailler quelques heures dans l'espoir de retrouver un minimum de stabilité existentielle et de terminer accessoirement son article médical.

La noradrénaline, traduit-il – elle existe donc, il ne l'a pas inventée –, est un composé organique, sécrété au niveau des glandes surrénales, qui joue un rôle de neurotransmetteur sur les organes effecteurs.

La noradrénaline, continue-t-il à taper, a notamment une action très puissante sur les récepteurs alpha et intervient de manière déterminante dans le processus des rêves et des émotions.

Depuis des années qu'il le disait.

Du jour au lendemain, la saison a changé. Le matin, à peine levés, ils se dépêchent de faire des courses entre deux trombes d'eau.

Pendant qu'Helena court les magasins son parapluie à la main, Blériot enfermé dans la voiture écoute la radio en observant l'orage s'accumuler au-dessus de la mer.

Une pluie interminable, oppressante, tombe sans discontinuer sur la région, inondant les routes et soulevant les cours d'eau où se noient bêtes et gens. Les bus ne fonctionnent plus et l'autoroute est fermée, ajoutant à la sensation de désorganisation générale.

Ils passent depuis deux semaines leurs journées claquemurés dans l'appartement, à la manière de fugitifs ou de clandestins coupés de leur passé, qui tournent en rond sans savoir quoi faire en regardant la pluie ruisseler sur le balcon.

Dans leur désœuvrement, ils sont condamnés à se redire à peu près les mêmes choses du matin au soir, chacun figé dans ses productions mentales et son sentiment d'isolement.

Vivement que les cours reprennent, lui répète-t-elle en boucle.

C'est gai.

Souvent même ils ne se disent plus rien du tout et restent des après-midi entiers à jouer aux cartes et à bâiller l'un en face de l'autre à la manière de deux chats neurasthéniques.

Le soir, quand Helena est prostrée sur le lit devant la télévision, Blériot vient parfois s'installer à côté d'elle, avec ce besoin puéril, impérieux, de la pousser dans ses derniers retranchements, jusqu'à ce qu'elle se déshabille d'elle-même pour qu'il lui fiche la paix.

Ils s'endorment ensuite en se tournant le dos.

Pourtant, il lui arrive encore, lorsqu'il lève les yeux sur elle – elle est en train de tourniquer dans l'appartement –, d'être ému par sa fragilité et sa beauté, et de souhaiter de tout son cœur que les choses puissent s'arranger entre eux deux.

Alors qu'il est payé pour savoir que rien ne s'arrange jamais et qu'il demeurera probablement un homme sans femme et sans descendance.

Le lundi 9 octobre – premier jour de beau temps –, il l'accompagne à l'aéroport en tirant sa grosse valise à roulettes dans les rues désertes. Elle doit passer une dizaine de jours à Paris, avant de retourner dans sa famille à côté de Bucarest.

On se reverra sans doute dans quelques mois ou dans quelques années, lui dit-elle en s'amusant au moment où il se prend les pieds dans la valise.

Personnellement, il préférerait dans quelques mois, lui avoue-t-il, étonné d'avoir encore ses deux jambes et son sourire pour avancer. Car il ne se fait plus guère d'illusions.

Pendant qu'elle lui détaille les différentes personnes qu'elle doit rencontrer à Paris – il est entre autres question d'un certain Emil dont elle lui a déjà parlé plusieurs fois –,

Blériot aperçoit tout au bout des pistes d'envol la mer compacte, qui brille au soleil, et s'arrête pile, sans plus rien entendre, comme s'il avait mystérieusement retrouvé son pouvoir d'arrêter le temps.

Quand il revient à lui, c'est déjà fini.

Il est à l'intérieur d'un bus, elle lui crie quelque chose qu'il ne comprend pas, il lui fait à tout hasard un geste de la main et elle s'éloigne dans l'autre direction, le visage légèrement de profil, en rétrécissant au fur et à mesure dans la profondeur de cette fin d'après-midi.

49

Un an plus tard – mais on dirait que c'est toujours la même fin d'après-midi –, Blériot est assis sur son balcon, la tête protégée par un chapeau de paille, son ordinateur posé sur les genoux. Il parle à sa mère au téléphone – elle séjourne chez sa sœur à Clermont –, puis raccroche en lui promettant de la rappeler.

Ensuite, malgré tous ses efforts, il n'arrête pas de piquer du nez sur sa page de traduction comme s'il était repris par sa narcolepsie. En bas du jardin, il entend par intermittence les cris d'excitation des volleyeuses.

À chaque fois qu'il ferme les yeux en laissant tomber sa tête, il revoit sa femme en train de chanter dans le salon de leur appartement de Belleville – il est caché dans l'escalier – *You shot me down, Bang bang, I hit the ground.*

Et sa voix résonne à cet instant de manière extraordinaire sur la scène de sa mémoire, comme amplifiée par la distance.

Il y a quelques mois, en consultant son compte, Blériot s'est rendu compte qu'elle lui avait fait un virement de cinq mille euros. Il lui a évidemment envoyé un petit message de remerciement, elle lui a répondu sans trop s'étendre qu'elle avait momentanément quitté Paris pour des raisons liées à son travail.

La semaine suivante, elle lui a envoyé coup sur coup deux articles qu'elle avait écrits sur Michelangelo Pistoletto, et elle a définitivement cessé d'émettre, ne répondant à aucun de ses messages, comme un satellite perdu dans l'atmosphère.

Il ne lui reste plus qu'à espérer qu'un jour la science, grâce à l'invention d'une nouvelle molécule, lui restituera minute après minute le souvenir de leurs journées de bonheur – car il y en a eu, forcément – avec leurs milliers de petites perceptions qui sinon disparaîtront pour toujours, confondues avec le fond obscur de sa vie.

Depuis quelque temps, Blériot s'est d'ailleurs aperçu qu'il aimait le passé. Pas son passé à lui : le passé en soi.

Le rayonnement lointain du passé.

Quand le soir descend, les palmes secouées par le vent de mer commencent à gratter contre les volets. En face, les voisins ont allumé les spots de la piscine et mis de la musique.

Blériot, l'espace de quelques instants, a l'impression de vivre en suspens, retranché du monde, le cœur libre, l'esprit dispos – tel qu'il voudrait toujours être –, jusqu'à ce que le téléphone sonne.

C'est encore sa mère.

Louis, il y a quelque chose que je n'ai pas osé te demander tout à l'heure : est-ce que tu vis toujours seul?

Toujours. Mais ne t'en fais pas, je ne suis pas du tout malheureux, la rassure-t-il en sentant les élancements de son hémicrânie se diffuser sur son côté gauche, à partir du haut de l'oreille.

Ce qui l'oblige à interrompre leur conversation et à avaler ensuite deux comprimés d'antalvic, avec un peu de valium.

Sa douleur apaisée, il met un vieux film de Sam Wood, s'enroule dans un plaid et s'endort à moitié, les pieds croisés sur la table, en attendant qu'Ingrid Bergman, toute jeune et toute bouclée comme un agneau, veuille bien lui faire une petite place à côté d'elle.

Le matin, Blériot a l'impression d'émerger du néant et se demande tout à trac si on est en 2009 ou 2019, avant de sauter du lit et de s'écraser par terre comme s'il tombait du cinquième étage.

Il reste quelques instants étendu en travers du tapis, les mains serrées autour de la tête, sentant le goût du sang dans sa bouche.

Un bref examen devant le miroir de la salle de bains lui confirme qu'il a la lèvre du bas fendue, deux incisives cassées, ainsi que plusieurs hématomes sur le front qu'il s'empresse évidemment de nettoyer et de panser.

Mais lorsqu'il s'agit de lever les bras et de s'habiller, il est obligé de constater – au milieu de son abrutissement, il conserve une sorte de lucidité paradoxale – la raideur inquiétante de ses mouvements, en même temps que leur défaut de coordination.

Sans savoir s'il doit attribuer son état à son addiction à l'alcool et au valium ou bien à une obscure maladie dégénérative.

Blériot se souvient à ce propos qu'après un collapsus, les injections de noradrénaline – il y reviendra toujours – ont pour but de provoquer une hausse de tension instantanée et d'éviter ainsi une décompensation mortelle.

Encore faudrait-il qu'il ait de la noradrénaline dans son armoire à pharmacie.

Quand il sort, l'air lui paraît lourd, presque moite comme avant un orage, pendant qu'il avance à petits pas sur le front de mer en respirant consciencieusement et en s'asseyant régulièrement sur des bancs, de peur d'avoir un nouveau malaise au milieu de la foule et du trafic assourdissant.

Venu des collines de l'arrière-pays, un énorme nuage lumineux et plissé qui stationne au-dessus de la ville attire alors son attention.

Ses formes humaines sont tellement explicites, tellement choquantes – on distingue nettement l'homme et la femme –, que Blériot ne comprend même pas que les parents n'obligent pas leurs enfants à regarder ailleurs.

Au lieu de cela, ils sont des centaines à se presser sur la plage en maillot de bain et lunettes de soleil, les yeux tournés dans la même direction.

Plus tard, alors qu'il est toujours assis sur son banc, sans oser bouger, parce qu'il a de plus en plus mal à la tête, Blériot aperçoit tout à coup, avec un saisissement d'angoisse, un deuxième nuage lumineux suspendu au-dessus d'eux à la manière d'une soucoupe volante.

Les gens sur la plage sont devenus silencieux, serrés les uns à côté des autres, une main en visière au-dessus de leurs lunettes, comme pour se protéger de la lumière du futur.

Et à cet instant, lentement, le corps rejeté en arrière – il porte sa petite cravate noire et ses Converse aux pieds – il commence à glisser du banc.

50

Si bien entendu nous existons aux yeux de tous sous une seule forme et un seul état – avec une seule vie biologique –, en termes de probabilité quantique il en va tout autrement. Puisque l'univers se subdivise sans cesse en mondes simultanés.

Dans ce cas, il existe fatalement un monde, comme pour le chat de Schrödinger, où Blériot est mort d'un accident cérébral, et un autre où il est vivant.

Il se tient d'ailleurs assis sur le lit de sa chambre, à deux pas des Buttes-Chaumont. À cause de son métabolisme ralenti, il ne sort pratiquement plus de cet appartement que lui a légué Léonard, et où s'entassent partout des emballages de pizzas et des barquettes de plats chinois.

Il passe la majeure partie de ses journées dans un état semi-léthargique, ne réagissant plus occasionnellement qu'à la sonnerie de l'interphone : signe que certaines de ses terminaisons nerveuses sont encore vivaces.

Est-ce que Louis Blériot habite encore à cette adresse ? demande quelqu'un dans l'interphone.

C'est moi, sursaute-t-il en ouvrant sans le savoir la porte d'un univers parallèle.

Il se retrouve alors nez à nez sur le palier avec Nora Neville, vêtue d'une petite robe d'été et d'un chapeau cloche qui lui fait un regard un peu dissimulé.

Tu me reconnais? lui dit-elle en enlevant son chapeau.

Sur le moment, elle lui paraît sans âge, d'une beauté figée et presque inquiétante, évoquant celle des prototypes ou des images en trois dimensions.

À cause de la chaleur extérieure, ils sont rentrés boire du vin frais dans la cuisine, lui adossé à la fenêtre, elle assise sur un tabouret comme à l'époque des Lilas.

On peut penser évidemment qu'ils ont chacun leur petite idée à propos de ce qu'il leur arrive, mais qu'ils préfèrent garder ça pour eux.

En tout cas, ils se parlent à peine et se contentent de vider leur verre en se souriant d'un air béat comme deux simples d'esprit.

Au même instant, comme s'il s'agissait d'une autre partie de l'appartement, Murphy Blomdale est en train d'attendre que la même Nora ait terminé de se préparer – elle est revenue s'installer à Islington – et qu'elle ait enfin reposé le téléphone.

Tu te souviens de Tyron? lui dit-elle ensuite en l'entraînant dans le salon. L'ami de ma sœur qui nous avait invités la première fois à la campagne – c'est lui qui m'appelait.

Est-ce qu'au moins tu te souviens, reprend-elle, des jolies biches qui nous espionnaient par-dessus les haies lorsqu'on est allés à l'étang? Et des kilos de cerises que Max Barney avait apportés sur sa moto?

Je m'en souviens très bien, répond-il en la suivant docilement de pièce en pièce comme s'ils revisitaient par la pensée les ruines de leurs émotions.

Tu comptes encore travailler longtemps aux États-Unis?

Je ne sais pas, dit-il, ça dépend de plein de choses. Mais de toute façon tu peux rester ici, si tu veux.

En début de soirée, ils prennent un taxi jusqu'à Rotherhithe et vont se promener ensemble sur les bords de la Tamise, Nora continuant gentiment d'égrener ses souvenirs, et Murphy, caché derrière ses lunettes bleues, de siffloter des airs de Phil Collins alors que les éclairs de chaleur mitraillent le paysage, les toits, les voitures, les ponts et les passants sur les ponts. Tout est illuminé.

Dans cet univers vertigineux, en expansion continuelle, il y a aussi un monde superposé aux autres où Nora a toujours été seule. Un monde où elle a joué dans deux ou trois films que personne n'a vus et s'est finalement mise en ménage avec son psychiatre, un homme très gros, vaguement escroc, récemment reconverti dans le courtage en vins.

Ils habitent dans la région de Toulouse une sorte de grand manoir avec des vitraux, où elle occupe ses journées de femme délaissée à jouer avec les chats et à lire des romans policiers.

Elle n'a jamais entendu parler de Leibniz.

344

Elle a une petite cinquantaine, le visage un peu bouffi, elle porte des lunettes noires et des jupes très courtes, intérieurement arrêtée à l'âge de dix-sept ou dix-huit ans.

Dans un univers parallèle à celui-là, elle apparaît d'ailleurs si jeune aux côtés de Blériot qu'elle semble être sa fille pendant qu'ils roulent au soleil couchant, entre des champs de blé mûr, figés dans une telle détresse, un tel silence – ils vont bientôt se séparer –, qu'on dirait deux astronautes morts tournant autour d'une planète rouge.

Enfin, il est probable aussi qu'il y a une infinité d'univers où ni l'un ni l'autre n'ont jamais existé.

Achevé d'imprimer en janvier 2011
dans les ateliers de Normandie Roto Impression s.a.s.
à Lonrai (Orne)
N° d'éditeur : 2177
N° d'édition : 182586
N° d'imprimeur : 110031
Dépôt légal : août 2010
Imprimé en France